Peter Zeindler
Toter Strand

Peter Zeindler
Toter Strand

Roman

Arche

Umschlag: Max Bartholl, Frankfurt a. M.
Umschlagfoto: © efe/orp armada
Satz: Gaby Michel, Hamburg
Druck und Bindung: Clausen & Bosse, Leck
Printed in Germany
ISBN 3-7160-2334-5

Toter Strand

Agenturmeldung *Zu einer Tanker-Havarie mit bisher unabsehbaren Folgen kam es am späten Donnerstag vormittag vor der bretonischen Küste. In dichtem Nebel und bei starkem Seegang ist der französische 77 000 t-Tanker »Marianne«, der unter einer sogenannten Billigflagge, aus dem Irak kommend, unterwegs war, auf Grund gelaufen. Nach bisher unbestätigten Meldungen ist es unmittelbar nach der Havarie des Tankers zur Kollision mit einem britischen Trawler gekommen, der offensichtlich Hilfe leisten wollte. Tausende Tonnen von Rohöl laufen bei schwerem Seegang aus. Eine Umweltkatastrophe größten Ausmaßes, die vor allem die französische Atlantikküste betrifft, scheint unabwendbar. Im Zusammenhang mit möglichen Opfern der Kollision sind bisher noch keine Zahlen genannt worden. Die Rettungsaktionen dauern an. Einzelheiten zum Unfallhergang werden erst nach Befragung von Besatzungsmitgliedern der betroffenen Schiffe bekannt werden.*

1

Noch größer als die Kunst des Erfindens ist die Kunst des Vergessens …

Pierre Morgan löste seinen Blick von der über der Eisentreppe hängenden Galionsfigur. Ihr Gesichtsausdruck erinnerte ihn an Sophie, obwohl sie asiatische Züge hatte. Aber eigentlich erinnerten ihn viele Frauengesichter an Sophie.

Unten auf der Elbe tuckerte ein Hafenschlepper vorbei. Eine emsige Ente auf Nahrungssuche.

Sophie hatte kein Durchschnittsgesicht. Das war nicht der Grund, warum er ihr überall, wo er gerade war, begegnete. Auf der Straße, auf Gemälden alter Meister, im Fernsehen. Es hatte mit seiner Gewohnheit zu tun, wie er die Welt um sich herum wahrnahm. Es war sein Tunnelblick, er sah immer nur Ausschnitte, nie das Ganze.

Morgan nahm einen letzten Schluck von seinem *Phantom*. Dann lehnte er sich zurück und atmete tief aus. Um ihn herum verschwammen die Konturen im sanften roten Licht, das den zweistöckigen Raum erfüllte. Die Gesichter der Gäste waren kaum mehr zu erkennen, und die Gespräche waren nur noch als fernes Gemurmel zu hören wie die Gebete der Gläubigen in der Kirche.

Die Galionsfigur zeigte als einzige ihr Gesicht. Es war

konturlos, undurchdringlich. Ihre rechte Brust war entblößt. Ein Wellenbrecher. Aber es war wohl ihr Blick, der ihn an Sophie erinnerte.

Dabei wollte er sich gar nicht an Sophie erinnern. Doch die Bilder, die sich in seinem Innern angesammelt hatten, waren stärker. Es waren seine Erinnerungsbilder, abrufbereit wie in einem Fotoalbum, gefrorene Augenblicke. Sophie in einer halben Yogastellung auf dem Sofa, ein Knie angewinkelt unter dem schwarzen Rocksaum. Geschlossene Augen. Auf den Lidern aufgelöste Wimperntusche. Als hätte sie geweint. Aber Sophie hatte nie geweint, solange sie zusammen waren. Vielleicht nur ein einziges Mal. Damals in Zürich.

Sophies Hände in Großaufnahme. Sie hatte kleine, aber kräftige Hände. Sie hielten eine Kaffeetasse mit blaugoldenem Rand umklammert. Ihre bernsteinfarbenen Augen, dieser gerade Blick, der in einem solchen Moment niemanden meinte, über dem Tassenrand. Die blaugoldenen Streifen hatte Morgan dazuerfunden. Es hatte nie eine solche Kaffeetasse gegeben. Aber die blaugoldenen Streifen paßten zu Sophies Blick, und deshalb gehörten sie zu diesem Erinnerungsbild. Genauso wie der zitronenfarbene Sonnenschirm in jenem anderen Erinnerungsbild, der einen starken Kontrast zu Sophies kurzgeschnittenem rotbraunem Haar bildete. Oder wie der Band Ringelnatzgedichte, in dem sie auf Bahnfahrten gelesen hatte, den Zeigefinger der linken Hand mit dem kleinen sternförmigen Mal auf dem Handrücken zwischen zwei Seiten geklemmt. Ihre Lippen bewegten sich, als würde sie die Verse auswendig memorieren. Aber eigentlich erinnerte ihn Sophie

nicht an Sophie, sondern an eine Frau mit Sophies Zügen und Eigenarten.
Noch größer als die Kunst des Erfindens ist die Kunst des Vergessens ...
Da war der Satz wieder, dem er schon den ganzen Abend nachspürte, der ihn an etwas erinnerte, vielleicht an ein Buch, das er gelesen hatte, ein Gedanke, der noch keine gültige Form hatte.
»Möchten Sie noch etwas trinken?«
Der junge Kellner war lautlos neben ihn getreten und zeigte auf das leere Glas.
»Ich möchte zahlen«, sagte Morgan und schaute am Kellner vorbei durch das Panoramafenster.
Daß er den letzten Abend in der *Towerbar* des *Hotels Hafen Hamburg* verbrachte, war kein Zufall. Hier hatte er einmal mit Sophie gesessen. Und Sophie hatte das Hotel ausgewählt, weil sie einmal ein Buch gelesen hatte, in dem diese Bar und dieses Hotel vorgekommen waren. Damals hatten sie beide einen *Angels Face* getrunken. Und Deutschlands Tor zur Welt hatte weit offengestanden.
Seither hatte sich auch in der *Towerbar* vieles verändert. Als er mit Sophie hiergewesen war, hatte eine andere, größere Galionsfigur mitten im Raum gehangen, dort, wo sich jetzt ein silberner Ventilator drehte. Eine verführerische Frauenfigur mit zwei Brüsten wie rosafarbene Halbkugeln. Auch *Angels Face* wurde heute auf der Getränkekarte nicht mehr angeboten. So war er auf einen anderen Drink, auf *Phantom*, ausgewichen, und er mußte den Kopf drehen, wenn er die Galionsfigur sehen wollte.

»Herr Morgan?«
An der Stelle des Kellners stand jetzt ein Mann in grauem Anzug mit dunkelroter Krawatte, der sich andeutungsweise verbeugte.
»Kennen wir uns?« fragte Morgan.
»Noch nicht.«
»Also?«
»Ich möchte Sie gerne sprechen. Darf ich mich zu Ihnen setzen?«
»Ich wollte gerade gehen.«
»Gehen Sie fotografieren?« fragte der Mann und verzog seine Lippen zu einem spöttischen Lächeln.
Morgan kniff die Augen zusammen, zuckte die Schultern, führte sein leeres Glas zum Mund und stellte es mit Nachdruck auf den Tisch zurück. Der Mann hob beschwichtigend die Hand, drehte sich um und ging zur Wendeltreppe. In der Ferne verklang das dumpfe Tuten eines Schiffes. Ohne Echo. Als Morgan noch einmal den Kopf drehte, um sich die Silhouette des Mannes einzuprägen, war er verschwunden. War er blond oder schwarzhaarig gewesen? Jung oder alt? Er hatte einen dunkelgrauen Anzug getragen und eine dunkelrote Krawatte. Aber da war noch etwas gewesen, das Morgan aufgefallen war. Aber was?
»Rosen für die Dame?«
Morgan schaute den Mann im lilafarbenen Hemd, der jetzt vor ihm stand, mit leerem Blick an. Es war wie bei einem mittelalterlichen Totentanz, wo eine allegorische Figur die andere ablöste. War der Mann Marokkaner oder Algerier? Er hatte eine hellbraune Hautfarbe und zeigte ein strahlend weißes Lächeln.

»Was für eine Dame?« fragte Morgan mißtrauisch. Sophie liebte Rosen, aber nur, wenn er sie damit überrascht hatte. Spontankäufe in Restaurants hatte sie gehaßt.
Der Blumenverkäufer drückte die Rosen, die, in durchsichtiges Zellophan eingewickelt, in seiner linken Armbeuge ruhten, an seine Brust und zeichnete mit dem rechten Arm eine Blumengirlande in die Luft. Der Duft der Rosen war penetrant und irritierend, trotz der Zellophanhülle.
»Rosen für Monsieur?« fragte der Blumenverkäufer.
»Allez-vous en!« sagte Morgan leise.
Der Blumenverkäufer drehte sich wortlos um und ging zum Nebentisch, wo ein junges Paar saß.
»Rosen für die Dame?« fragte er.
Pierre Morgan legte zwei Euroscheine auf das Tischchen und stand auf. Der penetrante Duft hing noch immer im Raum. Das war kein Rosenduft. Das war Moschus. Neue Erinnerungsbilder. Tunis. Männer, untergehakt, eine Moschusblüte hinter dem Ohr. Ein paar Schritte dahinter verhüllte Frauen. Ebenfalls Arm in Arm. Sophie hatte diese demonstrative Männerbastion irritiert. Und der Duft von Moschus war ihr zuwider gewesen.
Jetzt erinnerte er sich. Dem Mann, der sich zu ihm hatte setzen wollen, hatte der Zeigefinger der rechten Hand gefehlt. Aber warum diese Erinnerung so verspätet eintraf, wußte er nicht.
Was für ein Motiv! Eine Hand mit vier Fingern! Er hätte sie gern fotografiert. Der Finger fehlte, den man zwischen die Zähne legen konnte, wenn man nicht

sprechen wollte. Der Nachdenkfinger. Der Warnfinger. Sein Vater hatte diesen Finger oft benutzt. Die Mutter hatte nur immer in die geballte Hand gebissen, wenn sie sich aufgeregt hatte. Morgan fühlte sich seinen Assoziationen ohnmächtig ausgeliefert.

Ohne sich umzuschauen, ging er zum Aufzug. Er spürte, daß er beobachtet wurde. Er wurde seit Tagen beobachtet. Auf seinen Streifzügen im Hafengebiet und auf den kleinen Schiffsausflügen. Immer war jemand dabeigewesen, der sich für ihn zu interessieren schien. Auch als er das Gebäude der großen Versicherungsgesellschaft verlassen hatte.

Nachdem sich die Lifttür lautlos geschlossen hatte, griff er in die rechte Tasche seines Jacketts und holte seinen kleinen Fotoapparat heraus. Mit einer flinken Handbewegung löste er den Film aus der Verankerung, steckte die Rolle in die Brusttasche und ließ das Gehäuse wieder in die Tasche gleiten. Er schaute auf und sah im Spiegel seine zusammengepreßten Lippen, die an den Rändern nach unten zeigten, die kurzen dunkelblonden Haare, die graumelierten Schläfen, die ihn anscheinend attraktiv machten. Zumindest hatte das Sophie behauptet, auch wenn dabei Ironie in ihrer Stimme mitgeschwungen hatte.

Der Aufzug war unten angekommen. Pierre Morgan ging zur Rezeption und fragte nach einem Briefumschlag aus festem Papier. Er setzte sich an das kleine Tischchen im Foyer, schrieb seinen Namen und seine Genfer Adresse auf den Umschlag, steckte die Filmrolle hinein, klebte den Umschlag zu und gab ihn an der Rezeption ab. Dann legte er einen neuen Film ein, ging zum Fenster, den Apparat auf Hüfthöhe, und zählte 26 Klickgeräusche. Als er abdrückte, wie aus der Hüfte geschossen, fühlte er sich einerseits entspannt, andererseits auch leer. Die Fähigkeit, einen Ausschnitt zu wählen, der das Ganze wiedergab, hatte ihn im Augenblick verlassen. Wenn er die Welt nicht als Folge gerahmter Bilder sah, die sich durchdrangen, zu einem Ganzen zusammenfügten, das letztlich die Realität preisgab, fühlte er sich ohnmächtig, ausgeliefert.

Er steckte die Kamera wieder in die Tasche und wandte sich zum Hotelausgang. In seinem Fotoapparat waren 26 Aufnahmen, die einen beinahe identischen Ausschnitt zeigten: Nacht im Hamburger Hafen. Es war eine Nacht ohne Gesicht. Irgendeine Nacht, die an vieles erinnerte. Aber es waren keine verräterischen Fotos darunter.

Pierre Morgan schlenderte auf der breiten Kaimauer durch die Nacht. Linker Hand leuchtete die Reklameschrift einer großen Versicherungsgesellschaft. Morgan war nicht der einzige nächtliche Spaziergänger. Da waren Paare unterwegs, Seeleute, Touristen. Aber da gab es auch bewegungslose dunkle Gestalten, die den Straßenrand säumten, hingepflanzt wie Hydranten. Die beeindruckenden Umrisse des Museumsschiffs *Rickmer Rickmers* verwehrten ihm den Blick auf die Elbe. Auf der Landseite rauschte der Verkehr vorüber. Er ging am Bistro *Überseebrücke* vorbei. Rechts dominierten jetzt die Aufbauten der *Cap San Diego*, einst stolze Hoffnung deutscher Auswanderer. Links tauchte der bullige Turm auf, in dem unten ein portugiesisches Restaurant untergebracht war.

Die Glocke der Michaeliskirche schlug zwölfmal. Morgan zählte jeden Schlag. Mitternacht. Ein nächster Tag begann. Er hörte einen flüchtigen Schritt, sah einen Schatten.
War es das Blitzlicht eines Fotoapparats gewesen, das ihn geweckt hatte? Als er wieder zu sich kam, lag er im Lichtkegel einer Straßenlaterne auf dem Bauch, die linke Hand mit seiner Uhr neben dem Kopf. Sie zeigte zwei Minuten nach zwölf.
Morgan versuchte, sich zu erinnern. Er hatte noch den mitternächtlichen Glockenschlag der Michaeliskirche gehört. Ihm fehlten also zwei Minuten in seinem Leben. Ein Zeitloch zwischen Stehen und Liegen. Er lag genau in der Mitte zwischen zwei Trossen und starrte auf ein Plakat an der *Cap San Diego*: »Ein Koffer voller Hoffnung.« Er hörte das Geräusch einer U-Bahn.
Er versuchte, sich aufzurichten. Aber eine fremde Hand hinderte ihn daran. Der Druck war nicht brutal, nur bestimmt. Dann spürte er die Hand an seinem Hals. Ein unvollständiger Griff. Was war außergewöhnlich an diesem Griff? Es war nicht der Zeigefinger, der nach seiner Halsschlagader tasten wollte, sondern der klobigere Mittelfinger. Erst jetzt meldete sich ein stechender Schmerz in seiner rechten Schulter.
»Nicht bewegen«, sagte eine Stimme, die ihm vertraut vorkam. Sie gehörte dem Mann mit der dunkelroten Krawatte aus der *Towerbar*.
»Jemand hat auf Sie geschossen«, sagte die Stimme über ihm.
Morgan sah Schuhspitzen vor sich. Ein Paar braune Sommerschuhe aus geflochtenem Leder, darunter

weiße Socken. Vorn abgelaufene Spitzen, zerfranste Sohlen. Daneben zwei Frauenschuhe, dunkelblaue Pumps, vorn viereckig und breit. Sophie hatte solche Schuhe getragen, einmal, mitten im Winter, als es geschneit hatte und sie sich in Genf auf dem Weg zur Oper wie eine Betrunkene an seinen Arm geklammert hatte. Er sah Laufschuhe, Sandalen, Slipper. Er suchte wieder die blauen Pumps. Er hätte jetzt gern eine Aufnahme von dem blauen Schuh gemacht. Ein aus dem Zusammenhang gerissenes Bild. Die Welt zerfledderte vor seinen Augen.

»Haben Sie Schmerzen?« fragte die vertraute Stimme. Der Mann hatte seinen vierfingrigen Griff gelockert und beugte sich zu ihm herunter. Die dunkelrote Krawatte baumelte vor Morgans Gesicht. Er schaute weg und dann wieder auf die dunkelblauen Pumps der Frau. Eine feine blaue Ader verlief parallel zum Rist und verlor sich im Fußgelenk. Bei Sophie hatte diese Ader eine kleine, neckische Kurve genommen. Jetzt war das Bild präziser.

»Es geht«, murmelte Morgan und setzte sich auf, ohne daß ihn der andere daran gehindert hätte. Er saß jetzt mitten in einem Kreis von stummen Menschen, die ihn mit ausdruckslosen Gesichtern betrachteten.

Der Kreis öffnete sich, und ein glatzköpfiger Mann mit einer braunen, speckigen Ledertasche kniete sich neben Morgan nieder und betastete vorsichtig seine Schulter. Seine Uhr zeigte zehn nach zwölf. Morgans Hinterkopf schmerzte plötzlich mehr als die Schulter, als ihm der Mann vorsichtig das Jackett auszog, es zusammenrollte und ihm stumm bedeutete, seinen Kopf darauf zu le-

gen. Er schloß die Augen. Er wollte nicht in die Gesichter der Leute blicken müssen. Er drehte den Kopf zur Seite, um dem Schmerz im Nacken auszuweichen.
»Ich bin der Notarzt«, sagte der Mann, der neben ihm kniete.
»Pistole?« fragte der Mann mit der dunkelroten Krawatte.
Morgan öffnete die Augen. Der Mann war groß und schlank, beinahe mager, hatte einen langen Kopf mit stacheligen schwarzen Haaren.
»Was für eine Pistole? Es war ein Messerstich«, sagte der Arzt.
»Ich habe aber einen Schuß gehört.«
»Dieser Mann hier hat keine Schußwunde«, antwortete der Arzt. Seine Stimme klang gereizt.
»Ach?« sagte der Mann mit der roten Krawatte erstaunt.
»Ein Stich von hinten in die rechte Schulter.«
»Hier!« schrie jemand. Eine männliche Stimme.
Der magische Zirkel um Morgan wurde gesprengt.
»Da liegt jemand.«
Der Strahl einer Taschenlampe flammte auf, strich zitternd über die Köpfe der Leute hinweg, fand endlich eine Lücke zwischen hastig sich bewegenden Körpern.
Der Arzt war aufgestanden und folgte dem Strahl der Taschenlampe, den der Mann mit der dunkelroten Krawatte dirigierte.
»Tot«, hörte Morgan den Arzt sagen. »Erschossen. Alarmieren Sie die Polizei.«
»Die Polizei ist bereits unterwegs«, sagte der Mann mit der dunkelroten Krawatte.

Der Arzt kam zu Morgan zurück.
»Ich lege Ihnen einen Druckverband an«, sagte er und öffnete seine Tasche.
Morgan nickte. Die Leute hatten sich um den Toten geschart. Sein Fall war nicht mehr interessant. Schließlich hatte er überlebt
Es roch jetzt plötzlich nicht nur nach einem Desinfektionsmittel, sondern da war noch ein anderer, ein süßlicher Geruch.
»Wer ist der Tote?« fragte Morgan, während der Arzt eine Spritze aufzog.
»Wie soll ich das wissen. Ein Nordafrikaner. Irgendein Blumenverkäufer.«
»Rosen?«
»Ich weiß nicht. Blumen interessieren mich nicht.«
Morgan spürte die Nadel in seiner Haut. Er hielt den Atem an. Er verabscheute Spritzen. Es war nicht die Vorstellung des Schmerzes, sondern er ertrug den Anblick des metallenen Stachels nicht, der in Haut eindrang.
»Blumen erinnern mich an Begräbnisse. Ich hasse Begräbnisse.«
Morgan atmete aus, schaute den Arzt verwundert an.
»Sie sind doch ein Experte, was den Tod betrifft!«
Der Arzt winkte ab.
»Moschus?«
»Bitte?«
»Der Mann riecht nach Moschus. Und jetzt riechen Ihre Finger nach Moschus.«
Der Arzt roch an seinen Fingern und nickte. Morgan erhob sich vorsichtig, ging ein paar Schritte und warf einen Blick auf die reglose Gestalt am Boden. Es war

der Blumenverkäufer aus der *Towerbar*. Der Mann lag mit offenem Mund auf dem Rücken, ein Rosenstrauß quer über der Brust. Eine der Blüten war zerfetzt. Und der rote Fleck auf der linken Brustseite, der sich immer weiter ausbreitete, wollte nicht zum Rot der Rosen passen. Eine Handlampe flammte auf. Der Kameramann eines Fernsehteams beugte sich vor. Alles war plötzlich so unwirklich. Wie im Kino. Die Leute schwiegen andächtig. Der Lichtstrahl der Handlampe wurde unvermittelt in die Umstehenden gerichtet. Die Kamera schwenkte mit. Morgan versuchte, sein Gesicht zu verdecken. Zu spät. Er verfluchte seine Naivität. Er drehte sich um. Ein Polizeiauto mit Blaulicht näherte sich. Vier Beamte stiegen hastig aus, drängten die Leute zurück und sperrten den Tatort mit flatternden Bändern ab. Morgan war außerhalb des abgetrennten Bezirks stehengeblieben. Plötzlich stand der Mann mit der dunkelroten Krawatte neben ihm.

»Ich bringe den Herrn ins Krankenhaus«, sagte er, zum Arzt gewandt.

»Eine Fleischwunde. Nichts Ernstes«, sagte der Arzt. »Das kann ich ambulant behandeln.«

»Und der Schlag auf den Hinterkopf?«

Der Arzt schaute den anderen überrascht an. Dann wandte er sich an Morgan.

»Stimmt das? Haben Sie einen Schlag auf den Hinterkopf erhalten?«

Morgan nickte.

»Warum haben Sie nichts gesagt?«

»Ich dachte, es käme vom Sturz.«

Der Arzt tastete Morgans Hinterkopf ab.

»Es könnte der Griff einer Pistole gewesen sein. Haben Sie Kopfschmerzen? Schwindel?«
»Nein. Ich möchte in mein Hotel.«
»In welches Hotel?«
»Lassen Sie die Fragen, Doktor«, mischte sich jetzt der Mann mit der roten Krawatte ein und streckte ihm einen Ausweis hin, den er aus der Innentasche seiner Jacke gezogen hatte.
Der Arzt betrachtete das Papier, dann den Mann und endlich Pierre Morgan. Er nickte, packte seine Tasche und ging grußlos davon.
»Kommen Sie, Herr Morgan«, sagte der andere.
Es hatte leicht zu regnen begonnen.
»Ich gehe jetzt in mein Hotel.«
»*Hafen Hamburg*? Es tut mir leid. Noch nicht. Wir möchten Ihnen vorher ein paar Fragen stellen.«
»Wir? Ist das nicht Sache der Polizei?«
»Ich *bin* die Polizei – gewissermaßen. Anschel ist mein Name.«
Die Glocke schlug halb. Zwei Polizeibeamte redeten leise miteinander. Ein dritter hielt ein Funkgerät ans Ohr. Morgan hatte noch immer den Moschusgeruch in der Nase.

2

Gehen wir?«
Morgan zögerte. Er wußte, daß er keine Möglichkeit hatte, sich einfach abzusetzen. Es stellte sich nur die Frage, wem er sich ausliefern sollte, der Kriminalpolizei oder diesem Herrn Anschel, der offensichtlich gewisse Kompetenzen hatte.
Er spürte Anschels Arm an seinem Ellbogen, der ihn in östlicher Richtung dirigierte. Es regnete jetzt stärker. Anschel zog eine Prinz-Wilhelm-Mütze aus seiner Jakkentasche, setzte sie auf, rückte sie zurecht und zog sie dann tief in die Stirn. Morgan empfand den Regen als wohltuend. Er kühlte seinen schmerzenden Hinterkopf.
Er versuchte, Anschels Schrittkadenz zu brechen. Er mußte auf Distanz gehen, sich aus der Situation ausklinken.
Schwermut schlurft über Kies; / in den Wolken / klettert ein taumelndes Echo, / das ein Regen verschlug, / tröstete und losließ.
Die Fortsetzung wollte ihm nicht einfallen, obwohl er bei seinem Deutschabitur eine Arbeit über Paul Celan geschrieben hatte. Celan hieß mit richtigem Namen Antschel. Er hatte sich dann von dem Namen distanziert, indem er die beiden Silben vertauscht und den ersten Buchstaben gewissermaßen veredelt hatte. Was

hatte in ihm die Assoziation ausgelöst? Der Regen oder der Name Anschel? Oder war es dieses Gefühl von Einsamkeit, das sich in ihm ausbreitete?
»Wurden Sie bestohlen?« fragte Anschel nach einer Weile. Seine Stimme klang nicht wirklich interessiert.
Morgan steckte seine Hand in die Brusttasche, dann in die Gesäßtasche und endlich in die rechte Jackettasche. Er stöhnte. Seine Schulter schmerzte. Er blieb stehen. Es sollte überrascht wirken.
»Mein Fotoapparat ist weg!«
»Sind Sie als Tourist in Hamburg?«
Das war nicht die Frage, die Morgan erwartet hatte.
»Ja.«
Sie standen jetzt vor einem silbergrauen BMW. Anschel öffnete die Beifahrertür und bedeutete Morgan einzusteigen.
»War ein Film im Apparat?«
»Ja.«
»Und was für Motive?«
»Von allem etwas. Und viele Hafenaufnahmen.«
Anschel lachte und startete den Motor. Sie fuhren durch St. Pauli, vorbei an der Davidwache. Morgan schloß die Augen. Es war nicht von Bedeutung, wohin er gebracht wurde. Es ging nur darum, möglichst schnell in sein Hotel zurückkehren zu können. Sein Rückflug nach Genf über Zürich war für denselben Tag kurz nach Mittag gebucht.
Anschel trat auf die Bremse. Morgan öffnete die Augen. Sie fuhren durch einen Torbogen in einen düsteren Hinterhof. Sie hatten nicht miteinander gesprochen. Sein Hinterkopf schmerzte. Die Wunde unterhalb der

Schulter pritzelte. Der Regen war noch stärker geworden.
Anschel spannte einen Schirm auf, den er aus dem Kofferraum holte, und wie ein Liebespaar gingen sie auf ein schmalbrüstiges Haus zu, in dem zwei Fensterreihen erleuchtet waren. Anschels Nähe war Morgan unangenehm. Und auch seine Pistole, die er an seiner rechten Hüfte spürte. Sie fuhren im Lift in den dritten Stock. Auch hier standen sie eng beisammen. Morgan roch die laue Feuchtigkeit, die aus Anschels Kleidern stieg, und vermied es, ihn anzuschauen. Der Schirm tropfte, und auf dem Boden bildete sich eine kleine Wasserlache. Er erinnerte sich an das dünne Rinnsal, das sich an seinem ersten Tag im Kindergarten plötzlich unter seinem kleinen gelbbraunen Holzstuhl hervorgewunden hatte und das seine ältere Schwester blitzschnell mit einem Tafelschwamm hatte verschwinden lassen. Als wäre sie darauf gefaßt gewesen, daß ihn die Situation überfordern und er die Kontrolle über seine Blase verlieren würde. Er hob den Blick und schaute wie die Leute im Aufzug eines Warenhauses auf die wechselnden Lichtzahlen über der Tür.
»Haben Sie Schmerzen?« fragte Anschel, als sich die Tür lautlos auseinanderschob.
»Warum fragen Sie? Sind wir denn in einem Krankenhaus? Es riecht hier nicht nach Desinfektionsmitteln, nicht nach dem Parfum der Nachtschwestern.«
Anschel schaute ihn spöttisch an. »Sie scheinen eine gute Nase zu haben.«
Morgan war verunsichert. Hatte Anschel das doppeldeutig gemeint?

»Hier!«

Anschel öffnete eine Tür und legte Morgan gleichzeitig die Hand auf die gesunde Schulter.

»Setzen Sie sich!«

Es gab nur zwei Sitzgelegenheiten in dem hellerleuchteten Raum. Einen gewöhnlichen Holzstuhl mit einer geflochtenen Lehne und einen Ledersessel hinter einem ausladenden Schreibtisch, auf dem eine Lampe mit grünem Schirm stand. Und da lag auch noch am oberen Tischende, fein säuberlich in den rechten Winkel der Ecke eingepaßt, ein grauschwarz gesprenkelter Ordner.

Morgan zögerte. Er unterdrückte die Frage, welcher Stuhl für ihn vorgesehen sei, und setzte sich auf den Stuhl, lehnte sich zurück und schlug das rechte Bein über das linke. Anschel hatte den Schirm in eine Ecke gestellt, die Schreibtischlampe eingeschaltet, das Jakkett ausgezogen und saß jetzt Morgan gegenüber, den rechten Fuß über das linke Knie gelegt, so daß die Beine einen rechten Winkel bildeten. Die sogenannte Amerikanerstellung. So hatten sich amerikanische Spione im Zweiten Weltkrieg verraten. Er hatte sich in seinem Sessel zurückgelehnt und die Hände hinter dem Kopf gefaltet. Unter seinen Achselhöhlen waren dunkle Flekken zu sehen, zwei nichtkongruente Muster, zerfasernde Umrisse einer Landkarte.

»Wissen Sie, wer auf Sie eingestochen hat?«

»Nein. Ich denke, Sie wissen es, Herr Anschel«, antwortete Morgan.

Anschel verzog sein Gesicht zu einer Grimasse, die alles bedeuten konnte. Auch Überraschung.

»Es könnte der Blumenverkäufer gewesen sein. Man hat bei ihm einen Dolch gefunden. Wahrscheinlich tunesisch oder marokkanisch. Der Mann war schon in der *Towerbar*, dann ist er Ihnen gefolgt ...«
»Sie sind mir auch gefolgt, Herr Anschel. Also müßten Sie doch gesehen haben, ob der Blumenverkäufer sich mir genähert hat.«
»Er hat sich Ihnen genähert. Er stand plötzlich hinter Ihnen, und dann hat er zugestochen. Ich kam zu spät. Ich sah nur, wie er ausholte.«
»Und dann haben Sie geschossen.« Morgan lachte.
Anschel zündete sich eine Zigarette an, ohne Morgan zu fragen, ob er auch eine wolle. Er saß jetzt leicht vorgebeugt auf seinem Sessel.
»Ich habe ihn nicht erschossen. Wie käme ich dazu. Der Mann ist weggelaufen. Dann fiel ein Schuß.«
»Sie tragen eine Pistole, Herr Anschel. Und wenn jetzt ein Kriminalbeamter die Idee hätte, die Patronen in Ihrem Magazin zu zählen, kämen Sie vielleicht in Verlegenheit.«
Anschel sah ihn unbeweglich an.
»Sie sind Linkshänder. An der Rechten fehlt Ihnen der Abzugfinger.«
Anschel schwieg noch immer.
Morgan wußte, daß er ihn nicht noch mehr provozieren durfte. Allerdings hatte er auch das Gefühl, daß ihn Anschel gern als Partner gewonnen hätte. Aber in welcher Sache? Und was wußte er?
Anschel beugte sich vor und zog unendlich langsam mit der Linken den Ordner zu sich heran, klappte ihn auf. Morgan hörte das metallene Klicken, als Anschel

die Arretierung löste, und dann dieses Schleifgeräusch, als er sie über die Bügel streifte.

»Ich habe Sie bisher nicht nach Ihrem Namen gefragt«, sagte Anschel endlich. Aber eigentlich hatte diese Feststellung keinen Adressaten. Anschel wußte Bescheid.

»Pierre Morgan, 51, Wohnort Genf«, sagte Morgan.

»Jahrgang 1952«, ergänzte Anschel und hob den Blick vom Ordner.

1952. Ein unglücklicher Jahrgang, dachte Morgan. 1968 war er kaum siebzehn Jahre alt gewesen, verliebt in die fünfzehnjährige Tochter eines Privatbankiers. Und als diese Liebe verebbte, hatte auch die Studentenbewegung ihren Zenit überschritten, und Morgan hatte den Augenblick verpaßt, den Vater seiner Freundin als Ausbeuter zu beschimpfen und ihn als Klassenfeind zu betrachten. Morgan war ein Jahrgang zwischen allen Stühlen.

»Ihr Vater war Engländer. Ihre Mutter Französin.«

»Korrekt.«

»Sie sind Historiker. Sie haben über amerikanische Geschichte promoviert. Bürgerkrieg oder so.«

»Ich habe politische Wissenschaften studiert, um genau zu sein.«

Anschel schürzte die Lippen.

»Sie sind ein weitgereister Mann.«

Morgan lachte wieder.

»Weitgereist. Ist das eine Berufsbezeichnung?«

»Eine Feststellung.«

Anschel beugte sich über den Ordner und las weiter. Seine Lippen formten die Buchstaben lautlos mit. Er sah auf.

»Sie waren in Afghanistan.«
»Was soll der vorwurfsvolle Ton? Ich war als Delegierter des IKRK dort.«
»Sie haben sich in einer Bar in Kabul mit einem Amerikaner geprügelt.«
»Bloom. Ken Bloom. Und? Bloom war ein mieser Kerl. Und wir waren beide angetrunken.«
»Besagter Bloom hat zwei afghanische Kinder aus einem Schulhaus gerettet, das von afghanischen Widerstandskämpfern in Brand geschossen worden war. Er wurde als Held gefeiert.«
»Ich weiß, wie es wirklich abgelaufen ist, Herr Anschel. Ich bin eine halbe Stunde nach dem Angriff am Ort des Geschehens eingetroffen. Ein amerikanischer Spähtrupp hat sich in der Schule verschanzt gehabt, und als die afghanischen Kämpfer das Schulhaus angriffen, benutzten die Amerikaner die Schulkinder als Schutzschild, um sich absetzen zu können. Aber nur Bloom ist die Flucht gelungen. Mit zwei Kindern als Geiseln. Und er hat nur überlebt, weil amerikanische Verstärkung eingetroffen ist.«
»Bloom war Zivilist, Herr Morgan. Das steht hier schwarz auf weiß.«
»Bloom war ein CIA-Agent.«
Anschel sah ihn erstaunt an und blätterte wieder im Ordner.
»Haben Sie etwas gegen die CIA?« fragte er nach einer langen Pause scheinbar beiläufig.
»Wer nicht?« fragte Morgan lächelnd.
Anschel biß sich auf die Lippen und blätterte dann die Seite um.

Morgan erinnerte sich nur ungern an diese Barszene in Kabul zurück. Er war am nächsten Tag im Krankenhaus aufgewacht. Der Arzt hatte eine Gehirnerschütterung diagnostiziert, was aber zwei amerikanische Besucher nicht daran gehindert hatte, ihn über seine Tätigkeit in Afghanistan auszufragen.
»Sie sind wohl so etwas wie ein Gerechtigkeitsfanatiker, Herr Morgan«, sagte Anschel mit einem Grinsen.
»Und?«
»Ein Eiferer?«
»Das Wort hat den Beigeschmack von Sektierertum.«
»Sie haben ein vielfältiges Beziehungsnetz, sehe ich.«
Draußen auf dem Flur waren Schritte zu hören. Es waren kurze, schnelle Schritte mit einem deutlichen Akzent auf dem Absatz. Es war eine Frau. Vielleicht trug sie Pumps. Morgan mußte sich dazu zwingen, nicht aufzustehen und zur Tür zu gehen, um die Frau zu sehen, zu der die ihm so vertrauten Schritte gehörten.
»Sie waren zuerst Auslandskorrespondent für eine große Schweizer Tageszeitung in Rom. Später in Paris.«
Morgan lächelte dünn. Anschel nickte vielsagend.
»Sie sind in den Medien ein gefragter Mann. Spezialist für den Nahen Osten? Liege ich richtig?«
»Afghanistan gehört nicht zum Nahen Osten«, sagte Morgan lächelnd.
Anschel schien diese Korrektur nicht zu stören.
Wieder waren die Schritte der Frau auf dem Flur zu hören. Diesmal in der Gegenrichtung. Anschel schaute von seiner Akte auf. Die Schritte waren jetzt ganz nah und dann plötzlich nicht mehr zu hören. Es klopfte an

der Tür. Morgan drehte sich um und starrte auf die Klinke, die langsam heruntergedrückt wurde. Die Frau in der Türöffnung hatte einen runden Kopf, einen roten Pony, der wie eine Badekappe eng am Kopf klebte, und eine Brille mit blauem Rand.

»Später!«

Anschel winkte ab. Die Frau zögerte, hielt einen Computerausdruck in die Luft und wedelte damit, als wollte sie sich Luft zufächeln.

»Gib her!«

Sie reichte Anschel das Blatt und verließ den Raum. Die Tür wurde geschlossen. Die kurzen, schnellen Schritte entfernten sich. Eine penetrante Schrittkadenz, dachte Morgan.

Anschel hatte mittlerweile ein Fenster geöffnet. Er lehnte sich gegen den Heizkörper und studierte das Papier.

Der Regen rauschte.

... in den Wolken / klettert ein taumelndes Echo, / das ein Regen verschlug ...

Ein Auto fuhr in den Hof. Eine Tür wurde zugeknallt. Schritte entfernten sich. Wenn Morgan in seiner Genfer Wohnung bei offenem Fenster am Schreibtisch saß, konnte er die Schritte seiner unmittelbaren Nachbarn voneinander unterscheiden, wußte er, wer welche Schrittkadenz hatte, welches Gesicht zu welchen Schritten paßte.

Er stand auf und ging zur Tür.

»Ich gehe jetzt, Herr Anschel.«

Anschel schaute erstaunt auf. Er schwieg. Morgan drückte auf die Türklinke. Einmal, dann ein zweites

Mal. Der Anflug von Panik war nur kurz. Er hieb mit der linken Faust gegen die Tür. Sie war verschlossen. Morgan drehte sich um und starrte Anschel wütend an.
»Falscher Hund!«
Zu spät wurde ihm bewußt, daß es Sophies letzte Worte waren, damals bei ihrem Abschied, die er benutzt hatte. Er ging zu seinem Stuhl zurück und setzte sich. Diese unkontrollierten Gefühlsausbrüche. Es gab Augenblicke, da hatte er sich nicht mehr im Griff.
»Sagt Ihnen der Name Maurice Faber etwas?« fragte Anschel ruhig und kehrte an seinen Platz zurück. Das Papier legte er auf den Schreibtisch.
Morgan zögerte, dann zuckte er die Schultern. Er verspürte einen stechenden Schmerz im Hinterkopf. Anschel ließ die metallenen Ringe des Ordners aufspringen, löste zwei fotokopierte Zeitungsartikel heraus und reichte sie Morgan, der einen flüchtigen Blick darauf warf.
»Ich weiß nicht, was dieser Zeitungsartikel mit meiner Akte zu tun hat, Herr Anschel.«
»Der Artikel eines gewissen Maurice Faber. Dieser Faber hat in einem bekannten französischen Politmagazin brisante Thesen vertreten.«
»Ich kenne den Artikel. Was wollen Sie von mir?«
Anschel blätterte wieder im Ordner.
»In letzter Zeit waren Sie häufig in Hafenstädten unterwegs. Barcelona, Porto, Le Havre, Ostende, Tallinn.«
Morgan schwieg.
»Waren Sie auch in England?«

»Nein.«
Morgan überraschte diese Frage. England war sein nächstes Reiseziel. Die Häfen von Southampton und Portsmouth.
»Warum interessieren Sie sich für Hafenstädte?«
»Ich bin nicht nur in Hafenstädten unterwegs, Herr Anschel. Ich bin öfter in Genf.«
Anschel nahm ein Blatt aus dem Ordner, stand auf und ging wieder zum Fenster. Er setzte sich halb auf den Heizkörper unter dem Fenster und zündete sich eine Zigarette an.
»Sie wissen, wovon ich rede«, sagte er zwischen zwei Zügen. »Es war vor ein paar Monaten. Im November letzten Jahres. Ein nebliger Tag. Ein britischer Trawler kollidierte vor der bretonischen Küste mit einem Tanker.«
Er wedelte kurz mit dem Blatt in seiner Hand.
»Hier! Die Agenturmeldung vom November 2002. Ich denke, Sie erinnern sich. 77 000 Liter Rohöl hatte die *Marianne* geladen. Die Umweltkatastrophe war vorprogrammiert.«
»Vorprogrammiert?« Morgan zeigte ein bitteres Lächeln. »Ein treffender Ausdruck. Ich erinnere mich an das Unglück. Wer nicht? Aber das ist wohl nur die offizielle Version, Herr Anschel. Der Tanker war unter liberianischer Flagge unterwegs und transportierte irakisches Öl. Und dieser Tanker fuhr im Auftrag eines französischen Ölkonzerns. Ob der Tanker aufgelaufen ist und erst nachher zufällig von einem britischen Trawler, der vielleicht Hilfe leisten wollte, gerammt worden ist oder ob die Kollision beabsichtigt war, steht

nicht fest. Vielleicht ging es ja auch nur um die Versicherungssumme. Vielleicht waren da auch verschiedene Interessenten mit von der Partie. Die Amerikaner, vielleicht aber auch der Irak und Verbündete. Die Saudis zum Beispiel. Vielleicht ging es ja nur um wirtschaftliche Vorteile. Vielleicht war es auch ein Versuch mächtiger Konzerne und Werften, den ausschließlichen Bau doppelwandiger Tanker durchzusetzen.«
Morgan machte eine Pause und fügte dann lächelnd hinzu: »Und selbstverständlich ist auch ein terroristischer Anschlag nicht auszuschließen.«
Er bereute, so viel gesagt zu haben. Er hatte ja nur einen Versuchsballon starten wollen, um herauszufinden, wie Anschel auf seine Thesen reagieren würde.
»Das sind ja noch ein paar Thesen mehr, als sie dieser Maurice Faber aufgestellt hat.«
»Dagegen erwägt dieser Faber auch die Möglichkeit, daß es sich um eine gezielte Aktion der Amerikaner gehandelt haben könnte. Sie hätten den Unfall als Anschlag von Terroristen darzustellen versucht, die es darauf angelegt hatten, den Tanker vor der französischen Küste auflaufen zu lassen. Die Mannschaft des britischen Trawlers, der offenbar zu Hilfe eilen wollte, sei überwältigt worden, um eine Kollision mit dem Tanker herbeizuführen und um damit der *Marianne* den Todesstoß zu versetzen.«
»Fiktion, bloße Fiktion, Herr Morgan. Ich hoffe nicht, daß Sie die These dieses Faber teilen oder sogar seine Schlußfolgerungen unterstützen.«
»Ich erinnere mich nicht mehr an die Schlußfolgerungen«, sagte Morgan, vorsichtig geworden.

»Faber folgert, daß die Umweltkatastrophe, die die bretonische Küste heimsuchte, absichtlich sozusagen als Strafaktion herbeigeführt wurde, um die Franzosen von der Notwendigkeit internationaler Terrorismusbekämpfung zu überzeugen und sie so an die Seite der Amerikaner in den Irakkrieg zu zwingen.«

»Eine gewagte These, aber durchaus möglich. Und vielleicht waren ja auch texanische Ölinteressen im Spiel.«

»Abenteuerliche Versionen, Morgan. Warum sollte die CIA ohne offiziellen Befehl seitens der Regierung eine solche Kommandoaktion durchgeführt haben?«

Anschel war aufgestanden und redete laut und mit den Gesten eines Politikers.

»Sie beeindrucken mich, Herr Anschel. Sie sind ja ein Eiferer.«

Anschel drehte sich wütend um und warf die Zigarettenkippe in den Hof. Es regnete stärker. Morgan atmete die frische, feuchte Luft tief ein, die durch das offene Fenster drang. Er mochte dieses sommerliche Gemisch von Regen und Asphalt. Anschel schloß das Fenster und kehrte an seinen Platz hinter dem Schreibtisch zurück. Wieder nahm er die Amerikanerstellung ein und ballte die rechte Hand zur Faust.

»Sie haben recherchiert?« fragte Anschel. »Sie haben ein Pseudonym benutzt? Maurice Faber ist also Pierre Morgan?«

Morgan lachte.

»Vielleicht heißen Sie ja auch nicht Anschel, sondern Vogel oder Strauß? Vielleicht sind Sie ein Mann der Terrorfahndung?«

Anschel hob abwehrend seine Hand.
»Fabers Version von der Tankerkollision ist sehr abenteuerlich.«
»Abenteuerlich, ja. Dieser Faber hat mit Besatzungsmitgliedern des Tankers gesprochen, habe ich gelesen. Es war wohl nicht ungefährlich.«
»Und mit der Besatzung des Trawlers?« fragte Anschel mit leiser Ironie in der Stimme. »Hatten Sie da auch Kontakt?«
Morgan schloß kurz die Augen.
»Ich habe gelesen, daß die Mannschaft der *Lucky Punch* hermetisch abgeschottet worden ist. Drei Männer wurden verhaftet. Zwei Saudis und ein Grieche. Ein Mann der Besatzung wird seither vermißt. Vielleicht hat er ja überlebt, taucht eines Tages wieder auf, und dann wissen wir, wie es sich wirklich zugetragen hat, nicht wahr?«
»Der Mann ist tot. Und dieser Faber versucht, aus dieser Geschichte Kapital zu schlagen.«
»Dieser Faber hat ja nur Thesen aufgestellt. Warten wir ab, wie es weitergeht.«
»Er hat einen zweiten Artikel zum Thema angekündigt.«
»Ich nehme an, er wollte zuerst noch genauer recherchieren.«
»Ich nehme an, daß ihm dafür ein ordentliches Honorar in Aussicht gestellt wurde.«
»Was weiß ich.«
»Alles erfunden!« sagte Anschel mit Nachdruck.
»Auf wessen Seite stehen Sie eigentlich, Herr Anschel? Sie sind, hoffe ich, Deutscher, und Sie kennen die Posi-

tion Ihrer Regierung. Deutschland und die USA nehmen in der Irakfrage bekanntlich unterschiedliche Positionen ein.«

Anschel schüttelte den Kopf.

»Sie wissen, was Mischa Wolf, Ihr großer Kollege aus dem ehemaligen Osten der Republik, einmal gesagt hat: ›Politische Führungen schätzen die Arbeit ihrer Geheimdienste nur dann, wenn deren Berichte ihrer eigenen Meinung entsprechen.‹ Wo stehen Sie, Herr Anschel?«

Anschel schoß von seinem Stuhl hoch, ging erregt zum Fenster, öffnete es erneut, anscheinend, um Luft zu holen, schloß es wieder, kam auf Morgan zu und blieb unmittelbar vor ihm stehen. Seine Kleider rochen noch immer nach Rauch und Feuchtigkeit. Er drohte Morgan mit der rechten Hand. Die Drohgebärde hatte nur beschränkte Wirkung, weil der Zeigefinger fehlte. Anschel schien es zu merken, ließ die Hand sinken und ballte sie zur Faust.

»Heute nacht wurde ein Mordanschlag auf Sie verübt. Was für eine Erklärung haben Sie dafür?«

Morgan zuckte die Schultern. »Es war wohl ein Raubüberfall.«

»Der Mann wollte Sie töten.«

»Ich bin das Opfer einer Verwechslung geworden.«

Anschel ging zum Schreibtisch und griff nach dem Computerausdruck.

»Achmed Mamoud ist kein unbeschriebenes Blatt. Diese Information ist soeben hereingekommen.«

»Der Blumenverkäufer?« fragte Morgan.

Anschel nickte.

»Er gehört einer terroristischen Vereinigung an? Darauf wollen Sie doch hinaus.«
»So weit sind wir noch nicht. Sagen wir mal so: Der Mann ist Tunesier und gehört möglicherweise zum Umfeld der Al-Qaida. Jedenfalls ist Ihr Fotoapparat verschwunden.«
»Das spricht dafür, daß es sich um einen Raubüberfall handelte.«
»Es spricht auch für das Gegenteil. Was haben Sie in Hamburg gemacht? Fotografiert?«
»Auch.«
»Sie haben sich mit einem Anwalt getroffen, der sich auf Versicherungsfälle von angeblich verschwundenen Schiffen spezialisiert hat.«
»Und ich habe mich im Hafen mit einem alten Kollegen getroffen, der etwas von Schiffahrt versteht.«
»Und? Haben Sie die richtigen Informationen bekommen?«
»Der Mann kennt sich aus auf dem Gebiet des GPS. Wissen Sie, wovon ich rede?«
Anschel nickte vage.
»Sie meinen das *Global Positioning System*. Und?«
»Schiffe navigieren über Satellit. Die Bodenstationen der Satelliten befinden sich alle in den USA unter totaler Kontrolle der Army.«
Anschel winkte ab. »Alles spricht für die These, daß Sie bei Ihren Recherchen jemandem zu nahe gekommen sind.«
Anschel löste seine dunkelrote Krawatte, zog eine Schublade auf und legte seinen Schlips hinein. Jetzt wirkte er beinahe nackt.

»Ich fliege heute in die Schweiz zurück. Nach Genf. Ich denke, da hört Ihr Einflußbereich auf«, sagte Morgan.

Anschel seufzte.

»Nicht ganz. Sie sind in Gefahr. Sie brauchen Schutz. Wir haben bereits die Schweizer Kollegen informiert.«

Morgan lehnte sich zurück. Er hatte verstanden.

»Ich fliege zurück. Sie wollen mich als Köder benutzen. Habe ich recht?«

Anschel ließ sich in seinen Sessel fallen und schwieg.

Das ganze Leben besteht aus Deals, dachte Morgan. Wenn er sich mit Sophie in einem Hotel oder Restaurant getroffen hatte und beide erfüllt waren von dem, was sie in der Zwischenzeit erlebt oder gefühlt oder ersehnt hatten, begann schon nach der ersten Umarmung, nach diesem stummen Beginn des Wiedererkennens, die Phase vorsichtigen Taktierens, wurde die Spontaneität unterdrückt und eine Art Raster geschaffen, Spielregeln, nach denen der Erlebnisaustausch vor sich gehen sollte. Banales wie ein Erfolg in einem Tennismatch unter Kollegen, ein Kinobesuch oder der überraschende Telefonanruf eines alten Freundes rangierte weit unten auf der sogenannten Tagesordnung. Am besten war die Eröffnung mit einer Frage gewesen, die so viel Spielraum ließ, daß die Fortsetzung des Austauschs nach vielen Seiten hin offenblieb. Sophie hatte mehr Wert auf die Einhaltung dieser Spielregeln gelegt als er, und wenn er rückfällig geworden war und mit einer Nebensächlichkeit den Austausch begann, hatte sie verletzt geschwiegen. Und dann hatte Morgan sich schnell einsichtig gezeigt, um den Abend des Wieder-

sehens zu retten, auch wenn er sich selbst dabei verleugnet hatte. Aber Selbstverleugnung war ein Teil dieses Spiels, das doch so ernst war.
Die Spannung war in sich zusammengefallen. Anschel hatte die Ellbogen auf die Schreibtischplatte gestützt, das Kinn in die gefalteten Hände gebettet. Sein Hemd klaffte vorn weit auf. Er hatte die beiden obersten Knöpfe geöffnet. Der rechte Kragen war wie ein müdes Blatt nach unten gekippt. Er hatte fast weiße, steif abstehende Wimpern, die nicht zu seinem schwarzen, stacheligen Haar passen wollten. Es sah so aus, als lägen seine Augen hinter Gittern.
In der vergangenen Stunde hatte Pierre Morgan jede Einzelheit seines Gegenübers registriert, seine schleppende Art zu sprechen, die kurze Pause, die er jeweils vor dem letzten Wort eines Satzes machte, den in regelmäßigen Abständen wiederkehrenden Griff an die rechte hintere Hosentasche, wo wohl sein Portemonnaie steckte, und gleich darauf, sozusagen im Vorbeigehen, das flüchtige Abtasten der linken Hüfte, als wollte er sich vergewissern, daß seine Pistole noch da war. Und mit jeder Einzelheit, die Morgan registrierte, verlor Anschel mehr an Autorität.
»Ich werde Sie jetzt in ein Krankenhaus fahren lassen, Herr Morgan«, sagte Anschel und griff zum Telefonhörer.
»Die Schmerzen in der Schulter sind auszuhalten. Fahren Sie mich ins Hotel!«
Anschel schüttelte den Kopf, wählte eine Nummer. »Jetzt!« Er legte wieder auf.
»Ich fühle mich für Sie verantwortlich, Herr Morgan.

Nur eine kurze Untersuchung. Dann können Sie ins Hotel. Und heute nachmittag fliegen Sie in die Schweiz zurück. Meine Schweizer Kollegen haben an Wengen gedacht.«
Morgan erstarrte. Er stand auf.
»Wengen? Das liegt im Berner Oberland. Ich wohne in Genf.«
Anschel antwortete nicht. Ein Schlüssel wurde im Schloß umgedreht. Die Tür öffnete sich. Die Frau mit der eigenartigen Badekappenfrisur steckte den Kopf herein. Morgan hatte sie nicht kommen hören. Er schaute auf ihre Füße. Sie trug weiße Turnschuhe.
»Gehen wir?« fragte die Frau mit heiserer Stimme.
Anschel klappte den Ordner zu und schob ihn langsam wieder in die Ecke des Schreibtischs. Er blickte hoch.
»Dieser Faber hat jetzt die Gelegenheit, in dem angekündigten zweiten Artikel die Dinge zurechtzurükken.«
Morgan ging wortlos zur Tür. Die Frau war einen Kopf kleiner als er. Er folgte ihr durch den Flur zum Aufzug. Der Schrittrhythmus war derselbe wie vorher, als sie zum erstenmal durch den Flur gegangen war. Aber jetzt ging sie beinahe lautlos. Nur manchmal quietschten die Gummisohlen auf dem Parkett.
Sie fuhren in Anschels Auto durch den Regen. Sie redeten nicht miteinander. Die Frau schaute konzentriert geradeaus. Die Lichtreflexe der entgegenkommenden Autos schwappten über ihr Gesicht. Dann sah sie mit ihrer blauen Brille und dem runden Kopf wie ein Kugelfisch in einem Aquarium aus. Der Rock war ihr über die Knie gerutscht. Ihre Oberschenkel guckten

wie noch nicht gebackene Brotlaibe unter dem Saum hervor. Ihre rechte Hand lag locker auf dem Schalthebel, auch wenn sie nicht die Gänge wechselte. Sie hatte weiche, konturlose Hände. Wie Quallen.
Die Frau bremste. »Notaufnahme«, stand auf einer hellerleuchteten Tafel. Sie nahm die Hand vom Schalthebel und zog ihren Rocksaum nach unten.
»Ich warte hier und fahre Sie dann ins Hotel.«
Mehr sagte sie nicht. Er stieg aus und ging über die drei breiten Stufen auf eine Glastür zu, die sich lautlos öffnete, und schon umfing ihn wieder dieser Krankenhausgeruch, wie damals, als er vor Jahren am Krankenbett seiner Mutter gesessen und ihr die Erlaubnis gegeben hatte, endlich zu sterben. Und wie bei einer wiederholten Impfung immunisierte ihn dieser Geruch zwei Jahre später, als sein Vater einen Schlaganfall erlitt und wenig später ein Cousin an einer Lungenembolie starb. Und als er jetzt in diesem kahlen Vorraum stand und sich umschaute, war es, als wäre er unterwegs zum Sterbebett eines nahen Verwandten. Aber war er nicht selbst ein Todeskandidat?
Dann saß er in einem langen, schmalen Flur. An der Wand gegenüber hing ein Poster des Kölner Museums Ludwig. Es zeigte eine der blonden Roy Lichtenstein-Frauen, die ihn neugierig anschaute, als erwartete sie seinen Trost. Wenn man einer nicht ganz intakten Sprechblase glauben konnte, versicherte sie allen, die es wissen wollten, daß sie sich schlecht fühle.
Der Arzt war jung und freundlich. Er untersuchte die Wunde, desinfizierte sie, legte Morgan eine Armschlinge an, gab ihm eine Schachtel Schmerztabletten

und entließ ihn dann mit Wünschen für baldige Genesung, nachdem er ihm noch ein Rezept für eine Salbe ausgestellt hatte.
Als Morgan, die Glastür im Rücken, auf dem Treppenabsatz der Notaufnahme stand, flammten Blitzlichter auf, dunkle Gestalten, die Kamera gezückt, hasteten geduckt über den Vorplatz, das schrille Lachen einer Frau ertönte. Dann war es wieder still. Die Frau mit der blauen Brille, die Morgan ins Krankenhaus gefahren hatte, war verschwunden.
Eine fast perfekte Inszenierung, dachte er, zog sein Handy aus der Tasche und bestellte ein Taxi.

3

Wenn er seitlich auf der Fensterbank saß und hinausschaute, sah er linker Hand die rechte Schulter der Jungfrau. Wenn er seinen Blick geradeaus richtete, wurde er mit einer Kindheitserinnerung konfrontiert. »Liebe Eltern. Es ist schön hier oben in Wengen. Soeben ist das Breithorn aus den Wolken getreten. Viele Grüße, Pierre.«
Das Breithorn war an diesem Tag nicht wolkenverhangen, sondern beeindruckte vor einem alpinblauen Himmel. Doch die Erinnerung an das Pfadfinderlager in der nahen Jugendherberge *Zwirgi* blieb wolkenverhangen und von Heimwehgedanken durchwirkt. Wenn Pierre Morgan an diese Zeit zurückdachte, fragte er sich manchmal, wonach er Heimweh gehabt hatte. Nach der Tabakpfeife seines Vaters, die nach den Mahlzeiten das Eßzimmer so traulich einnebelte? Nach dem blaugrau karierten Wachstuch auf dem Tisch, das an den Kanten mit metallenen Klammern befestigt war und auf dem man mit dem Zeigefinger die vertrauenerweckenden geometrischen Linien nachfahren konnte, ohne sich zu verirren? Nach der Stehlampe mit dem Schirm aus gelbbraunem Pergament und dunkelroten Blumen als Verzierung, deren Licht einen aufnahm und tröstete, aber gleichzeitig auch zum Weinen brachte, weil es nicht von Dauer war und vom Vater gnadenlos

gelöscht wurde, wenn die Zeit zum Schlafen gekommen war? Jeden Abend zur selben Zeit. Oder waren es die schmerzhaften Augenblicke, wenn der Vater am Sonntagmorgen mit seinem kantigen Daumennagel die faserige Haut im Nagelbett seines Sohnes zurückdrängte und so der Reihe nach zehn kleinen, blassen Möndchen zum Aufgang verhalf?
Heimweh hatte für ihn nichts mit Heimatgefühlen zu tun, nicht mit Bergen oder einheimischem Liedgut, sondern mit dem Glockengeläut am Samstagabend, mit dem Knarren des letzten Treppenabsatzes, wenn die Mutter vom Einkaufen zurückkam, mit dem strengen Geruch, der aus Vaters weißen Nylonhemden stieg, und mit dem rituellen Austausch vertrauter Zärtlichkeiten zwischen seinen Eltern oder zwischen seinen Eltern und ihm.
»Ich fühle mich bei dir daheim«, hatte Sophie einmal gesagt, als er ihr mit dem Zeigefinger über die Oberlippe gestrichen hatte.
Sein Handy meldete sich. Er warf einen Blick auf das Display, das die Nummer des Anrufers aber nicht anzeigte.
»Gut angekommen in der Heimat?«
»Was wollen Sie hören, Herr Anschel. Ich bin Ihr Gefangener.«
»Sie können sich frei bewegen, Herr Morgan. Wenn Sie dabei aus Distanz und sehr diskret bewacht werden, ist dies zu Ihrem Vorteil. Sie können sich nicht nur frei bewegen, Sie sollen sich auch frei bewegen. Ich schlage Ihnen heute einen Spaziergang zum Staubbachbänkli vor. Übrigens: Wir haben Ihren Fotoapparat ge-

funden. Wir haben ihn auf Spuren untersucht und die Bilder entwickelt. Kopien sind bereits zu Ihnen unterwegs. Den Apparat erhalten Sie später. Bis dann.«
»Bänkli« ist auch so ein Heimatwort, dachte Morgan, als er das Handy wieder in die Hose seiner Jeans steckte. Auf einem Bänkli konnte einem niemand etwas anhaben. Es war wie ein neutraler Raum, eine Insel, eine Feierabendinsel. Und ein Bänkli war auch nicht der Ort intimer Liebesberührungen, auch nicht heftiger Umarmungen. Auf einem Bänkli saß man einfach allein oder zu zweit und hielt sich die Hand und war im Grunde seines Herzens traurig. Heimat ist immer ein Grund zum Trauern.
Die Schweiz ist ein solches Bänkli, mit Aussicht auf die Berge, aus heimischem Holz für die Ewigkeit gezimmert, auf dem man, in Melancholie versunken, seinen Lebensabend verbringt. Man sieht weidendes Vieh, Elektrozäune, die es daran hindern auszubrechen, und man wartet auf den Abend, wenn die Kühe mit prallem Euter brüllend am Zaun stehen und dumpf darauf drängen, von ihrer Last befreit zu werden. Die Schweiz ist ein unerotisches Land, dachte er.
Noch nie hatte Morgan die Rückkehr aus dem Ausland so schmerzhaft erlebt wie diesmal. Es war kein freiwilliges Zurückkommen gewesen, sondern er war in Deutschland ganz offiziell verabschiedet worden, von einem zwar nur schmalen Angebot an Medienleuten, deren Kommentare und Aufnahmen aber weit über die Grenzen hinaus ihre Wirkung haben würden: *Pierre Morgan (51), Schweizer, Mitarbeiter verschiedener internationaler Organisationen, wurde am Ham-*

burger Hafen von einem Unbekannten niedergestochen. Nur durch ein Wunder kam der bekannte Publizist, der möglicherweise einem brisanten Thema im Zusammenhang mit terroristischen Plänen auf der Spur ist, mit dem Leben davon. Die Vermutung, daß es sich bei dem Täter, der kurz nach seiner Attacke von einem Unbekannten erschossen wurde, um ein Mitglied einer terroristischen Zelle handelt, liegt nahe, um so mehr, als die Untersuchungsbehörden den Verdacht äußern, daß dieser nach erfolglosem Attentat von einem seiner eigenen Leute getötet wurde. Morgan ist mittlerweile in die Schweiz zurückgekehrt, wo er sich an einem unbekannten Ort aufhält. Vom Schützen fehlt jede Spur.

Pierre Morgan hatte diese Meldung am Vormittag im Internet gelesen und auch die beiden Fotos, die die Meldung illustrierten, eingehend betrachtet. Auf der ersten Aufnahme stand er mit verbissenem Gesichtsausdruck am Kopfende des Toten, umgeben von anderen Schaulustigen. Auf dem zweiten Foto sah man ihn auf der Treppe zur Notaufnahme stehen, mit einem schiefen Lächeln im Gesicht, den Arm in der Schlinge. Daß ihn anderntags ein grauhaariger, blasser Mann mit Tränensäcken unter den Augen und durchhängender Unterlippe im Transitbereich des Zürcher Flughafens, von wo aus er eigentlich nach Genf hätte weiterfliegen wollen, empfangen und diskret an den Zollbeamten vorbei in die Ankunftshalle begleitet hatte, war für ihn nicht überraschend gewesen. Anschel hatte ihn ja auf den Empfang vorbereitet.

Sie waren zusammen erst im Auto nach Lauterbrunnen

und von da aus mit der Bergbahn hinauf nach Wengen gefahren. Der Mann hatte Hochdeutsch mit Berner Akzent gesprochen, aber sie hatten unterwegs nur Unverbindlichkeiten ausgetauscht. Morgan hatte keine Fragen gestellt, hatte keinen Versuch gemacht, in Bern oder Interlaken einfach zu verschwinden, was vielleicht gar nicht schwierig gewesen wäre. Er hoffte, daß ihn sein kooperatives Verhalten dem Ziel seiner Recherchen näher bringen würde. Er wollte Anschel und dessen Hintermänner nicht provozieren. Und dann hatte sich sein Begleiter, nachdem er ihm den Schlüssel zu seinem »Ferienhaus«, wie er es nannte, überreicht und noch kurz auf den gefüllten Kühlschrank hingewiesen hatte, auch gleich wieder verabschiedet.

Eine an den Rändern zerfasernde kleine Wolke schob sich vor das Breithorn und löste sich dort auf. Ein Mann in rotschwarz kariertem Holzfällerhemd und mit Stirnglatze lehnte unten am Zaun und studierte eine Wanderkarte. Er hatte sie schon vor einer Viertelstunde immer wieder umständlich auf- und zugefaltet, hatte sich mehrmals um sich selber gedreht, als müsse er sich orientieren, und hatte auch kurz sein Handy benutzt. Vor seiner Brust baumelte ein Fernglas, das er an einem dünnen Lederband um den Hals trug.

All dies hatte Morgan durch die Ritzen der Fensterläden seines kleinen, aber gemütlichen Schlafzimmers registriert, bevor er sie endlich mit der linken Hand geöffnet hatte und auch mit dem dräuenden Berg seiner Kindheit konfrontiert wurde, dem Breithorn. Er hatte tief und lange geschlafen, sekundiert von Schmerzmitteln, nachdem er noch bis Mitternacht vor dem etwas veralteten Fernseher gesessen und immer wieder zwischen zwei Schlucken aus seinem Rotweinglas mit der Hand die Antenne umfaßt hatte, um das langsam sich auflösende Schwarzweißbild wiederzubeleben, und vergeblich einen deutschen Sender gesucht hatte. Und er hatte überlegt, ob er nicht einfach weggehen und nach Genf fahren sollte. Doch die Neugier hielt ihn zurück.

Der Mann im Holzfällerhemd drehte sich um, als er die Fensterläden gegen die Hauswand schlagen hörte, und hob den rechten Arm.

»Bitte, wo geht es hier zum Staubbachbänkli?« fragte er auf hochdeutsch mit rheinländischem Akzent.

»Tut mir leid, ich weiß es nicht. Ich bin auch erst gestern abend hier angekommen.«

Der Mann mit der Karte verzog sein Gesicht zu einer Grimasse, die Enttäuschung signalisieren sollte.

»Fragen Sie doch unseren gemeinsamen Freund Anschel«, sagte Morgan aufs Geratewohl.

Der Mann vor dem Haus schüttelte den Kopf, faltete seine Karte endgültig zusammen und stand auf. Zielstrebig ging er in östlicher Richtung auf die Jungfrau zu. Morgan schaute ihm nach und versuchte, sich seinen Schritt einzuprägen. Von der Turnhalle des Ortes dröhnten Drummerschläge herüber. Wahrscheinlich findet dort ein Ferienkurs für angehende Schlagzeuger statt, dachte Morgan. Und dann wußte er endlich, woran ihn der Schritt des Fremden erinnerte: an einen krummbeinigen Dackel, der sich mit leicht versetzten Schritten vorwärts bewegt. Eine Gruppe von Japanern zog stumm unter seinem Fenster vorbei, den Blick starr

auf die Jungfrau gerichtet, als seien sie unterwegs zu einer heiligen Stätte.
Als Morgan im unteren Stock ins Wohnzimmer trat, in dem noch immer der erkaltete Rauch seiner Zigarre hockte, sah er auf dem Tisch eine geöffnete Wanderkarte: *Spazierwege und Ausflüge.* Das Staubbachbänkli auf einem Felsvorsprung über dem Dorf Lauterbrunnen war mit rotem Filzstift markiert. Ein feingesponnenes Netz. Er war also nicht der einzige, der einen Schlüssel zu diesem alten Chalet besaß.
Er schloß die Fenster, nahm draußen im Flur seine Jacke vom Haken, warf sie über die Schultern und verließ das Haus, das ihm in einer einzigen Nacht vertraut geworden war. Die Maserung des Holzes in seinem schlauchähnlichen Zimmer hatte ihn immer wieder zu neuen Deutungen verlockt. Wie damals als Kind, als ihn sein Vater zu einem Psychologen geschickt hatte. Die Konfrontation mit dem Rorschachtest, der die Charakterschwächen des Jungen aufdecken sollte, hatte sich für den Psychologen als wahrer Härtetest erwiesen. Schließlich hatte er ob der unzähligen Interpretationsvariationen seines jungen Klienten resigniert. »Vielleicht wird der einfach einmal Schriftsteller«, hatte sein unwissenschaftliches Fazit gelautet.
Morgan trug den Arm noch immer in der Schlinge. Er fühlte sich behindert. Er wandte sich nach rechts und stieg dann auf einem steilen Weg, vorbei an gepflegten Gemüse- und Blumengärten, hinunter ins Dorf, machte bei der Bäckerei kurz halt, kaufte zwei Brötchen, wurde in einem Pulk aufgeregter Japaner zum Bahnhof mitgetrieben und konnte sich erst aus ihrer Mitte

befreien, als die Wengeneralpbahn einfuhr und die geschlossene Formation der Touristen aus dem Land der aufgehenden Sonne gleichsam explodierte. Morgan ging unter der Bahnunterführung hindurch, eines der Brötchen kauend, den Kaffeegeruch in der Nase, der ihn beim Hotel Silberhorn eingefangen hatte.
Der Mann mit dem rotschwarz gemusterten Holzfällerhemd und dem Dackelschritt saß unbeweglich in der untersten Reihe des kleinen Naturtheaters. Er bewegte sich auch nicht, als er Morgans Schritte hinter sich hören mußte, sondern hob demonstrativ sein Fernglas auf Augenhöhe und folgte in der Pose des faszinierten Touristen, der alles um sich herum vergißt, dem silbernen Band des Staubbachs, der sich von der gegenüberliegenden Felswand ins Lauterbrunnental stürzte. Morgan setzte sich neben ihn, und noch immer reagierte der andere nicht.
Über dem Tal kreisten drei Bergdohlen. Ein lautloses Flugzeug zog weiter oben eine weiße Kondensspur hinter sich her, die nur langsam zerfledderte. Es roch nach Gras und Holz und Sommer. Und Morgan dachte, daß er lieber auf der Kaimauer eines Fischerhafens sitzen würde, mit unverstellter Sicht in die Weite und nicht zurückgedrängt von Felswänden und Bergketten, hinter denen die Welt aufzuhören schien. In dieser Welt gab es keine Ränder, über die hinaus man ins Unendliche fallen konnte. Hier war man Gefangener eines hermetischen Walls, und wer sich endlich mit letzter Anstrengung dort hinaufgearbeitet hatte, wo der Himmel über den scharfen Zacken anfing, den hatte unterwegs die Vorstellungskraft verlassen, daß es dahin-

ter anders aussehen könnte. Wie hätte es auch aussehen sollen? fragte sich Morgan. Genauso wie davor. Die schweizerische Vorstellung von Unendlichkeit bestand in einer Folge von Massiven, eines höher als das andere, die nur durch eine Talsohle voneinander getrennt waren. Es gab kein Ankommen.
In der Ferne war Kuhglockengeläut zu hören, aber unwirklich und wie das Hintergrundgeräusch zu einem Film. Der Mann mit dem Holzfällerhemd schwenkte sein Fernglas nach links. Morgan lächelte.
»Mürren? Schilthorn?« fragte Morgan. *»Piz Gloria?* James Bond? Es riecht aber nach Kräutern und Kuhmist.«
»Einer wird kommen. Trotz des perfekten Panoramas.«
Morgan zuckte die Schultern.
»Einer?«
Der Mann ließ sein Fernglas sinken und wandte sich Morgan zu. Er hatte kleine hellgraue Augen.
»Gut, Sie spielen also mit, Morgan. Sie hatten ja auch keine Wahl. Aber nehmen Sie das Ganze nicht auf die leichte Schulter.«
»Ich bin also der Köder?«
»Wenn Sie Ihre Rolle so definieren wollen, bitte. Aber ich bin ja auch noch hier.«
»In welcher Rolle?«
Ein Paar undefinierbaren Alters näherte sich und ließ sich probeweise auf die Bank neben ihnen nieder. Eine Frau mit einem dieser spießigen Wanderhütchen folgte und setzte sich neben das Paar.
»Beautiful«, sagte sie emotionslos. Das Paar blickte ir-

ritiert hoch, stand gleichzeitig auf und entfernte sich wieder. Die Aussicht war anscheinend nicht verlokkend genug. Die Frau mit dem Wanderhütchen folgte den beiden in einigem Abstand.
Der Mann im Holzfällerhemd hob wieder sein Fernglas und ließ es über die Hügelkuppe auf der anderen Seite gleiten.
»Können Sie gewöhnliche Touristen von Killern unterscheiden, Herr Morgan?« fragte er und setzte das Fernglas wieder ab.
Morgan schwieg. Schließlich sagte er: »Sie wollen also herausfinden, wer sich für mich interessiert und mich endgültig eliminieren möchte?«
»Das erste trifft zu. Das zweite werden wir zu verhindern versuchen.«
»Sie haben eine weithin sichtbare Spur gelegt, nicht wahr, Herr ...?«
»Möller.«
»Und wie lange soll ich hier oben in Wengen bleiben, Herr Möller? Ich habe einen Beruf.«
»Bis wir die Leute identifiziert haben, die sich für Sie interessieren. Übrigens: Sie werden für Ihre guten Dienste bezahlt.«
Morgan überhörte den Spott in Möllers Stimme nicht.
»In welcher Form auch immer. Mit dem Leben oder sonst cash.«
»Sie können jederzeit aussteigen, wenn es Ihnen zu gefährlich wird.«
»Kann ich? Warum sollte ich? Ich befinde mich sozusagen im Zentrum einer brisanten Story. Ich bin neugierig. Auch auf Sie.«

Möller stand auf, streckte sich, blieb eine Weile wie ein Sonnenanbeter stehen und wandte sich dann um.

»Gehen wir ein Stück zusammen?«

Sie stiegen den Abhang hinauf und gingen dann auf dem Waldweg in Richtung Innerwengen. Möller war mit seinem emsigen Dackelschritt immer einen halben Schritt voraus. Morgan, behindert durch seine Armbinde, fand keinen natürlichen Gehrhythmus.

»Dort drüben ist ein hübsches Restaurant«, sagte Möller und zeigte auf ein hinter Lärchen verstecktes Holzhaus, an das eine Terrasse, ebenfalls aus Holz, angebaut war. *Mary's Café*.

Auf der Terrasse saßen zwei Paare und im Hintergrund eine einzelne Person. Das ältere Paar hatte es sich auf der Holzbank bequem gemacht, die unmittelbar an der Hauswand stand. Etwas abseits unter einem Sonnenschirm saß das zweite Paar. Es waren die Touristen, die am Staubbachbänkli vorbeigekommen waren. Beide lasen in einer Zeitung und nahmen keine Notiz voneinander, so wenig wie die beiden Alten, die stumm da hockten, vor sich einen »Kaffee fertig«, ein mit Schnaps versetztes Kaffeegebräu. Sie starrten geradeaus, versuchten, irgendwo in der Berglandschaft einen Punkt zu fixieren, der ihnen Halt gab und das Schweigen erträglicher machte. Der Gesprächsstoff dieses Tages schien bereits vor Mittag aufgebraucht zu sein: Die Namen der Berggipfel waren abgehakt, die Blumennamen am Wegrand waren bereits in ihrem porösen Gedächtnis versickert, und die Erinnerungen an die Urlaubstage im vergangenen Jahr am selben Ort und auf denselben Spazierwegen verloren sich in immer gleichen

Bildern, waren verblaßt und ließen sich nicht mehr erneuern.

Rituale gehören zu einer Beziehung, dachte Morgan. Seine Beziehung zu Sophie hatte ihre Krisenfestigkeit aus diesen Ritualen geschöpft und war in dem Augenblick zerbrochen, als er sie in Frage gestellt hatte.

Beim näheren Hinschauen stellte Morgan fest, daß auch die Frau mit dem Wanderhütchen, die etwas abgewandt im Hintergrund saß und in einem Buch las, ihnen bereits beim Staubbachbänkli begegnet war.

Möller ließ sich, ohne auf Morgan zu achten, in der Nähe des jüngeren Paars nieder. Morgan setzte sich neben ihn, wobei es ihm Mühe bereitete, seinen Stuhl mit nur einer Hand zurechtzurücken. Der Mann am Nebentisch, der noch immer seine Baseballmütze trug und jetzt eine Sonnenbrille aufgesetzt hatte, sah kurz von seiner Zeitung auf.

Eine Farbige in einem roten Hosenanzug, wahrscheinlich Mary, trug zwei Sandwichs und zwei Cola auf einem Tablett vor sich her. Sie stellte es auf den Tisch zwischen die beiden Lesenden und schaute dann Möller und Morgan fragend an.

»Zwei Bier«, sagte Möller.

»Gern«, sagte Mary und verschwand im Eingang ihres Restaurants.

»Sie mögen doch Bier, nicht wahr?« fragte Möller.

»Natürlich mag ich Bier«, sagte Morgan scheinbar gleichgültig, doch er konnte seine Verärgerung über die Bevormundung nur schlecht unterdrücken.

»Morgen machen Sie einen Ausflug auf das Jungfraujoch«, sagte Möller.

»Ich kenne das Jungfraujoch schon. Die Luft dort oben ist mir zu dünn.«
»Sie müssen sich zeigen, Morgan. Das ist ein Teil Ihrer Aufgabe. Man wird es ein zweites Mal versuchen, nachdem der erste Anschlag mißlungen ist. Es gibt keinen besseren Schutz als eine Masse von Touristen.«
»Japanische Touristen haben nur immer die Gipfel im Visier«, sagte Morgan.
»Japaner sind der beste Schutz. Sie haben ihre Augen überall. Ihre Fotoapparate und Kameras sind immer schußbereit. Besser als ein Bodyguard. Wer es auf Sie abgesehen hat, gerät automatisch in ihr Schußfeld. Den japanischen Touristen entgeht keine Blume am Wegrand.«
»Dann kann ich ja auch zu Hause bleiben. Sie wollen doch die Leute outen, die es auf mich abgesehen haben.«
»Eben. Sie werden dasein, aber sie werden keine Gelegenheit haben, sich an Ihnen zu vergreifen, sofern Sie sich geschickt verhalten. Ich werde immer in Ihrer Nähe sein. Und Sie bewegen sich immer im Pulk der Touristen und trennen sich nicht von der Herde. Wie ein Jungtier in der Steppe«, fügte er grinsend hinzu.
Die Frau mit dem Wanderhütchen schaute von ihrem Buch auf, stellte es aufrecht auf den Tisch, setzte eine Sonnenbrille auf und warf einen Blick auf die Uhr. Sie las in einem Buch von Richard Ford. Morgan erkannte den grauen Umschlag wieder, auf den gebündeltes Licht durch die oberen Glasfenster einer Bahnhofshalle fiel. *Central Station*. Eine kurze Begegnung mit Sophie, bevor sie nach Washington weitergeflogen war.

Mary war wieder aufgetaucht und näherte sich ihrem Tisch.
»Ist es spannend?« fragte sie und warf einen Blick auf das Buch.
»I beg your pardon?« fragte die Frau.
»You like it?« fragte Mary.
Die Frau nickte. Sie biß jetzt in das Sandwich, das Mary ihr gebracht hatte. Ihre Fingernägel waren rosafarben. Sie leerte ihr Glas mit Cola in einem Zug.
Morgan wurde aufmerksam. Die Frau hatte Englisch mit amerikanischem Akzent gesprochen. Und sie las in der deutschsprachigen Übersetzung eines amerikanischen Buchs: *Eine Vielzahl von Sünden.*
Nichts paßte mehr zum andern. Vielleicht hatte er die Frau schon einmal gesehen? Nur, wo? Er konnte keinen Zusammenhang herstellen. Vielleicht würde ihn ein Detail auf die richtige Spur bringen? Aber welches?
Er hatte das vage Gefühl, als würde die Realität zur Groteske, zur Schmierenkomödie. Die Versatzstücke, mit denen die Schwachstelle drapiert werden sollte, überzeugten nicht, wirkten improvisiert. Die Schludrigkeit, mit der Realität simuliert werden sollte, war offensichtlich. Und trotzdem fühlte er sich verunsichert.
Morgan nahm einen großen Schluck aus seinem Bierglas. Die Erfindung ist stärker als die Realität, aber nur, wenn sie die Realität auf einer diskreteren Ebene wiedergibt, dachte er. Er leerte sein Glas und stand auf.
»Ich gehe jetzt.«
Möller sah ihn erstaunt an.
»Und weshalb?«

»Es gibt Gründe, mit einem Menschen zusammen ein Bier zu trinken oder sich zu unterhalten. Aber mit Ihnen hier zu sitzen macht keinen Sinn. Sie werden mich ohnehin nicht aus den Augen lassen. *Ciao*.«
Er drehte sich um und ging davon. Marys Gäste würden jetzt hinter ihm herschauen. Die beiden Alten waren sicher froh, daß sie einen neuen, überraschenden Anlaß gefunden hatten, der mindestens für ein paar Minuten Gesprächsstoff hergab. Das andere Paar hatte wohl kaum reagiert, und vielleicht hatte die Frau mit dem Wanderhütchen ihm über den Rand ihrer Sonnenbrille hinweg einen schnellen Blick nachgeschickt. Und Möller hatte sich wahrscheinlich überlegt, ob er seiner Bodyguardaufgabe nachkommen sollte.
Morgan machte einen kleinen Umweg, schlenderte am Zielhang des Lauberhornrennens vorbei, warf einen Blick hinauf zur Kante, zum sogenannten Ziel-S, das die Skiläufer mit letzter Kraft bewältigten, bevor sie sich, eng an der Reklamewand vorbei, in die rettende Tiefe stürzten. Aber seine Einbildungskraft war nicht stark genug, um die Fernsehbilder, die er über Jahre von diesem Anlaß gespeichert hatte, in diese harmlose Idylle, die sich ihm bot, zu übersetzen: Die inszenierte Realität, zu der scheinbar auch die Stürze gehörten, als seien einzelne Skiläufer im voraus als Opfer ausgewählt worden und hätten sich die Stelle eingeprägt, die dann das spektakuläre Ende ihres Rennens bedeutete, vermochte er nicht mit dem, was er sah, zur Deckung zu bringen. Der schnelle Wechsel der Kameraeinstellungen, die Zooms, die Schwenks und dann der Gegenschnitt, der nach der Zieldurchfahrt die umliegen-

den Gipfel ins Bild knallte, beschworen eine Welt, in der alle Zwischenräume, alle Banalitäten ausgespart waren wie im Kino. Sie bestand nur aus präparierten Momenten. Das Finale war das Ereignis. Auch wenn der Sieger bereits nach den ersten dreißig Läufern feststand. Oft schon früher. Morgans Bedürfnis, sich aus der Flut dieser inszenierten Bilder zu befreien, war plötzlich übermächtig: einzudringen in dieses Stück Welt, in diese fette Wiese, die er nur als weißen, kommentierten Ausschnitt kannte, als gerahmtes Gemälde, das außerhalb der Ränder aufhörte zu existieren.

»He, raus aus der Wiese!« hörte er eine brüchige Stimme hinter sich rufen.

Morgan drehte sich um und sah einen alten Mann, der ihm von einer kleinen gedeckten Terrasse aus mit erhobener Faust drohte. Er erschrak. Nicht wegen der Drohgebärde des Alten, sondern wegen des Einbruchs einer Normalität, die beinahe weh tat.

4

Den Nachmittag verbrachte er vor dem Fernseher. In Gstaad trafen Tennisstars im sogenannten Wimbledon der Alpen aufeinander. Der Empfang war schlecht wie am Vorabend. Immer wieder wurden die Bilder unscharf, waren die Spieler nur als rieselnder Schattenriß zu sehen, und erst Morgans bereits zur Routine gewordener Griff zur Antenne machte die Umrisse wieder präziser. Zwischen Wengen und Gstaad lagen nur ein paar Berge. Er hätte als Zuschauer sogar dabei sein und selbst den ihm passenden Ausschnitt wählen können.

Um vier Uhr klopfte es an der Tür. Morgan hatte das Geräusch eines Elektromotors gehört und war ans Fenster getreten. Auf der Bank vor dem Haus saß Möller, als wäre er der Besitzer. Er las in einem deutschen Nachrichtenmagazin. Neben ihm auf der Bank stand eine Bierdose.

»Post für Sie!« sagte der junge Mann im T-Shirt, auf dem das Logo einer amerikanischen Universität zu sehen war: *Long Beach*.

Morgan nahm den gelben Umschlag entgegen. Dann stellte er den Fernseher ab und setzte sich an den Tisch. Die kleinen Fenster standen weit offen. Zwei Fliegen kreisten unter der Deckenlampe. Vor dem Haus war Möllers Husten zu hören. Der Postbote startete sein

Elektrofahrzeug. Dann war es wieder still. Morgan legte das Bündel mit Fotografien achtlos auf den Tisch. Er wußte ja, was darauf zu sehen war.
Er rief im einzigen Schreibwarengeschäft des Ortes an und erkundigte sich nach dem Buch von Richard Ford mit dem Titel *Eine Vielzahl von Sünden*, in dem die amerikanische Touristin in *Mary's Café* gelesen hatte. Das einzige Exemplar sei am Vortag verkauft worden, erhielt er als Auskunft. Ob er eine Bestellung aufgeben wolle? Morgan legte auf.
Als sein Blick auf das zuoberst liegende Foto fiel, stutzte er. Obwohl die Aufnahme bei Nacht gemacht worden war, erkannte er das Hafengelände wieder: Hamburg, Petroleumhafen. Auf einem anderen Foto war die Köhlbrandbrücke zu sehen, dann eine Straße, die von gewaltigen Öltanks gesäumt war, dann eine Art Leuchtturm, eine Tafel, auf der »SWS Tor 5« zu lesen war, eine Gittertreppe, der Bug eines Öltankers, auf den in kyrillischen Buchstaben der Name des Schiffes gemalt war: *Katharina*. Dann eine ganze Serie von Einzelheiten, Aufbauten, das Steuerhaus, Ventile, Röhren, mit mennigrotem Rostschutz gestrichen. Auf zwei Aufnahmen war der Sitz einer großen Versicherungsgesellschaft zu sehen.
Es waren seine Aufnahmen, kein Zweifel. Es waren die Fotos, die er an seine Genfer Adresse geschickt hatte. Er legte sie vor sich auf den Tisch, wie Kärtchen eines Memory-Spiels. Es war seine Handschrift, seine Perspektive. Er fotografierte immer nur Einzelheiten, nie das, was andere vielleicht für das Ganze ansehen mochten. Eigentlich waren es Kunstfotos. Nie gaben sie eine

klar definierte Realität wieder, auch wenn sie Einzelteile dieser sogenannten Realität zeigten. Seine Ausschnitte waren eine Art Verbindungsstück zwischen dem Davor und dem Danach.

Morgan ahnte, daß solche Fotos einen Mann wie Anschel irritiert haben mußten, weil ihm diese Art der Bildersprache fremd war, weil es eine Kunstsprache war und erst alle Details zusammen ein Ganzes ergaben, wie bei einem Roman.

Morgan schaltete wieder den Fernseher ein. Federer hatte Aufschlag. Schnitt auf einen prominenten Zuschauer, der mit einer Bierdose spielte. Ein Politiker? Ein Filmstar, der seine Ferien im *Palace* verbrachte? Morgan kam das Gesicht bekannt vor, aber ihm fehlte die Umgebung, in der er es hätte einordnen können. Eine junge Frau winkte in die Kamera. Federer wirkte verärgert. Zwei Männer und eine Frau in roten Trikots mit einem wuchtigen Schweizerkreuz auf der Brust prosteten sich mit einem Energy Drink gegenseitig zu. Das Telefon läutete. Morgan griff zum Hörer.

»Hallo?«

»Warum interessieren Sie sich für den Hamburger Petroleumhafen?«

Federer schlug ein As. Das Publikum applaudierte. Die meisten Zuschauer trugen identische weiße Mützchen mit dem Logo des Veranstalters.

»Übermorgen reise ich ab, Herr Anschel.«

»Sie reisen ab, wenn wir es für angezeigt halten.«

Anschel hatte den Ton gewechselt.

»Ich bin hier in meiner Heimat, nicht in Deutschland«, sagte Morgan und wunderte sich auch gleich über diese Formulierung. Als hätte der zweifelhafte Reduitgedanke, den die Schweizer im Zweiten Weltkrieg zu praktizieren versuchten, dieser Rückzug in die Berge, in diese scheinbar uneinnehmbare Alpenfestung, auch heute noch Gültigkeit.

Morgan legte auf. Federer schlug sein zweites As. Und bald darauf gelang ihm ein traumhafter Long-Line-Winner. Morgan wäre eigentlich gern ein großer Tennisspieler geworden. Aber der Gedanke, daß ihn während des Spiels Kameras hautnah verfolgten, wäre ihm unangenehm gewesen. Es wäre ihm nicht gleichgültig gewesen, wenn er beim Service sein Gesicht zur Grimasse verzogen hätte und die Menschen vor dem Fernseher ihm dabei zugeschaut hätten. Er würde sich wie ein Politiker im Wahlkampf gefühlt haben, der nach außen hin mit eingeübter Gestik etwas vertritt, was er nur scheinbar erfüllen kann. Ihm lag die Rolle des Voyeurs, die ja auch einen Teil seines ehemaligen Berufs als Journalist ausmachte, mehr als die des Beobachteten. Vielleicht wäre es ihm ja gelungen, seine Körpersprache wie ein Schauspieler zu beherrschen, so daß für den Zuschauer Fiktion und Realität nicht mehr auseinanderzuhalten gewesen wären.

Morgan stieg über die Treppe in sein kleines Schlafzimmer, das er sich unter den drei Möglichkeiten ausgewählt hatte, und legte sich aufs Bett. Nach kurzer Zeit war er eingeschlafen. Die Schlagzeugschüler in der nahen Turnhalle weckten ihn eine Stunde später. Er trat ans Fenster. Möller saß noch immer auf der Bank. Jetzt rauchte er eine Zigarre. Vielleicht hatte ihn auch der Zigarrenrauch geweckt. Von unten hörte er

den Applaus des Gstaader Tennispublikums. Er hatte vergessen, den Fernseher auszuschalten. Er stieg die Treppe hinunter, in der Küche öffnete er den Kühlschrank und nahm eine Flasche Bier heraus.
Das Telefon klingelte erneut. Morgan mußte sich beherrschen, den Hörer nicht abzunehmen.
Jemand klopfte an die Tür. Morgan öffnete. Möller mit seinem von der Sonne geröteten Gesicht wirkte verlegen. Als ob ihm die Röte ins Gesicht geschossen wäre.
»Kann ich reinkommen? Ich würde auch gern hier übernachten.«
»Es ist ja nicht mein Haus. Eher Ihres.«
Morgan blieb abwartend in der Tür stehen.
»Spielen Sie Schach?« fragte Möller.
»Lange her. Mit meinem Vater habe ich gespielt. Und er hat mich immer geschlagen.«
»Können Sie kochen?«
Morgan zögerte. Dann nickte er. »Das heißt wohl, wir essen zusammen. Und dann verbringen wir den Abend gemeinsam.«
»Wenn es Ihnen nichts ausmacht. Ich kann nicht kochen. Ich lasse mich aushalten oder gehe in die Kneipe. Basic food. Von Zeit zu Zeit auch Fast food.«
Morgan drehte sich um und ging in die Küche. Möller schloß die Haustür und drehte den Schlüssel.
Das Telefon im Wohnzimmer klingelte erneut. Möller schaute Morgan fragend an. Morgan zuckte mit den Achseln, öffnete den Kühlschrank und stellte die ungeöffnete Bierflasche wieder hinein.
»Weißwein?« fragte er.

Möller nickte vage.
»Saint Saphorin?«
Möller reagierte nicht. Er hatte von dieser Weinsorte wohl noch nie gehört. Oder tat er nur so?
»Sie haben doch den Kühlschrank für mich ausgestattet«, sagte Morgan.
»Man hat den Kühlschrank ausgestattet. Wer auch immer.«
»Ihre Schweizer Kollegen?« fragte Morgan.
»Warum Schweizer?«
»Wegen des Weißweins. Ein Waadtländer Wein. Genfersee. Oder besser: *Lac Léman*. Oder haben Sie sich beraten lassen?«
Möller winkte ab. Er lächelte versonnen.
»Meine Mutter war Engländerin. Ich verstehe nichts von Schweizer Weißweinen.« Er machte eine Pause. »Ich habe die *English Church* besucht. Sie auch? Ihr Vater war doch Brite, nicht wahr?«
Morgan nickte, holte zwei Gläser aus dem Küchenschrank, schaffte es, mit einer Hand die Flasche zu öffnen, und schenkte ein. Möller setzte sich an den Küchentisch. Er saß vor seinem gefüllten Glas und wußte offensichtlich nicht, ob ein Trinkspruch angebracht war. Morgan füllte das Abwaschbecken mit Wasser und ließ ein paar Kartoffeln hineingleiten. Dann griff er nach seinem Glas und nahm einen Schluck, ohne Möller zu beachten.
Der Kühlschrank summte. Das Geräusch versackte nach einem letzten asthmatischen Rattern. Möller trank jetzt ebenfalls. Drei Schlucke. Er war eindeutig ein Biertrinker. Oder er tat nur so. Er setzte das Glas

demonstrativ ausatmend ab und wischte sich mit dem Handrücken über die Lippen.
»Können Sie wenigstens Karotten schälen?« fragte Morgan und streckte Möller ein entsprechendes Messer entgegen. »Ich fühle mich mit dieser Armschlinge etwas behindert.«
Möller grinste. Dann nickte er.
»Ich will es versuchen.«
Er betrachtete das Messer wie eine Waffe und griff dann entschlossen in den Plastikbehälter voller Karotten, den Morgan vor ihn hingestellt hatte.
Es war beinahe still in der Küche, bis auf das raspelnde Geräusch, das Möller beim Schälen verursachte. Er saß weit vorgebeugt am Küchentisch und fixierte mit neugierigem Gesichtsausdruck die dünnen orangefarbenen Streifen, die sich vor ihm zu einem kleinen wirren Häufchen türmten.
»Mögen Sie Rösti?« fragte Morgan.
Möller schüttelte den Kopf.
»So etwas wie Pommes? Auf Schweizer Art?«
»So ungefähr.«
Rösti? dachte Morgan. Warum klammerte er sich an Begriffe, die einen direkten Bezug zur Schweiz hatten? Er schrubbte unbeholfen mit einem Bürstchen die erdverkrusteten Kartoffeln. Möller legte sein Messer auf den Tisch und leerte sein Glas. Vor dem Haus summte eine Gruppe von Touristen ein englisches Lied: *My Darling Clementine.* Möller schaute kurz auf, griff zur Flasche und füllte sein Glas. Morgan schälte jetzt mit Möllers Messer die Kartoffeln. Das englische Lied erinnerte ihn an Sophie. Seine Schulter schmerzte noch

immer. Trotzdem war es irgendwie gemütlich in der Küche. Und darüber ärgerte er sich.
Dieses Aufgehobensein in banalen, nichtssagenden Geräuschen kannte er aus seiner Ehe mit Mirjam. Wenn der scharfe Wasserstrahl aus dem Metallhahn in das Becken geschossen war und Mirjam eine nicht zu definierende Melodie vor sich hin gesummt hatte, eine Art Potpourri verschiedener Nationalhymnen, und er sich darauf konzentriert hatte, sie zu identifizieren. Und wenn Mirjam am Herd gestanden und sich über einen Kochtopf gebeugt hatte, war die Versuchung nicht mehr groß gewesen, sie auf den Nacken zu küssen. Dann hatte er sie vielleicht nur noch flüchtig auf die Wange geküßt oder seine Hand auf ihren Unterarm gelegt. Diese Traulichkeit hatte Erotik ausgeschlossen, sie war das Gegenbild zu seiner Beziehung zu Sophie gewesen. Er hatte sie in Hotelzimmern oder in ihrem kleinen Büro getroffen, manchmal auch in seiner Genfer Wohnung, wo sie oft gerade diese Bilder beschworen hatten, die er von seiner Ehe mit Mirjam her kannte. Zusammen spülen, hatte sie gesagt. Banal, aber schön. Oder zusammen Kartoffeln schälen. Sophies Sehnsucht nach Alltag war nie erfüllt worden.
»Sie sollen diese Nacht überleben, Morgan«, sagte Möller unvermittelt und griff erneut zur Weinflasche.
»Was heißt das?«
Möller trank, stellte das Glas vor sich auf den Tisch, wischte sich wieder mit dem Handrücken über die Lippen und lehnte sich zurück. Er sah unglücklich aus.
»Vielleicht das Paar«, sagte er endlich.

Morgan hatte verstanden.
»Oder die Frau mit dem Wanderhütchen.«
»Amerikanerin?«
»Vermutlich.«
»Sie hat in einem deutschen Buch gelesen, obwohl sie kein Deutsch spricht.«
Möller schaute Morgan erstaunt an und griff hastig nach seinem Glas.
»Im Kühlschrank habe ich Bratwürste gesehen«, sagte er mit gierigem Gesichtsausdruck.
Wollte Möller vom eigentlichen Thema ablenken?
»Soll ich Ihnen Ihr Zimmer zeigen?« fragte Morgan statt dessen.
»Ich mag Bratwürste.«
»Es ist ein Doppelzimmer. Ich schlafe gegenüber.«
»Mit Senf.«
Möller hielt das Weinglas mit beiden Händen umfaßt, nahm einen Schluck, ließ den Wein im Mund kreisen, bewegte die Lippen, als ob er ihn zerkauen wollte, und schluckte ihn endlich hinunter. Er drehte jetzt sein Glas, als suchten seine Lippen immer neue Ansatzpunkte. Wie ein Hund, der sich vor der Hausecke mehrmals um sich selber dreht, bevor er endlich die geeignete Position gefunden hat, um sein Territorium zu markieren.
»Die beiden Paare sind harmlos«, sagte Möller unvermittelt und stellte sein Glas auf den Tisch.
»Die hehre Bergwelt läßt wohl kein Mißtrauen zu?« sagte Morgan spöttisch.
Möller nickte.
»Vielleicht die Frau mit dem Wanderhütchen. Sie trug einen kleinen Rucksack.«

Der Dialog war absurd. Jeder verharrte auf seiner Ebene und weigerte sich, sie zu verlassen.

»Ich sollte also die Frau nicht aus den Augen lassen. Morgen zum Beispiel. Auf dem Jungfraujoch.«

»Ich bin ja auch noch da«, sagte Möller.

»Vor ein paar Wochen wurde der irakische Informationsminister, der die Realität des Irakkrieges mit seinen Fehlinformationen zu unterlaufen versucht hatte, im Fernsehen gezeigt. Als Nummer 3 auf der Liste des amerikanischen Kartenspiels wurde er gefaßt und auch gleich wieder freigelassen. Haben Sie das Fernsehbild in Erinnerung? Bei den Pressekonferenzen trug er eine moosgrüne Uniform und ein schwarzes Barett. Und eine etwas zu große Brille. Und unter seiner Kopfbedeckung konnte man seine schwarzen Haare sehen. Als er verhaftet wurde und sich den Medien stellte, war er kahlköpfig mit einem grauen Haarkranz und trug dasselbe Holzfällerhemd wie Sie heute tagsüber, Martin. Seine neue Brille war noch größer als die alte, und er wirkte abgemagert.«

»Mein Hemd ist rotschwarz kariert. Seines war gelb mit schwarzen Streifen. Vielleicht haben wir privat denselben Geschmack.«

»So sehe ich das auch«, sagte Morgan, ging zum Küchenschrank, holte eine Bratpfanne heraus, ging dann zum Kühlschrank und suchte nach der Butter.

»Was mich an diesem Muhammed Saeed al-Sahaf so faszinierte, war seine Kreativität, seine Art, mit einer scheinbaren Wahrheit umzugehen, zu der er nie wirklich Zugang hatte. Wissen Sie, wie er das in einem Interview formuliert hat?«

»Ich weiß es nicht, und es interessiert mich auch nicht«, brummte Möller.
»›Ich war ein Teil des Bildes‹, hat er gesagt.«
Später aßen beide stumm am offenen Fenster. Eine Fliege kreiste unermüdlich um die Deckenlampe. Möller hielt mit dem linken Arm seinen Teller umzingelt und schaufelte mit der rechten Hand Rösti in sich hinein. Er hätte wahrscheinlich lieber Pommes gegessen. Die Rösti boten seinen Zähnen zuwenig Widerstand. Die Bratwurst tunkte er in bayerischen Senf, den er in der hintersten Ecke des Kühlschranks gefunden hatte. Er trank jetzt Bier aus der Flasche.
»Gibt's hier kein Pils?« hatte er vorher gefragt und mit leicht verächtlichem Ausdruck das Etikett der Flasche betrachtet. »Gurtenbier?«
»Schweizer Bier«, hatte Morgan geantwortet. »Kein Pils.« Er selbst hatte in einem Schrank eine Flasche Rioja gefunden.
Der Himmel hatte sich mittlerweile an den Rändern rosa gefärbt. Davor hoben sich die Bergspitzen wie Schattenrisse ab. Das Breithorn war nicht in Wolken gehüllt, und trotzdem wurde Morgan seine Kindheitserinnerung nicht los. Dieses Gefühl von Heimweh. Das tagsüber fast unerträgliche tiefe Grün der Weiden, wie Teppichböden auf die Berghänge geklebt, war jetzt erloschen.
Die Berge sind nicht mein Territorium, dachte Morgan. Sie waren belastet durch Erinnerungen an Schulreisen im Regen, an Höhenfeuer, an Raketen, die sein Vater am 1. August, dem Nationalfeiertag, erfolglos in den Himmel hatte schießen wollen und die schon

kurz nach dem Start kraftlos in einer flachen Parabel erdwärts zurückgesunken waren. An Hofhunde, die einem mit blankem Gebiß und gesträubtem Fell entgegengerannt kamen, an Kühe, die, stur kauend, unbeweglich quer über dem Alpweg standen und sich weder durch Drohungen noch Handauflegen von der Stelle hatten bewegen lassen. An warme Milch beim Frühstück, die von einer dicken Haut bedeckt war, auf der eine Fliege hockte. An den Besuch bei einem Kuhhirten, der weit oben abends auf einen pyramidenförmigen Hügel aus Granitblöcken stieg, einen hölzernen Trichter an den Mund hielt und mit einem eigenartig wehmütigen Singsang den Alpsegen über das Tal verteilte und sich regelmäßig nach absolviertem Ritual am Fuß seines Gebetshügels erleichterte. Und an einen Spaziergang zusammen mit Sophie durch das Maderanertal, als oben an der Windgälle bereits die ersten Nebelfetzen hingen und sie dann plötzlich in einen weißen, scheinbar undurchdringlichen Mantel eingehüllt waren und alle erotischen Regungen wie Vaters feucht gewordener Zunder der Raketen in müden Parabeln versackten.

Als Möller den Teller leer gegessen und den letzten Bratwurstzipfel abgelutscht hatte, wie ein Kind seinen Lollipop, lehnte er sich zurück, griff unter seine speckige Lederweste und legte eine Pistole auf den Tisch. Als versuchte er, mit diesem Akt Morgans Jugenderinnerungen zu unterlaufen und ihn in die Gegenwart zurückzuholen.

»Spielen wir eine Partie?«

Teller und Besteck waren noch nicht weggeräumt. Eine

zweite Fliege kreiste unter dem Lampenschirm. An Möllers Bierglas zitterte ein Schaumrestchen. Möllers weißes T-Shirt, das er jetzt statt seines Holzfällerhemdes trug und das mit der Aufschrift *»I love L. A.«* verziert war, paßte nicht zu ihm. Er sah verkleidet aus. Und sein Kopf wirkte in diesem T-Shirt wie aufgesetzt, fremd. Ein alter Kopf. Möllers Versuch, sich zu verstellen, war offensichtlich. Aber er hatte zu dick aufgetragen.

»Ich bin also Ihr Gefangener?« fragte Morgan.

»Sie sollen diese Nacht überleben«, sagte Möller an diesem Tag zum zweitenmal, griff mit beiden Händen in die Holzschachtel mit den Schachfiguren, die Morgan vor ihn hingestellt hatte, und streckte ihm dann beide Fäuste entgegen. Morgan zeigte auf Möllers linke Hand.

»Weiß!«

Klang Möllers Stimme enttäuscht, weil er die Schachpartie nicht eröffnen durfte und auf Morgans Konzept reagieren mußte? Morgan wußte es nicht.

Sie stellten die Figuren auf. Möller tat dies energisch und mit Nachdruck. Jede Plazierung war trotz des grünen Filzes an der Unterseite von einem dumpfen Laut begleitet. Morgan stellte die seinen vorsichtig hin, zuerst die Dame, der er beinahe liebevoll einen Platz in der Mitte der hintersten Reihe aussuchte.

»d2 – d4?« grinste Möller, als die Figuren in Formation auf dem Schlachtfeld standen. »Oder haben Sie eine andere Eröffnung in petto? Irgend etwas Ausgefallenes?«

Morgan eröffnete konventionell. Die ersten Züge wur-

den in einem flotten Tempo gespielt. Dann zögerte Morgan plötzlich. Er merkte, daß er die Partie zu defensiv angegangen war, um seine Dame nicht frühzeitig ins Spiel zu bringen. Morgans Zögern schien Möller nicht entgangen zu sein.
»Verheiratete Männer sind schlechtere Schachspieler«, sagte er. »Sie vernachlässigen ihre Dame.«
»Ich bin nicht verheiratet. Nicht mehr«, antwortete Morgan und berührte die kleine Krone seiner Dame. Er wußte, daß es jetzt kein Zurück mehr gab. Er mußte den nächsten Zug mit dieser Figur ausführen.
»Gute Schachspieler sind Einzelgänger, die sich allein mit sich und ihren Problemen befassen. Frauen lenken nur ab«, erwiderte Möller.
Morgan schaute überrascht auf. Was wußte Möller über seine Beziehung zu Sophie? Wie weit war er überhaupt über seine Biographie informiert?
»Sie haben einen Raumvorteil in Ihrem schwarzen Zentrum, Herr Möller«, sagte Morgan förmlich.
»Wollen wir uns nicht duzen?« fragte Möller und hob sein halbvolles Bierglas.
»Meinetwegen.«
Morgan hob andeutungsweise sein Weinglas, ohne sein Gegenüber dabei anzuschauen.
»Ich heiße Pierre.«
Möller nickte.
»Ist es nicht eigenartig, daß Frauen im allgemeinen keinen Sinn für das Schachspiel haben, Pierre? Obwohl ja gerade die Dame die stärkste Figur im Spiel ist.«
»Solange sie ihre Stellung verteidigt und die anderen Figuren auf Distanz hält.«

»Und solange sie nicht durch einen unbedachten Schritt plötzlich ihre Wirkung einbüßt und fällt.«
Morgan sah Möller erstaunt an. Dann setzte er zur kleinen Rochade an und lehnte sich zurück. Er schaffte für seinen Läufer freie Bahn. Möller verbarrikadierte sich. Morgan setzte seine beiden Springer ein. Möller wich aus.
»Ich bin Mitglied in einem Schachclub«, sagte Möller und zeigte das Lächeln des Siegers. Aber er ähnelte eher dem Familienoberhaupt auf einem Campingplatz.
»Schach«, sagte Morgan leise und deutete auf seinen Springer in vorderster Position.
Es war still in der niedrigen Stube. Weit weg war Herdengeläut zu hören. Dann stieg in der Nähe ein einzelnes kehliges Japanerlachen in den Nachthimmel. Möller stand auf, schloß das Fenster, schaute wie zufällig auf seine Sportuhr und schaltete den Fernseher ein. Es dauerte eine Weile, bis das Bild heller wurde und sich die verwischten Umrisse eines Nachrichtensprechers langsam herausschälten.
»Da!« sagte Möller scheinbar beiläufig, zeigte mit der rechten Hand auf den Bildschirm und umschloß mit der linken die Antenne.
Morgan stand etwas verwirrt auf einer Treppe. Hinter ihm war unvollständig und verzerrt der Schriftzug »Notaufnahme« zu lesen. Im folgenden Bild stand er vor der Wengeneralpbahn auf dem Bahnsteig in Lauterbrunnen.
»Gut gemacht, Martin«, sagte Morgan und nippte an seinem Wein. »Beeindruckend, wie die Medien funktionieren. Und gut, daß du eine Pistole hast.«

Möller schaltete den Fernseher aus. Als er sich wieder dem Spiel zuwandte, fegte er mit seinem rechten Arm wie zufällig die Figuren vom Brett. Er wirkte nicht wirklich erschrocken. Morgan schob den Stuhl zurück und stand auf. Möllers T-Shirt war naßgeschwitzt.

»Gute Nacht, Martin«, sagte Morgan und gähnte demonstrativ. »Du hättest die Partie ohnehin verloren.«

Möller zögerte, ging zur Tür, legte die Hand auf die Klinke und blieb stehen.

»Das Spiel ist nicht ausgespielt, Pierre«, sagte er leise, drehte sich um und lehnte sich gegen die Tür. »Morgen geht es weiter.«

»Wie meinst du das? Sollte ich den Ausflug aufs Jungfraujoch streichen?«

Möller schüttelte den Kopf. »Er gehört zum Spiel. Du wirst ihn überstehen.«

Er verschwand in der Küche, kam nach einer Weile mit einer Bierflasche zurück und setzte sich Morgan gegenüber an den Tisch.

»Anschel!« Er würgte den Namen wie einen Kloß aus sich heraus.

Morgan schwieg.

»Ich war Sicherheitsbeamter in Genf«, fuhr Möller fort. »Beim CERN.«

Morgan dachte an Möllers Reaktion, als er ihm einen Weißwein vom Genfersee angeboten hatte.

»Warum sind wir uns nie begegnet?« fragte er.

»Ja, warum eigentlich nicht?« Er wirkte wie erleichtert, nachdem er Anschels Namen ausgespuckt hatte. »Ich habe eine Geheimdienstausbildung.«

Dieses Bekenntnis überraschte Morgan. Er dachte an seinen Freund Voland, der in einer führenden Position am Centre Européen de la Recherche Nucléaire tätig war. Aber er erwähnte den Namen nicht.
»Und jetzt bist du Anschels Mann?«
»Ich bin nicht Anschels Mann«, sagte Möller zögernd. »Ich *spiele* Anschels Mann. Anschel hat mich geholt, nachdem ich manchen Leuten in Genf unbequem geworden bin.«
Morgan schaute Möller verwundert an.
»Anschel ist eine große Nummer, nicht wahr?«
Wieder zögerte Möller mit seiner Antwort.
»Anschel hat gute Beziehungen. Internationale Beziehungen.«
»Was soll das heißen?«
»Er ist Spezialist für Terrorfahndung, mein Lieber.«
»Und? Erfolgreich?«
»Er arbeitet mit den Amerikanern zusammen. Unter anderem.«
»Und?«
Möller zögerte.
»Du kannst das Spiel auf dem Jungfraujoch unbesorgt zu Ende spielen. Du bist ein Köder, weiter nichts. Oder man will dich glauben machen, daß du als Köder gebraucht wirst. Man will dich präparieren, weichkochen. Man hat mit dir etwas im Sinn.«
Morgan schüttelte den Kopf.
»Du spinnst. Du witterst überall Konspiration. Eine *déformation professionnelle* der Geheimdienstleute, denke ich. Warum sollten deutsche Terrorfahnder an mir interessiert sein, selbst wenn sie mich für den Ver-

fasser des Artikels über die Tankerkatastrophe halten?«
»Die Deutschen nicht. Aber die Amerikaner, zum Beispiel. Oder die Engländer.«
»Eben. Aber Anschel ist Deutscher. Warum setzt er sich so für die Amis ein?«
»Es könnte doch sein, daß Anschel ein Doppelagent ist.«
»Du spinnst. Hast du Beweise?«
Möller stand auf. »Beweise? Nein. Indizien. Ich kenne ein paar seiner Connections.«
»Und warum hast du so plötzlich von Genf nach Köln oder wohin auch immer gewechselt? Warum haben die dich aufgenommen?«
»Ich bin ein Geheimnisträger, Pierre. Und ich weiß, wie man mit Informationen handelt. Auch mit Spielmaterial. Mit Scheininformationen. Ich wußte scheinbar mehr, als denen lieb war. Ich konnte mich mit meinem Wissen einkaufen. Gute Nacht, Pierre.«
Möller stand auf und ging hinaus. Morgan horchte seinen Schritten draußen auf der Treppe im Vorgarten nach. Dann verklangen sie in der Nacht.
Er ging zum Kühlschrank, holte sich eine Flasche Bier und stieg in den ersten Stock hinauf. Er legte sich angezogen aufs Bett. Möllers Schritte auf der Treppe hörte er erst zwei Stunden später wieder, als er gerade kurz eingenickt war.
Es war ein Uhr. Morgan dachte an Sophie. Und er dachte an das, was ihm Möller über Anschel erzählt hatte. Dann stand er auf und schloß seine Zimmertür ab. Er hörte Möller, der sich im anderen Zimmer aus-

zog und dann seinen schweren Körper auf das Bett krachen ließ. Es war ein Doppelbett, das einzige Doppelbett im Haus. Er solle überleben, hatte Martin gesagt.

5

Morgan drehte vorsichtig den Schlüssel im Schloß und trat auf den Flur. Es war eine unruhige Nacht gewesen. Immer wieder hatten die Dielen geknarrt, wenn Möller zur Toilette gegangen war. Oder vielleicht hatte er sich ja auch nur vergewissern wollen, daß niemand einzubrechen versuchte. Zudem war er es nicht gewohnt, auf der linken Seite zu schlafen. Aber seine Verletzung hatte ihn dazu gezwungen.
Er trat vor das Haus und setzte sich auf die Holzbank. Er hatte also überlebt, und er wunderte sich nicht darüber. Es war ein klarer Tag. Das Breithorn zeigte sich unverhüllt. Die erste Bahn war bereits von Lauterbrunnen her in Wengen eingetroffen, beladen mit Gruppen von Japanern, die, von Interlaken kommend, aufgebrochen waren, um den *Top of Europe*, das Jungfraujoch, zu erobern.
»Trinken wir den Kaffee unten im Dorf?«
Möller hatte die Läden von Morgans Schlafzimmerfenster aufgestoßen und beugte sich aus dem Fenster.
»Bist du froh, daß ich noch am Leben bin?« fragte Morgan und blickte wieder zum Breithorn hinüber.
»Ich war ja auch die ganze Nacht unterwegs. Im Haus. Ums Haus herum.«
Möller zog seinen Kopf zurück. Morgan stand auf und ging ins Haus. Sie gingen wortlos auf der engen Treppe

aneinander vorbei. Morgan trat in sein Zimmer und öffnete den Schrank. Wonach hatte Möller gesucht? Sein Pullover war nach hinten gerutscht, und seine grauen Wandersocken waren ein dickes Knäuel und kein schlankes Paket mehr. Er hatte sich angewöhnt, seine Kleider nach einem bestimmten System zu ordnen und auch die Socken auf eine unverwechselbare Art zu einem siamesischen Paar zusammenwachsen zu lassen.

Er setzte sich auf die Bettkante und zog seine Tennisschuhe an. Er grinste. Jetzt war er ein Turnschuhtourist. Er ärgerte sich, daß sein Fotoapparat gestohlen worden war. Aber es war nur ein billiges Modell gewesen. Seine Lieblingskamera mit allen Schikanen hatte er in seiner Genfer Wohnung gelassen.

Morgan stand auf. In seinen hellblauen Jeans, dem dunkelblauen T-Shirt und dem hellgrauen Anorak fiel er kaum auf. Er würde ein integraler Teil der Masse von Touristen sein, die sich hinauf zum Jungfraujoch transportieren ließ. Das schwarze Dreieckstuch, das seinen Arm ruhig hielt, ließ er zu Hause. Es war zu auffällig. Er würde seinen rechten Arm mit dem Daumen in seinem Gürtel fixieren.

Möller wartete schon vor dem Haus. Er hatte einen dicken schwarzen Pullover mit Norwegermuster an. Darunter sein Holzfällerhemd. Und irgendwo steckte wohl auch seine Pistole. Vielleicht im Hosenbund. Möller trug Wanderschuhe. Sie waren auffällig bunt. Blau, grün, lila.

Die Sonne war noch nicht bis ins Dorf vorgedrungen. Es war kühl. Ein paar Japaner hatten die Dorfstraße besetzt, die Fotoapparate gezückt und die Jungfrau ins Visier genommen. Zeitungsständer wurden auf den Gehsteig gerollt. Möller kaufte sich eine deutsche Zeitung vom Vortag. Morgan verschwand in einem Fotogeschäft und kehrte mit einer Pocketkamera zurück. Möller sah ihn überrascht an, aber es fiel ihm wohl kein passender Kommentar ein. Sie setzten sich stumm in ein Café in der Nähe des Bahnhofs. Möller blätterte in seiner Zeitung, Morgan legte den Film ein. Möller wischte mit der Handkante die Brösel des Hörnchens vom Tisch. Morgan hob seine Kamera und drückte ab. Möller schaute erstaunt auf.

»Ich möchte nicht, daß du mich fotografierst.«

»Ein Souvenir.«

»Es gibt nichts, woran wir uns erinnern sollten, Pierre.«

Möller trank seinen Kaffee aus, legte eine Zehnfrankennote auf den Tisch, winkte der Kellnerin und stand auf.

»Gehen wir. Der nächste Zug fährt in einer Viertelstunde.«

»Ich denke, wir gehen nicht zusammen.«

»Nicht wirklich. Es muß zufällig wirken.«

Morgan lachte.

»Nichts wirkt mehr zufällig, was uns beide betrifft. Und auch das, was deine Kollegen so treiben. Darum geh schon vor.«

Möller schien plötzlich mißtrauisch zu werden.

»Du kannst nicht abhauen, Pierre. Das weißt du!«

Morgan nickte.

»Wir treffen uns *on the Top of Europe*, nicht wahr?«

»Schön, daß sich Europas Gipfel in der Schweiz befindet.«
Morgan grinste. Möller steckte Morgan eine Fahrkarte zu, wandte sich ab, ging zur Tür und bewegte sich dann mit seinem unnachahmlichen Dackelschritt in Richtung Bahnhof. Morgan folgte ihm in angemessenem Abstand, nachdem er eine zweite Aufnahme seines Schattens gemacht hatte, der ihm diesmal voranging.
Im Bahnhof drängten sich die Touristen vor dem Fahrkartenschalter. Die asiatische Dominanz war auch hier offensichtlich. Das Stimmengewirr war ein eigenartiges Gemisch aus gutturalen, knisternden Lauten, die Morgan an japanische Samurai-Filme erinnerten, und emsigen Fistelstimmen, die sich immer wieder in Gelächter auflösten. Er bahnte sich einen Weg durch die Menge und stand vorn an den Gleisen, als der Zug einfuhr.
Das peinigende Gefühl von Panik, das ihn plötzlich überfiel, dauerte nur kurz. Es war durch die Hände und Spazierstöcke der Touristen hinter ihm ausgelöst worden, die ihn gegen die prallgefüllten Rucksäcke der Fahrgäste vor ihm drängten. Er hatte jetzt keine Möglichkeit mehr, sich frei zu bewegen. Er war Teil dieses kompakten Ganzen, das nun aus dem Zug quoll und ihm immer wieder den Zugang zur Waggontür verwehrte, ihn wegdrängte. Der Gedanke, daß in dieser Menge jemand sein könnte, der ihn töten wollte, war unerträglich.
Als er endlich ins Abteil geschwemmt wurde, waren alle Sitzplätze besetzt. Die Fahrgäste saßen stumm da,

die Rucksäcke auf den Knien, den Fotoapparat griffbereit. Morgan fühlte sich wehrlos in dieser Gemeinde, die beim Anblick der Berge zwischen Andacht und Euphorie wechselte, aufsprang und sich dann wieder wie auf Kommando hinsetzte, beeindruckt den Kopf schüttelte oder ein verklärtes Lächeln auf die Lippen zauberte.

Auf der Kleinen Scheidegg wurde die Bahn gewechselt. Japaner säumten den Weg zum Aussichtspunkt, von wo aus man nach Grindelwald hinunterschauen konnte. Sie knieten mit gezückter Kamera vor den Alpenblumen, die am Wege blühten, und peilten mit ihren in der Sonne blitzenden Objektiven die Eigernordwand an, die Spinne, in deren Netz sich schon manch ein Himmelsstürmer auf ewig verfangen hatte. Und dann sah Morgan seinen Hausgefährten. Er beobachtete durch sein Fernglas eine Gruppe von Touristen, die sich vor einem Bernhardinerhund gegen harte Währung fotografieren ließen. Aber Möllers Interesse, das konnte Morgan sogar mit bloßem Auge sehen, galt nicht den Japanern, sondern der Frau mit dem Wanderhütchen, die ihm am Vortag in *Mary's Café* aufgefallen war.

6

Morgan saß wieder im Zug, der sich langsam die steile Flanke des Eigers entlang nach oben kämpfte. Auf der Station Eigergletscher mitten im Berg, wo die meisten Ausflügler während des längeren Aufenthalts hinausstürmten und den Gletscher durch eine große Panoramascheibe wie ein Kunstwerk betrachteten, konnte er endlich wieder atmen.

Die Bahn, die vom Jungfraujoch her ins Tal zurückfuhr und jetzt auf dem anderen Gleis hielt, hatte etwas Gespenstisches an sich. Die meisten Fahrgäste schliefen oder saßen apathisch da und starrten mit leerem Blick zu Morgans Zug herüber, der sich endlich in Bewegung setzte und bergwärts fuhr. Als Morgan oben angelangt war, kam er sich vor wie in einer anderen Welt. Die Luft war dünn, und ein Anflug von Panik streifte ihn.

Die Leute zerstreuten sich zuerst in einzelnen Grüppchen, die sich schließlich in ihre Bestandteile auflösten. Er war unschlüssig, in welche Richtung er gehen sollte, obwohl es überall Wegweiser gab. Er atmete so tief ein, wie er nur konnte, und begann zu marschieren, anfangs flott ausschreitend, dann immer langsamer, bis er nur noch vor sich hin taumelte. In diesen Augenblicken dachte er nicht an Möller und nicht an die Frau mit dem Wanderhütchen. Er schleppte sich Schritt für

Schritt durch den in den Berg getriebenen Stollen vorwärts. Der Sauerstoff wurde immer knapper. Er fühlte eine beklemmende Enge auf der Brust und mußte sich überwinden, nicht umzukehren. Er blieb stehen, setzte dann wieder einen Fuß vor den anderen, als wären es seine letzten Schritte. Es war kühl. Eine eisige Kälte hüllte ihn langsam ein und begann jetzt, auch sein Inneres zu durchdringen. In der Ferne sah er ein taghelles Halbrund, auf das er sich wie in Trance zubewegte. Links und rechts gab es immer wieder kleine Ausbuchtungen, in denen Menschen saßen, stumm und unbeweglich wie Statuen. Sie wirkten wie tiefgefroren und schienen auf das Ende zu warten. Auf das Ende wovon? Und vielleicht saß da ja auch sein designierter Mörder. Würde er schießen? Einen Dolch werfen? Sich auf ihn stürzen?

Wenn Morgan versuchte, tief durchzuatmen, hätte er schreien mögen vor Beklemmung. Aber die Töne erstickten in seiner Kehle. Er ging und ging, und allmählich kam die Öffnung, dieses rettende lichte Ziel, immer näher.

Innerhalb weniger Stunden hatte er zweitausend Meter Höhendifferenz hinter sich gebracht. Vor zwei Tagen war er noch in Hamburg gewesen, auf Meereshöhe, wo er das Leben gespürt hatte, während es hier oben scheinbar aus ihm entwich. Und noch kurz vor dem rettenden Ausgang wußte er nicht, wen er unterwegs in diesen düsteren Nischen unerkannt zurückgelassen hatte. Vielleicht Möller, vielleicht die Frau mit dem Wanderhütchen. Es war, als hätte er sich durch einen dunklen Kreuzgang bewegt, vorbei an Heiligen,

die stumm in ihren Nischen hockten oder standen, die bereits das Ende hinter sich gebracht und deshalb keine menschliche Regung, keinen Hilferuf von sich gegeben hatten.
Es gab Augenblicke, in denen Morgan zögerte, bereit war, die stummen Statuen zum Leben zu erwecken, sie zu ermuntern, ihm zu folgen. Morgan als Führer von Toten zurück in die Welt der Lebenden.
»Dort!« sagte er dann mehr zu sich als zu ihnen, die ihn ohnehin nicht verstanden hätten, weil sie eine andere Sprache sprachen und sich den *Top of Europe* anders vorgestellt hatten. »Dort ist das Ziel!«
Der Stollenausgang wurde größer. Er atmete durch, spürte, wie seine Kraft und sein Lebenswille zurückkehrten und damit auch die Angst, daß er die rettende Öffnung nicht mehr erreichen und kurz vorher erschossen würde.
Draußen vor dem Stollenausgang erklangen Begeisterungsschreie, einzelne dünne Gesänge, das Klirren von Gläsern. Das Panorama! Ein Panorama, auf der anderen Seite des Lebens? Eine Landschaft für Tote?
Nur noch vorbei an der letzten Nische, vielleicht der Notausgang wie in einem Autobahntunnel. Eine helle Gestalt saß dort. Er schaute nicht hin. Er wollte nur ankommen, hinaustreten in dieses verheißungsvolle Licht.
»Pierre!«
Er erstarrte. Diese Stimme kam aus seinem Innern, er hatte ihr immer wieder nachgehorcht, hatte sie beschworen, hatte im Bett, vor dem Einschlafen, auf sie gelauscht, so lange, bis er die Augen nicht mehr offen-

halten konnte und irgendwann in der Nacht aufschreckte und sich zu erinnern versuchte, was ihn denn so lange vom Einschlafen abgehalten hatte.
»Pierre!«
Er atmete tief ein, spürte, wie die Luft in ihn eindrang. Er hatte überlebt. Die Stimme hatte ihn ins Leben zurückgerufen.
Sophie!
Morgan drehte langsam den Kopf nach rechts. Er sah sie nur undeutlich. Sie trug einen hellblauen Anorak. *Den* hellblauen Anorak. Ein kleiner Rucksack stand neben ihr. Sophie war hier oben auf dem Jungfraujoch. Das bedeutete, daß sein bisheriges Leben, auch die Zeit, in der Sophie der Mittelpunkt gewesen war, plötzlich offen dalag. Und Sophie spielte in diesem Spiel vielleicht mit. Oder sie war eine Figur in diesem Spiel. Und er war, seit diesem Anschlag in Hamburg, auch mit von der Partie.
Morgan schaute wieder geradeaus. Der Stollen war beinahe zu Ende. Das Licht draußen war so grell, daß es weh tat. Er schloß die Augen. Ein Bild aber hatte er noch aufgenommen: Draußen stand, mit dem Rücken zu ihm, das englischsprechende Paar. Und etwas weiter vorn, wie von einem Maler hinzugefügt, um Tiefe, Perspektive zu suggerieren, Möller, sein Hausgenosse. Dahinter Schnee, Eis, hellblauer Himmel. In der Farbe von Sophies Anorak. Und Berggipfel. Er tastete in seiner Jackentasche nach dem Fotoapparat, hob ihn auf Hüfthöhe und drückte ab, einmal, zweimal. Dann holte er eine Sonnenbrille aus der Jackentasche und setzte sie auf.

»Wie früher«, flüsterte Sophie.
Morgan nickte und versuchte, sich zu erinnern, wie es denn früher gewesen war. Diese Wiederbegegnung war so absurd, wirkte so abgehoben, so inszeniert, daß es ihm schwerfiel, daneben die vertrauten Bilder abzurufen. Es war, als erinnerte ihn Sophie an einen Film, in dem sie beide eine Rolle gespielt hatten. Ihr gemeinsames Leben als Filmstoff. Jeder Kuß, jede Umarmung wirkungsvoll in Szene gesetzt, und im rechten Augenblick der Schnitt vor dem Liebesakt. Das Ganze eine Folge kurzer Takes.
Das Paar draußen drehte sich jetzt um. Der Mann streckte den Arm aus, zeigte wohl auf einen markanten Berggipfel. Die Frau nickte beiläufig, ohne den Kopf zu drehen.
»Setz dich doch zu mir«, sagte Sophie leise.
Morgan hatte ein Gefühl, das er von seiner Kindheit her kannte. Als seien seine Finger dick geschwollen, als hätte er die Gliedmaßen eines Riesen, der sich kaum bewegen konnte. Dieses erschreckende Körpergefühl hatte nur immer kurz gedauert und ihn dann blitzartig wieder verlassen.
Er nahm seine Sonnenbrille ab, drehte sich um und ging zögernd auf die Nische zu. Sophie rutschte auf der Bank zur Seite. Morgan setzte sich, spürte ihre Hüfte und ging ein wenig auf Distanz. Er wußte nicht, weshalb. Sophies Körper war ihm auch in seinen Erinnerungen nie fremd geworden.
»Kein Zufall?« fragte Morgan endlich, und ihm war, als verlöre sich seine Frage ohne Echo im Stollen.
»Ich wußte, daß du in Wengen bist. Ich habe dich im

Fernsehen gesehen. Und dann in der Zeitung. Und ich kann zwei und zwei zusammenzählen.«

Morgan nickte unsicher. Er spürte ihren Ellbogen an dem seinen. Der Druck blieb konstant.

»Und warum ausgerechnet hier oben auf dem Jungfraujoch? Wußtest du auch, daß mir dieser Ausflug empfohlen worden ist?«

»Zufall.«

Erst jetzt wurde ihm bewußt, daß ihm dieser Ausflug ja nur deshalb nahegelegt worden war, um herauszufinden, wer es wirklich auf ihn abgesehen hatte. Ein schrecklicher Verdacht streifte ihn. Sophie war rachsüchtig. Wenn ihr jemand etwas angetan hatte, selbst absichtslos oder aus Taktlosigkeit, wurde diese Person eines Tages in irgendeiner Form dafür bestraft. Sophie ließ sich Zeit, aber ihre Rache basierte immer auf einem bis in jede Einzelheit ausgeklügelten Drehbuch. Und keine Rache war wie die andere.

»Kennst du einen Mann namens Anschel in Hamburg?«

»Warum sollte ich? Ich kenne den Namen Celan.«

Sie hatte dieselbe Assoziation wie er, auch wenn Anschel nicht Antschel geschrieben wurde. Sie war es ja gewesen, die ihm am Telefon das Gedicht vorgelesen hatte.

Schwermut schlurft über Kies; / in den Wolken / klettert ein taumelndes Echo, / das ein Regen verschlug, / tröstete und losließ.

Er schloß die Augen. Er konnte sie in diesem Augenblick nicht anschauen. Sie hatte Celan gesagt und Anschel gemeint.

»Ein Mann der Terrorfahndung.«
»Ich habe recherchiert, Pierre. Das habe ich gelernt. Auch bei dir.«
»Bist du als Journalistin hier?« fragte er endlich.
Diesmal sprach er leiser als vorher.
»Ja«, sagte sie schnell.
Der Druck ihres Ellbogens ließ nach. Morgan wußte nicht, ob ihn ihre Antwort enttäuschte oder beruhigte.
»Bist du allein hier?« fragte er.
Sie nickte.
»Kein Kameramann?«
Sie schüttelte den Kopf.
Er stand auf, schaute die Frau an, die er noch immer liebte, sah nur einen vertrauten hellblauen Anorak, einen ockerfarbenen Schal, der ihren Hals und auch die untere Hälfte ihres Gesichts verdeckte, sah ihre jetzt geschlossenen Augen mit den verirrten dunklen Flecken der Wimperntusche, als hätte sie geweint und als hätten sich die Spuren ihrer Versuche, ihren Augen Tiefe zu geben, einfach so davongeschlichen und wären dann unterwegs, irgendwo zwischen Augenlid und Wangenknochen, in der Kälte erstarrt.
»Aber du hast deine Kamera bei dir?«
»Ich habe die Kamera immer bei mir«, sagte sie und versuchte, mit dem Zipfel eines zerfledderten Papiertaschentuchs die Spuren der Wimperntusche zu entfernen.
Morgan verfolgte ihren Versuch, ihr wahres Gesicht zu zeigen, das er so oft unter sich und über sich gesehen hatte, wie die Enthüllung eines Denkmals. Als schälte sich, begleitet von feierlichen Akkorden, langsam die

Statue einer historischen Figur aus den weißen Tüchern, die er zwar aus den Geschichtsbüchern kannte, die aber nichts mit jenem Bild zu tun hatte, welches er sich bei der Lektüre von ihrer Biographie gemacht hatte. Sophie war in diesem Augenblick nur eine gefrorene Momentaufnahme.

»DVD?«

Sie nickte.

Morgan schaute zum Ausgang, fixierte den strahlend hellen Ausschnitt. Die Frau, die am Tag zuvor in Fords *Eine Vielzahl von Sünden* gelesen hatte, schien im Schnee umgeknickt zu sein. Sie hatte sich hingekauert, ihren rechten weißen Turnschuh ausgezogen und rieb sich den Knöchel des Fußgelenks mit Schnee ein. Dann holte sie ein Schweizer Armeemesser aus ihrem Rucksack und einen Klettverband und schnitt ihn mit entschlossener Bewegung durch.

Sophie war Morgans Blick gefolgt. Sie stand auf. Wieder fühlte er ihren Oberarm an seinem Ellbogen.

»Gehen wir hinaus?« fragte sie.

»So schnell wie möglich.«

Sie liefen stumm nebeneinander her, zögerten gleichzeitig am Ausgang, bevor sie sich dem grellen Licht ganz aussetzten, und standen dann auf dem abfallenden Schneefeld unmittelbar neben Möller, der ebenfalls ins Tal hinunterstarrte.

»Ich habe drei Individuen ausgemacht«, sagte Möller leise, ohne sich Morgan zuzuwenden.

»Die Frau mit dem Wanderhütchen?« fragte Morgan ebenso leise zurück, obwohl er wußte, daß Sophie ihn auch so verstehen konnte.

»Es scheint, daß sie sich am Fuß verletzt hat.«
»Vergiß sie!« raunte Möller. »Ein Araber, zwei Europäer.«
»Darf ich dir Sophie Wagner vorstellen? Eine Bekannte von früher. Wir haben uns zufällig getroffen.«
Möller tat so, als hätte er Sophie zuvor gar nicht wahrgenommen. Er ergriff ihre ausgestreckte Hand und verbeugte sich andeutungsweise.
»Martin Möller«, sagte er, und dann fixierte er Sophie plötzlich auf eine Weise, die aufdringlich wirkte. Als wollte er sie sich genau einprägen. »Wie das Leben so spielt«, fügte er nach einer kurzen Pause mit ironischem Unterton hinzu.
Er erwartete keine Antwort.
»Wohnen Sie im Hotel?« fragte er dann.
»Ich bin erst gestern abend in Zürich angekommen, habe dann in Bern übernachtet und bin heute früh mit dem Zug weitergefahren. Und jetzt bin ich eben hier«, sagte sie beinahe trotzig.
Morgan wurde aufmerksam. Die Ausführlichkeit, mit der Sophie Möllers Frage beantwortet hatte, war irritierend. Als verfolgte sie einen Plan. Vielleicht war sie ja wirklich hier oben aufgetaucht, um sich an ihm zu rächen: die Ouvertüre zu ihrem Rachefeldzug.
»Gehen wir?« fragte Morgan und verdrängte den Gedanken.
»Wir?« fragte Möller zurück.
»Sophie und ich!«
Möller hatte verstanden. Er grinste.
»Ein Gipfeltreffen muß man doch feiern. Oder etwa nicht?«

Er ging entschlossen zum Kiosk und bestellte drei Gläser Champagner.
»Nein!«
Sophie drehte sich um und ging auf den Tunneleingang zu. Dort blieb sie stehen, holte ihre Filmkamera aus dem Rucksack, lehnte sich zurück und schwenkte dann das Panorama ab, setzte neu an und filmte sowohl Morgan als Möller, der mit einem etwas dümmlichen Lächeln, die Champagnerkelche in der Hand, dastand.
»DVD«, sagte sie jetzt, wie eine verspätete Antwort auf seine Frage von vorhin.
Die Frau mit dem Wanderhütchen saß abgewandt auf einer Holzbank. Sie hatte ihr rechtes Hosenbein hochgerollt und wickelte eine Binde um ihr Fußgelenk.
Und wieder einmal streifte Morgan der Hauch einer Erinnerung. Woran erinnerte ihn die Frau, die ihr Fußgelenk einwickelte?
Er holte seinen Fotoapparat aus der Jackentasche und richtete ihn auf Möller, der noch immer mit den Champagnergläsern in der Hand dastand. Der Bildausschnitt war so groß, daß auch die Frau mit dem Wanderhütchen am linken Rand Platz fand. Morgan drückte ab. Möller zuckte zusammen, dann leerte er eines der Gläser in einem Zug und streckte Morgan den anderen Kelch entgegen. Morgan nahm das Glas, trank einen Schluck und gab es dann Möller wieder zurück. Seine Schulter schmerzte.
»Ich sagte doch: Keine Fotos!« sagte Möller, der sich anscheinend erst jetzt wieder an seinen Auftrag erinnerte.

»Die Aufnahmen bleiben unter uns.«
Möller nickte verunsichert.
»Also bis dann!« sagte Morgan und tauchte wieder in den düsteren Stollen ein, in dem Sophie bereits verschwunden war.

7

Sie saßen sich am Wohnzimmertisch gegenüber, Sophie mit dem Rücken zum Fenster. Hinter ihr konnte Morgan das Breithorn sehen. Zwischen ihnen stand eine halbvolle Weißweinflasche.

Auf der Talfahrt hatten sie kaum miteinander gesprochen. Sophie hatte sich in ihrer Ecke hinter ihrem hellblauen Anorak verschanzt. Morgan hatte aus dem Fenster gestarrt, aber er hatte immer nur sein eigenes Gesicht in der Scheibe gesehen, ohne sich darin wiederzuerkennen. Der Mann, den er sich vorstellte, der aus seinem Kopf herausschaute, war nicht identisch mit dem Mann, den die Scheibe widerspiegelte.

In Wengen angekommen, waren sie stumm den steilen Weg zum Waldrand hinaufgegangen, zu Morgans Unterkunft. Sophies einziger Kommentar hatte den gepflegten Gärten am Weg gegolten. Und ab und zu war sie stehengeblieben und hatte sich umgeschaut. Hatte sie sich nach möglichen Beschattern umgesehen? Oder hatte sie nur einfach die Berge betrachtet?

»Was willst du von mir?« fragte er endlich, als er die Stille nicht mehr aushielt.

»Informationen, Pierre.«

»Für wen arbeitest du?«

»Noch immer für denselben Sender.«

»Mal hier, mal dort?« fragte er etwas gequält. Er wußte,

daß sie jetzt an dasselbe dachte wie er. An ihre Treffen in fremden Städten und an die Nächte ohne Schlaf in Hotelzimmern der Luxusklasse.
Sie nickte, griff nach ihrem Glas und trank einen kleinen Schluck. Von der Turnhalle her tönten dumpfe Trommelschläge.
»Was für Informationen?«
Sie schüttelte den Kopf. Die Trommelschläge wurden leiser und endeten in einem dahinsterbenden Wirbel.
»Ein Deal?« fragte er.
Sie schaute ihm zum erstenmal in die Augen. Aber es waren nicht die Augen, die er in Erinnerung hatte. Sophie hatte jetzt ihren Doktorblick, prüfend, diagnostizierend, aber letztlich teilnahmslos. Er erinnerte sich an ihre Fernsehberichte von den verschiedenen politischen Schauplätzen. Immer, wenn sie auf Sendung gewesen war, das Mikrofon vor dem Mund, den Blick in die Kamera gerichtet, schien sie zwei verschiedene Augen zu haben. Ein sanftes, begehrliches Liebesauge und ein offizielles, beobachtendes Interviewauge, das Fernsehauge, das jeden Augenblick die ultimative schneidende Senkrechtbewegung des Aufnahmeleiters erwartete. Und wenn sie, beide Augen geschlossen, auf dem Rücken gelegen und auf seine erotischen Signale gewartet hatte, wußte er plötzlich nicht mehr, unter welchem Lid welches Auge verborgen war. Und er wartete gebannt darauf, daß sie ihre Augen öffnete und er sich auf ihr Liebesauge konzentrieren konnte.
»Ein Deal?« fragte er noch einmal.
»Nein, Pierre. Was geschehen ist, läßt sich nicht mit einem Deal wiedergutmachen.«

»So habe ich es nicht gemeint. Ich brauche keinen Ablaßbrief.«
»Warum nicht?« fragte sie schnell. »Du hast mich verlassen. Und die Art dieses Abschieds war häßlich. Es ging um meine Würde.«
Er sah sie erstaunt an und stand auf.
»Lassen wir das ...«
Er öffnete die Tür halb. Sie starrte vor sich auf den Tisch und machte keine Anstalten zu gehen.
»Du lebst gefährlich, Pierre!«
Er blieb regungslos neben der Tür stehen, die Hand noch immer auf der Klinke.
»Du bist verschiedenen Leuten zu nahe gekommen.«
Er schüttelte den Kopf. Diesen Satz hatte er vor nicht langer Zeit schon einmal zu hören bekommen.
»Möchtest du nicht Namen nennen?«
»Namen? Da gibt es keine Namen. Irgendeine terroristische Zelle.«
Er ließ die Klinke los und setzte sich wieder auf seinen Stuhl. Die Tür blieb halboffen.
»Hast du die Leute auf mich angesetzt?« fragte er. »Willst du meinen Kopf?«
»Bist du verrückt? Ich will die Geschichte.«
Sie beugte sich weit vor. Sie war wütend und erschrocken zugleich. Ihr Blick irrte ab, suchte wieder in der Maserung des Tisches Halt. Sie hatte jetzt zwei Fernsehaugen.
»Ich will dich nicht tot, ich will dich lebendig«, sagte sie endlich. Es war als Scherz gemeint, und sie lachte laut heraus, als sie den Satz ausgesprochen hatte. Sie lachte zu laut.

»Also? Was dann?«
»Ich will mit dir zusammenarbeiten, Pierre. Wir wären dann so etwas wie Geschäftspartner. Du hast eine Geschichte aufgerissen, und ich will an deinen Recherchen partizipieren. Und dann meine eigenen Schlüsse ziehen.«
»Also doch ein Deal!«
Er wußte noch immer nicht, worauf sie hinauswollte.
»Seit unserer Trennung warst du in europäischen Hafenstädten unterwegs. Was hast du dort gesucht?«
»Die Spuren unserer Liebe«, sagte er schnell. »Ein Erinnerungsparcours.«
Es sollte sarkastisch klingen, aber es klang bitter. Er stand auf, schloß die Tür, setzte sich wieder und füllte die Gläser erneut.
»Hast du diesen Artikel geschrieben?«
Er hätte fragen können, welchen Artikel, obwohl er wußte, welchen Artikel sie meinte. Sie meinte denselben wie Anschel, den Artikel von Maurice Faber.
»Es war kein Unfall, Sophie! Die Kollision war beabsichtigt.«
»Hast du Beweise?«
Er schwieg.
»Ich habe dich etwas gefragt.«
»Halt dich da raus! Das ist meine Antwort.«
Jetzt stand sie auf und ging zur Tür, drückte auf die Klinke, zögerte, wartete einen Augenblick lang, mit dem Rücken zu ihm, auf seine Reaktion. Aber er blieb stumm. Sie drehte sich wieder um.
»Hast du Beweise, Pierre?« fragte sie zum zweitenmal. Diesmal klang ihre Stimme weniger fordernd.

Morgan dachte an das Besatzungsmitglied auf dem englischen Trawler, das nach der Kollision verschwunden war. Vielleicht hatte er Selbstmord begangen oder war einfach nur abgetaucht. Aber weshalb? War er Geheimnisträger gewesen? Hatte man ihm neue Papiere und eine neue Identität verschafft, und er lebte irgendwo unerkannt weiter?
Dieser Mann war die Schlüsselfigur. Und diesen Mann mußte er finden. Und zum Reden bringen. Erst dann konnte er die Fortsetzung seines Artikels schreiben. Aber es eilte. Anscheinend gab es eine undichte Stelle in der Redaktion des Magazins.
»Wenn es kein Unfall war, dann war es eben ein terroristischer Anschlag«, sagte sie. »Diese These vertritt auch mein Sender. Ich habe Informationen des britischen Geheimdienstes. Sie sind eindeutig.«
»Die *Lucky Punch* ist ein britischer Trawler.«
»An Bord dieser *Lucky Punch* waren zwei Saudis und ein Grieche, der lange in Palästina gelebt hat. Die restliche Mannschaft wurde von den drei Männern überwältigt. Und dann kam es zur Kollision. Die Terroristen haben den Tanker gerammt. Sie haben die Katastrophe provoziert.«
»Wer sagt das?«
»Wir haben die Namen der Besatzungsmitglieder. Und wir wurden über ihre Nationalität informiert.«
Morgan schaute Sophie erstaunt an. Sophie war keine geübte Lügnerin. So wie er, der nur dann überzeugend lügen konnte, wenn er es mit Menschen zu tun hatte, die ihn nicht kannten.
»Vergiß es, Sophie. Die Kollision war geplant. Aber es

war keine terroristische Aktion. Zu viele Leute mischen in dieser Informationsküche mit.«
Er schwieg. Er wollte Sophie nicht in seinen Verdacht einweihen und sie nicht auf eine Spur setzen, die er selbst verfolgte. Er hatte schon zuviel gesagt, aus Schuldgefühlen heraus. Also lief das Ganze doch auf einen Deal hinaus. Er lieferte Informationen, und sie modifizierte vielleicht ihre Rachepläne ihm gegenüber. Möglicherweise konnte er sich auch ganz von seiner Schuld freikaufen.
Sie schwieg. Sie schien nachzudenken.
Draußen vor dem Haus hörte man Schritte. Dann ein Husten. Möller stapfte die Steintreppe herauf und stieß die Haustür mit dem Schuh auf. Dann blieb er stehen. Vielleicht hatte er seine Pistole in der Hand.
Morgan stand auf und ging hinaus in den Flur. Möller hatte wirklich eine Pistole in der Hand. Sie zeigte auf seine rechte Schuhspitze.
»Die Frau hat etwas zu verbergen«, sagte er leise. »Ich traue ihr nicht. Sie hatte Kontakt mit Hamburg.«
»Und?«
»Ich mag dich. Du bist ein guter Schachspieler.«
»Willst du mit uns zu Abend essen?« fragte Morgan und bereute diese Einladung auch schon, weil er lieber mit Sophie allein gegessen hätte.
»Ich werde ins Dorf gehen. Basic food«, fügte er grinsend hinzu. »Und dann gehe ich schlafen. Und morgen reise ich ab. Es ist höchste Zeit. Und du?«
»Ich reise morgen auch ab, Martin. Warum du?«
»Mein Auftrag ist erfüllt. Man braucht mich nicht mehr.«

»Bist du sicher?«
Möller schien etwas zu verschweigen. Er war ein schlechter Lügner.
»Möchtest du tauschen?« fragte Möller.
»Wie?«
»Ich schlafe im Doppelzimmer.«
Morgan lachte. Dann lauschte er. Sophie hatte im Wohnzimmer die Fensterläden zugezogen.
»Was weißt du über uns?« fragte er. Er fürchtete sich vor Möllers Antwort.
»Irgendeine Geschichte in Genf. Der Schlüssel liegt in Genf, Pierre.«
Möller wandte sich ab, steckte seine Pistole in den Hosenbund und hob die Hand zum Abschiedsgruß.
»Denk an die Fotos.«
Morgan nickte.
»Bis später.«
Möller ging zur Tür.
»Damit quittierst du also deinen Dienst als mein Bodyguard?« fragte Morgan.
Er versuchte, die Frage mit einem Lachen zu neutralisieren.
»Ich komme nach dem Essen zurück. Ich werde dann noch eine Zigarre rauchen. Leider habe ich die schlechte Angewohnheit, den Stummel auf der Fensterbank liegenzulassen. Und bis dahin weiß ich dich ja in vertrauenswürdiger Gesellschaft.«
Möller schloß die Tür hinter sich, und Morgan wußte nicht, wie er seinen letzten Satz gemeint hatte.

8

Als Morgan ins Wohnzimmer zurückkehrte, hatte Sophie das Licht angezündet. Es war ein schönes Bild, wie sie so dasaß, das Kinn auf den Händen aufgestützt, das warme Licht der Deckenlampe im Haar und auf der Stirn. Nur der untere Teil des Gesichts wirkte verschattet. Auf dem Tisch stand ein kleiner Strauß Alpenrosen. Wo sie diesen Strauß wohl plötzlich herhatte? Aus dem Rucksack?

Sie hatte die Außenwelt ausgeschlossen, hatte eine Atmosphäre von Gemütlichkeit und trauter Zweisamkeit hergestellt, die er so mit ihr nie erlebt hatte. Hotelzimmer und Restaurants waren ihre Treffpunkte gewesen, und das Kerzenlicht auf den Tischen oder die dezente Backgroundmusik hatten andere Gefühle provoziert. Luxusgefühle. Und so hatte sich auch ihre Liebe immer auf einer künstlichen Ebene abgespielt, eine Insel im Alltag wie bei einem Opernbesuch. Mit Sophie hatte er nie Häuslichkeit geprobt. Um so mehr überraschte ihn die Situation. Kurz streifte ihn ein Gefühl von Mißtrauen, konnte er sich vorstellen, daß alles Teil einer Inszenierung war, eine Szene in Sophies antikem Drama, das auf Zerstörung angelegt war. Falsche Gemütlichkeit, inszenierte Sehnsucht.

»Du bist ein Feigling, Pierre«, sagte sie und bewegte dabei kaum die Lippen.

»Ich habe mich getäuscht. In mir getäuscht, Sophie. Das ist alles. Es war nicht Feigheit. Es war Einsicht.«
Sie lachte nicht laut heraus, wie er es erwartet hatte, sondern schob den Alpenrosenstrauß beiseite. Sie könnte jetzt die Fensterläden wieder öffnen, das Licht löschen und sie beide der hereindrängenden Dämmerung aussetzen. Sophie hatte es auf Konfrontation angelegt.
Vier Jahre hatten sie außerhalb der Konventionen als Paar gelebt. Sie waren beide verheiratet gewesen, er mit Mirjam, von der er sich aber nach zwei Jahren wieder getrennt hatte. Sophies Ehe mit ihrem Mann, einem Anwalt, hatte schon fünfzehn Jahre gedauert, als Morgan sie auf der Frankfurter Buchmesse bei einem Empfang zufällig kennengelernt hatte. Bei dieser Gelegenheit hatte sie ihm, wie um sich zu schützen, von ihrer zwölfjährigen Tochter erzählt, und trotzdem hatten sie schon in dieser Nacht miteinander geschlafen. Es war keine aufregende Liebesnacht gewesen, eher ein Versuch, ein paar Zwischenschritte auszulassen, um sich nicht zu nahe zu kommen, sich nicht aufeinander zuzureden.
Von da an hatten sie sich in regelmäßigen Abständen wiedergesehen. Überall dort, wo sie oder er gerade beruflich zu tun gehabt hatten. Manchmal hatte der Zufall mitgeholfen, manchmal hatten sie auch beide Regie geführt. Einige Male hatte er Sophie in München in ihrem Büro beim Ostbahnhof getroffen. Dort hatte er mehr als eine Nacht mit ihr verbracht, besonders während der Ferienzeit, wenn die Tochter zusammen mit ihrem Vater bei den Großeltern auf Rügen gewesen

oder sie zusammen mit einer Freundin und deren Eltern weggefahren war.
Es waren Annäherungsversuche an die Liebe im Alltag gewesen. Aber auch diese Nächte hatten einen Touch von Künstlichkeit gehabt, waren Teil eines Romans gewesen, der sich auf prägnante Augenblicke konzentriert und weder ein Happy-End noch das Gegenteil angestrebt hatte. Einfach nur Augenblicke ohne Zukunft.
Er hatte Sophie geliebt. Und er liebte sie noch immer.
Er hob vorsichtig den Blick, schaute in ihr rechtes Auge, dann in das linke und fand nichts, was ihn an früher erinnerte. Keinen Fernsehblick und schon gar nicht die erotische Erwartung.
»Ich erinnere mich an jedes Geräusch«, sagte er unvermittelt.
Sie nickte, als wüßte sie, was er meinte.
»Lautsprecherdurchsagen nachts und am frühen Morgen. Trostlose Destinationen. Die dumpf singenden Geräusche der einrollenden Züge. Die kleinen Postwägelchen, die mit ihren Anhängern im Stakkato über die Gleise ratterten. Der spitze Schrei, wenn die Puffer zweier Wagen aufeinanderprallten. Das Zischen der Bremsluft ...«
»Hör auf!«
Sie hob abwehrend die Hand.
Er schwieg betreten.
»Was bezweckst du mit diesen akustischen Reminiszenzen? Ist es das, was dir fehlt?«
»Es ist ein Teil davon. Aber es fehlt mir nicht. Es hat sich nur in mir festgehakt. Und ich kann diese Geräu-

sche wie die Melodie einer Drehorgel abrufen. Da sind sie eingestanzt, Loch neben Loch, eine Folge von mysteriösen Mustern, die keiner lesen kann, weil sie nur zu hören sind.«

Sie senkte den Kopf. Hoffentlich weint sie jetzt nicht, dachte er. Gegen Tränen war er machtlos. Da hätte er nur hilflos seinen Arm ausstrecken und sie andeutungsweise streicheln können. Aber sie würde nicht weinen, mindestens nicht wirklich, höchstens gespielt.

»Du hast mich immer gefragt, ob ich deinetwegen meinen Mann verlassen würde. Ich habe mich geweigert. Meiner Tochter wegen. Und an dem Tag im Oktober, als wir uns in Zürich über der Stadt in diesem Hotel getroffen haben, draußen auf der Terrasse und unter uns der See, und alles war gelb und braun und grün und in der Luft diese leise Ahnung von Herbst, als sich der See einen Gazeschleier überzog – damals habe ich ja gesagt. Und dann habe ich zuerst dein Erstaunen gesehen, dann einen Anflug von Glück und dann das tiefe Erschrecken. Und dann haben wir noch zusammen gegessen. Du bist nach Genf gefahren.«

Er nickte. Sie hatte diesen Abschied so bildlich beschworen, daß er gerührt war. Gleichzeitig aber wurde ihm bewußt, daß sowohl er mit seinen akustischen Bahnhofsreminiszenzen als auch sie bei der Beschwörung ihres Abschieds eine Art Kunstsprache benutzt hatten. In Wirklichkeit sprachen zwei Menschen nicht so miteinander. Vielleicht im Kino. Oder in der Literatur.

»Und?« fragte er endlich. »Warum wolltest du mich hier treffen?«

»Dieser Ort ist nicht mit Erinnerungen besetzt.«
Die Fliege war erwacht und hatte ihre Rundflüge wieder aufgenommen. Es klang bedrohlich.
»Hast du einen neuen Freund?« fragte er endlich, als er das Schweigen nicht mehr aushielt.
»Würde dich das irritieren?«
Sie schob den Strauß mit den Alpenrosen noch weiter von sich weg.
Er mußte sich dazu zwingen, nicht aufzustehen, die Tür hinter sich zuzuschlagen und sich in der Küche auf einen Stuhl zu setzen, eingefroren in seinen Gefühlen, mitten in einem schwarzen Loch, aus dem er kaum mehr herausfand. Er hatte keine Muster, ein delikates Gespräch, in dem es um Gefühle ging, um Verletzbarkeit, zu Ende zu führen, bis zu einem klärenden Schlußsatz auszuhalten. Jedes Streitgespräch brach er schon im Ansatz durch eine Art Atemstillstand ab. Seine einzige Möglichkeit, in dieser Situation, bedrängt von Schuldgefühlen oder nicht eingehaltenen Versprechungen, zu überleben, war ein Kraftakt: Die Auseinandersetzung begann mit dem Schlußpunkt, mit dem Zuschmettern der Tür.
Vorhang.
Wenn er dann später in der Küche hockte oder an einem Ort, an den er nicht hingehörte, legte er sich die Sätze zurecht, mit denen er wieder in ein Gespräch zurückfinden konnte. Er suchte nach stringenten Formulierungen, die seine Position klar definierten, feilte an den einzelnen Wörtern herum wie an einem Text, den er einer Zeitung abzuliefern hatte, bis er glaubte, den ultimativen Satz gefunden zu haben, auf dem er

sich wie auf einem Podest abstützen konnte und der ihm seine Souveränität zurückgab. Und mit diesem Satz auf der Zunge kehrte er dann zurück und wartete auf den Augenblick, ihn anbringen zu können.

Standhalten ist alles, dachte er immer wieder. In der Liebe. Sogar in abgelebten Beziehungen, selbst wenn dieses Standhalten nichts anderes bedeutete, als zu überleben.

»Ein wenig Nähe«, sagte sie.

Ihre Stimme versagte. Sie stand auf, quetschte sich um die Tischkante herum und kam auf ihn zu. Eine Weile standen sie nahe beisammen, dann umarmte sie ihn, fast beiläufig, schien auf seine Reaktion zu warten, und erst, als er sie an sich drückte, wurde auch ihre Umarmung intensiver.

»Du hast also einen anderen Mann. Einen Freund«, verbesserte er sich schnell.

»Ja.«

»Und?« fragte er und wußte eigentlich gar nicht, was er als Antwort auf diese Frage erwartete.

»Ficken«, sagte sie und lachte. Aber dieses Lachen paßte nicht zu ihr, so wenig wie der Ausdruck, den sie eben benutzt hatte.

Er ließ sie los und trat einen Schritt zurück. Sie stand noch immer so da, mit geschlossenen Augen wie eine Statue. Sie öffnete die Augen und ließ ihre Arme sinken.

Morgan versuchte, sich diesen Mann vorzustellen, setzte beinahe zwanghaft eine Art Phantombild zusammen. Zuerst hatte er kurze schwarze Haare, ein bißchen stachelig, mit silbergrauen Stellen wie Schim-

melpilz. Dann setzte er ihm eine Mütze auf, tauschte die hellgrauen stechenden Augen gegen braune aus. Er versuchte es mit einer Brille ohne Rand. Bestimmt hatte er schmale Lippen. Er wußte, daß Sophie wulstige Lippen haßte. Und Männer mit großen Füßen. War er intelligent, humorvoll oder ganz einfach nur ein Mann fürs Bett? Ficken, hatte sie gesagt. Er kannte ihre Kriterien in Sachen Männer. Ficken stand nicht an erster Stelle.
Sophie setzte sich wieder hin.
»Ich glaube, ich bin kein guter Beobachter«, sagte er nach einer langen Pause. »Vielleicht wäre ich besser ein Schriftsteller. Ich habe einen Tunnelblick, Sophie. Ich erinnere mich nicht an Zusammenhänge, sondern nur an Bilder, an Fragmente von Bildern, wie du weißt.«
Es war still. Die Fliege, die um die Deckenlampe kreiste, surrte und surrte. Es war kaum auszuhalten.
»Eigentlich möchte ich einen Roman schreiben.«
Sie schaute ihn erstaunt an. Hatte er sie verunsichert?
»Kunst also?«
Sie lachte. Es klang nicht froh.
»Die Realität ist mit Worten nicht zu packen, Sophie. Die Realität ist nur durch die Fiktion zu verstehen.«
»Spinnst du?« sagte sie. »Er ist Wissenschaftler«, fügte sie unvermittelt hinzu.
Der Fußboden im Flur knarrte. Möller war zurückgekommen. Beide horchten, als er die Treppe hinaufstieg. Eine Tür öffnete und schloß sich, und Möllers schwerer Körper fiel auf das Bett.
»Dein Freund?« Morgan nahm den Gesprächsfaden wieder auf.

Sie schien jeden Augenblick aufstehen und gehen zu wollen.
»Du liegst falsch mit deiner These, was die Tankerkollision betrifft.«
»Du wiederholst dich.«
»Bitte!«
»Was für eine Rolle spielt dein neuer Freund in dieser Geschichte?« fragte er und streckte seine Hand aus, als könnte er sie so zurückhalten.
»Ich habe Informationen vom britischen Geheimdienst.«
»Möller traut der Geschichte nicht, Sophie.«
»Möller ist eine subalterne Figur. Keiner in unseren Kreisen kennt den Namen.«
»In euren Kreisen? Ich denke, Namen von Geheimagenten kennt man nicht. Und vielleicht heißt dieser Anschel in Hamburg gar nicht Anschel, sondern Vogel oder Strauß. Und vielleicht ist er ja ein Doppelagent...«
»Wer sagt das?« fragte Sophie irritiert.
»Möller hat so einen Verdacht.«
»Möller?« sagte sie gedehnt.
Sie stand langsam auf.
»Dann gehe ich jetzt also.«
Er war verwirrt. Er wußte nicht, ob er erleichtert war oder verstimmt.
»Warum hattest du die Läden zugezogen?«
Sie verzog ihr Gesicht zu einer kleinen Grimasse.
»Aus Gewohnheit.«
Möllers Bett ächzte.
»Wie kommt es, daß unsere Beziehung gewissen Leu-

ten bekannt zu sein scheint? Wem hast du was erzählt?« fragte er schnell, weil er dieses Geräusch über ihnen nicht aushielt.

»Ich habe niemandem irgend etwas erzählt. Aber ich wundere mich über deine Naivität. Wir waren lange Zeit ein Paar, sind immer wieder gleichzeitig in denselben Städten abgestiegen. Wir sind beide von Haus aus Journalisten. Vergiß das nicht. Wir bleiben an der Geschichte dran. Das bist du mir schuldig. Wenigstens das.«

Sie streckte die Hand aus und strich ihm mit dem Zeigefinger über den Nasenrücken. Sophie öffnete die Tür, drehte sich noch einmal um und schloß sie hinter sich.

Er hörte draußen ihre Schritte, löschte das Licht und trat ans Fenster. Er sah sie über die Treppe auf das Sträßchen hinaustreten. Es war beinahe Vollmond. Sie stand zögernd da und hob den Blick zum Himmel. Das Breithorn wirkte im Mondlicht wie eine bedrohliche Festung. Er konnte Sophies Gesicht im Profil deutlich erkennen, und es rührte ihn viel mehr als vorhin, als sie mit zwei fremden Augen am Tisch gesessen und ihn fixiert hatte.

Dann wandte sie sich nach links. Wahrscheinlich wählte sie den Weg an der *English Church* vorbei ins Dorf hinunter. Warum aber blieb sie plötzlich stehen? Sie schien zu horchen. Jetzt hörte er vorsichtige Schritte. Turnschuhschritte. Aber er konnte die Gestalt nicht sehen, die zu diesen Schuhen gehörte. Eine hohe Tanne verdeckte ihm die Sicht. Er lauschte, glaubte gedämpftes Reden zu hören. Dann entfernten sich die Turn-

schuhschritte wieder. Und gleich darauf verklangen Sophies energische Schritte in der Nacht.
Morgan schlief diesmal traumlos und weit weg von allem wie in einer Ohnmacht.

9

Martin Möller war unbemerkt weggegangen. Sein Bett war gemacht. Sein Gepäck war verschwunden. In seinem Zimmer roch es nach erkaltetem Rauch. Auf dem Fensterbrett lag eine halb zu Ende gerauchte Zigarre. Morgan hob sie sorgfältig auf, wickelte sie in ein Papiertaschentuch und steckte es in die Hosentasche. Dann ging er in sein Zimmer zurück, packte seine Reisetasche, schloß die Fensterläden, lief noch einmal durch das Wohnzimmer, dann durch die Küche. Alles wirkte wie nie bewohnt. Der Haustürschlüssel steckte innen. Er ließ ihn stecken und verließ das Haus. Es war ein strahlender Morgen. Das Breithorn stand unverhüllt da. Unten auf dem Sträßchen zögerte er kurz, wandte sich dann nach links, anstatt den direkteren und steilen Weg hinunter ins Dorf zu nehmen. Sowohl Sophie als auch Möller hatten diesen Weg genommen.

Als er sich der *English Church* näherte, zögerte er. Er hörte Stimmen. Dann sah er eine Menschengruppe, ein rotweißes Plastikband, das quer über die Straße gespannt war, vier uniformierte Polizisten.

»Was ist los?« fragte er einen alten Mann, der ihm entgegenkam.

»Ein Toter.«

»Unfall?«

Der Alte schüttelte den Kopf. »Mord, wird gemunkelt.«
Morgan nickte dem Alten zu, der andächtig an seiner Pfeife zog und dann weiterging.
Unter einer Plane sah Morgan einen Arm und eine Hand. Und eine große Blutlache. Der Ärmel des Hemdes war hochgekrempelt, trotzdem erkannte Morgan das Muster. Ein Holzfällerhemd. Möllers Hemd.
»Wer ist der Tote?« fragte Morgan einen jungen Mann, der anscheinend genug gesehen hatte und sich abwandte. Er war blaß und schüttelte immer wieder den Kopf.
»Ein Tourist. Wahrscheinlich Selbstmord. Jedenfalls hat das einer der Polizisten gesagt. Man hat ein Schweizer Armeemesser gefunden. Der Mann soll sich die Schlagader durchgeschnitten haben.«
Morgan nickte dem Mann zu, der noch immer kopfschüttelnd dem Alten folgte. Morgan holte das Papiertaschentuch hervor, in dem noch immer Möllers halb gerauchte Zigarre eingewickelt war, öffnete es und ließ den Zigarrenstummel auf den Boden fallen.
Er hätte mit der Bahn ins Tal hinunterfahren können. Doch die Möglichkeit, daß die Polizei die Abreisenden kontrollierte, bestand immerhin, und er mußte jetzt alles vermeiden, um nicht ein weiteres Mal irgendwelchen Journalistenkollegen in die Arme zu laufen und später sein Foto in einer Zeitung oder im Internet zu sehen.
Obwohl ihn seine Schulter noch immer schmerzte, kehrte er um, stieg noch einmal den Berg hinauf und ging auf dem anderen, steileren Weg ins Dorf hinunter,

vorbei am Hotel Silberhorn. Seine Reisetasche trug er auf der unverletzten Schulter.

Er warf einen letzten Blick auf das Breithorn. Aber die Wolken hatten es eingehüllt und damit auch seine Jugenderinnerungen erstickt. Bevor er den Weg ins Lauterbrunnental hinunterlief, sah er auf dem Dach eines der Hotels die Schweizerfahne flattern, das behäbige weiße Kreuz im roten Feld, dieses vermeintliche Symbol der Gastfreundschaft, zweifelhaft schon im Zweiten Weltkrieg, als die Schweizer vor den an der Grenze ankommenden Juden die Schlagbäume gesenkt hatten. Eine kalkulierte Pseudogastfreundschaft, die nur dann gewährt wird, wenn der Gast solvent ist. In letzter Zeit hatte sich sein Verhältnis zu seiner Nationalfahne auf eigenartige Weise verändert. Früher war er stolz darauf gewesen, heute erschien ihm das Schweizerkreuz im Vergleich zu ähnlichen Nationalflaggen von Dänemark, Schweden oder Norwegen behäbig. Dieses saturierte Kreuz, symmetrisch im roten Feld perfekt und makellos eingemittet, wirkte wie ein Stück Speck, fett und letztlich unbekömmlich. Vielleicht waren es auch Sophies Gedanken gewesen, die ihn jetzt eingeholt hatten, die Erinnerung an ein weit zurückliegendes Gespräch über die Schweiz.

Vier Stunden später kam er in Genf an und nahm ein Taxi zu seiner Wohnung. Auf der langen Zugfahrt hatte er immer wieder die SMS gelesen, die ihn zwischen Lauterbrunnen und Interlaken erreicht hatte.

Schwermut schlurft über Kies; / in den Wolken / klettert ein taumelndes Echo, / das ein Regen verschlug, / tröstete und losließ.

Als er die Treppe zu seiner Genfer Wohnung im vierten Stock eines Altbaus hinaufstieg, versuchte er, die Städte, in denen Sophie und er sich getroffen hatten, zu rekonstruieren. Frankfurt, Hamburg, Mailand, Genua, London, Straßburg, Amsterdam, Prag. Die Liste war lang, und es gelang ihm nicht, sich alle Orte der Begegnung in Erinnerung zu rufen.
Seine Wohnungstür war nicht abgeschlossen. Er stand im Flur und schaute sich um. Er sah die herausgerissenen Schubladen seines Schreibtischs, das Bücherregal, in dem jemand blind herumgewütet zu haben schien. Bücher lagen flach am Boden, einige waren umgekippt und hatten andere wie Dominosteine beiseite gedrückt.
Anschel hatte offenbar ein großes Beziehungsnetz, Leute, die herausfinden wollten, was Morgan alias Faber schon alles an Materialien zusammengetragen hatte. Und was noch von seiner Seite zu befürchten war. Aber wer war Anschels verlängerter Arm in der Schweiz?
Morgan rief seinen Freund Jan Voland an. Er brauchte jetzt jemanden, mit dem er reden konnte. Dann stand er auf und ging hinaus in den Flur. Er öffnete die Tür zu der kleinen Kammer, in der er auf verschiedenen Regalen sein Archiv untergebracht hatte. Auf den ersten Blick schien niemand die Dossiers durchsucht zu haben. Offensichtlich sollte der Eindruck erweckt werden, daß sich gewöhnliche Einbrecher, die es auf Geld oder Schmuck abgesehen hatten, in der Wohnung zu schaffen gemacht hatten. Morgan zog das Dossier mit den Fotos heraus, die er in verschiedenen Hafenstäd-

ten gemacht hatte. Es war leer. Auch die Videokassetten fehlten und mehrere Audiokassetten, auf denen er Interviews mit Politikern und Experten und Aussagen von Augenzeugen des Tankerunglücks aufgenommen hatte.
Er ging zurück an seinen Schreibtisch, schaltete seinen Computer ein. Erleichtert stellte er fest, daß sein Paßwort nicht geknackt worden war. Jetzt konnte er nur noch hoffen, daß sie nicht auch seinen Weinkeller durchsucht hatten, wo er zwischen Weinen aus Italien, Frankreich oder Spanien, eingewickelt in Plastikfolien, die Kopien der Disketten, Videokassetten und auch die unentwickelten Filme aufbewahrte.
Morgan schloß die Wohnungstür sorgfältig hinter sich ab und ging durch die Stadt. Er achtete nicht darauf, ob ihn jemand beschattete. Er bewegte sich völlig normal, so normal wie ein Traumtänzer, und als er auf dem Pont de la Couvrenière die Rhône überquerte, wurde er sich dieses für ihn so unnatürlichen Verhaltens bewußt. Er blieb stehen, beugte sich über das Brückengeländer, spuckte aus und ging dann entspannt weiter, scheinbar ziellos, bis er zufällig, wie es den Eindruck machen konnte, zur Place de la Synagoge hinaufstieg und an deren Rand stehenblieb.
Jan Voland saß auf einer Parkbank, scheinbar in die Lektüre des *Journal de Genève* vertieft. Morgan setzte sich wie zufällig neben ihn, aber so, daß noch mindestens zwei Personen zwischen ihnen Platz gefunden hätten. Er zündete sich eine Zigarette an und lehnte sich zurück.
»Danke, daß du gekommen bist.«

»Zufall. Ich komme gerade vom Flughafen. Wo warst du?« fragte Voland, ohne den Kopf zu wenden.
»In Hamburg.«
»Und dann?«
»Im Berner Oberland. Unfreiwillig.«
»Wo treffen wir uns?«
»Im *Restaurant des Philosophes*.«
Voland faltete seine Zeitung zusammen und schlenderte davon. Morgan ließ sich Zeit. Er drückte seine Zigarette umständlich aus, stand auf und schlenderte über den Platz auf die Synagoge zu, zögerte und öffnete dann vorsichtig das Portal.
Dieses Eintauchen in eine ihm fremde Welt war für ihn zu einem Ritual geworden. Er besuchte Indianermuseen, Ausstellungen mit asiatischer Kunst oder über die Inkas. Aber vor allem zog ihn das orthodoxe Judentum an, diese hermetische Welt, die aus festen Regeln bestand, eine jahrtausendealte Tradition, in der man aufgehoben war. Wenn er darüber nachdachte, wurde ihm bewußt, daß es diese fehlende Tradition in seiner Familiengeschichte war, die ihn zu einem unsteten Menschen gemacht hatte. Die kümmerlichen Weihnachtsfeiern zu viert, mit Vater und Mutter, die freudlosen Kindergeburtstage und die Beiläufigkeit, mit der sein Abitur und später sein Doktortitel in den politischen Wissenschaften zur Kenntnis genommen worden waren, hatten in ihm zwar Sehnsüchte nach Aufgehobensein in einer Gemeinschaft geweckt, aber er war nie imstande gewesen, diese Sehnsucht zu leben. Vielleicht lag darin der Grund, daß er immer in verschiedenen Rollen unterwegs gewesen war, in Kairo, London und

Paris als Korrespondent für verschiedene Zeitungen, in Kabul als Delegierter des Roten Kreuzes und jetzt in Genf als freier Publizist. Aber all diese Stationen hatte er wie ein Zugpassagier erlebt, der, einmal angekommen, den Zug verläßt, aber nur darauf wartet, bis die Zeit zur Abfahrt da ist und sich die Landschaft draußen wieder verändert.

Eine Viertelstunde später öffnete er die Tür des kleinen Restaurants, tauchte in die bekannten Gerüche ein, in diese vertraute Mischung aus Zigarettenrauch, feuchter Wolle, Tagessuppe und angebranntem Toast. Voland saß in einer dunklen Ecke und starrte in sein Weinglas. Morgan setzte sich zu ihm. Der Kellner brachte ihm unaufgefordert ein Bier und stellte es mit einem schiefen Lächeln auf das blauweiß karierte Tischtuch. Es war Morgans kleine Insel der Geborgenheit, die er regelmäßig, mittwochs und freitags, wenn er nicht anderswo unterwegs war, besuchte. Das schiefe Lächeln des Kellners gehörte dazu.

»Was war?« fragte Voland.

Eigentlich paßte Voland nicht in dieses Restaurant. Es war nicht sein Äußeres, was hier störte. Voland war salopp gekleidet, wie es dem Stil des weltweit größten Forschungszentrums für Physik, dem CERN, entsprach. Die meisten Wissenschaftler aus aller Welt, die dort arbeiteten, trugen weder Krawatten, noch legten sie Wert auf teure Autos. Sie waren beinahe durchweg besessen von ihren Forschungsaufgaben, und Luxus erschöpfte sich bei ihnen meistens im Besuch feiner Restaurants. Und eben deshalb wollte Voland nicht so recht hierhinpassen. Er wirkte wie ein Fremder, weil er

nicht selbstverständlich und breit an seinem Platz saß, als gehörte ihm das ganze Lokal, sondern mit angelegten Ellbogen sein Glas umfaßt hielt, als brütete er über einem Versuch und nähme gar nicht wahr, was um ihn herum vorging. Er machte zwar dem Namen des Restaurants alle Ehre, aber er war vielleicht auch der einzige Gast, der diese Assoziation auslöste.
Morgan erzählte ihm, was er in den letzten Tagen erlebt hatte. Er berichtete alles, nur die Wiederbegegnung mit Sophie verschwieg er.
Voland wirkte beunruhigt.
»Jemand hat also herausgefunden, daß Pierre Morgan und Maurice Faber, der Verfasser dieses brisanten Artikels über die Tankerkollision, ein und dieselbe Person sind.«
»Hast du etwas anderes erwartet? Einmal mußte ja jemand dahinterkommen. Und so, wie sich die politische Lage im Irak entwickelt, liegt es nahe, daß meine Thesen vor allem die Amerikaner stören.«
Voland nickte.
»Aber das erklärt nicht, warum die Deutschen dieses Spiel mitspielen sollten.«
»Du sprichst in der Mehrzahl. Dieser Mann in Hamburg steht vielleicht überhaupt nicht für die deutsche Position in dieser Sache.«
»Dann packe ihn. Mach die ganze Angelegenheit öffentlich.«
»Soll ich das Feuer noch mehr schüren, Jan? Jemand versucht, mich abzuschießen. Oder ich soll als Pfadfinder benutzt werden und sie zu den Quellen führen, die mich mit Informationen versorgt haben.«

Voland zuckte zusammen. Er schaute sich vorsichtig um, leerte sein Glas und schien noch schmaler zu werden, als er schon war.
»Halt mich da raus, Pierre. Ich kann es mir nicht leisten, im Zusammenhang mit deinen Recherchen zitiert zu werden.«
»Ohne deinen Verdacht hätte ich nie zu recherchieren begonnen.«
»Es war nicht mein Verdacht, Pierre.«
»Ich weiß. Ein Mann im Hintergrund. Warum machst du mich nicht mit ihm bekannt? Vielleicht weiß er mehr, als er dir gesagt hat. Jedenfalls deuten die Aussagen aller, die ich befragt habe, in diese Richtung.«
»Gib mir eine Zigarette!«
Morgan sah seinen Freund erstaunt an.
»Du bist doch militanter Nichtraucher!«
Jan zuckte die Schultern.
»Ausnahmsweise. *Garçon*!«
Er schnippte mit dem Finger. Der Kellner kam mit seinem schiefen Lächeln an den Tisch und legte eine Schachtel Zigaretten und Streichhölzer vor ihm hin. Voland zündete sich eine Zigarette an und rauchte mit hastigen Zügen wie ein Anfänger.
»Wir sind auf der Abschußliste, Pierre.«
»Wir? Du nicht! Du bist Forscher. Das CERN ist dein Schutzschild. Du bist tabu. Dir können sie nichts anhaben.«
Voland zeigte ein flüchtiges Lächeln.
»Und dich brauchen sie noch, sonst hätten sie dieses ganze Theater im Berner Oberland nicht inszeniert. Sonst wärst du in Hamburg umgebracht worden. Du

bist so lange sicher, als sie nicht wissen, was du weißt und wer zu dir gehört. In dem Augenblick, wo du dich exponierst, bist du erledigt.«

»Bis zum Ausbruch der politischen Meinungsverschiedenheiten haben der BND, der britische Geheimdienst und die CIA eng zusammengearbeitet. Wir wissen inzwischen, mit welch brutalen Methoden die Falken vorgingen, um ihre These zu beweisen, daß der Irak angeblich verbotene Waffen lagerte. Und sie werden genauso vorgehen, wenn es darum geht zu beweisen, daß das Tankerunglück entweder ein Unfall war oder durch einen Terroranschlag verursacht wurde.«

Jan zündete sich erneut eine Zigarette an, und wieder rauchte er hastig.

»Ein Mann von dem britischen Trawler wird vermißt. Vielleicht ist er nur untergetaucht und lebt noch. Du mußt den Mann finden.«

Morgan nickte. »Er ist Geheimnisträger. Laß mich jetzt nicht allein, Jan.«

Voland zögerte. Mit den Fingern zeichnete er bizarre Muster auf den Tisch, wischte sie hastig aus, als hätte sie jemand lesen können, schüttelte verzweifelt den Kopf und schien sich endlich wieder beruhigt zu haben.

»Ich hatte einen Freund, den Chef unseres Sicherheitsdienstes. Von Haus aus war er eigentlich Physiker. Aber er machte keine Karriere, und deshalb wechselte er gewissermaßen die Seite. Und dann sollten wir ihn unter Druck der Amerikaner entlassen. Er sei ein Sicherheitsrisiko. Ich habe ihn trotzdem zu halten versucht. Eines Tages ist er dennoch weggegangen.«

»Erinnerst du dich daran, wann das war?«

»Nicht genau. Es war im Frühherbst.«
Morgan schwieg.
»Er ist über Nacht verschwunden.«
Morgan erschrak. Aber er unterdrückte seinen Verdacht.
»Du hast mir davon erzählt. Warum er gehen mußte, hast du mir nie gesagt.«
»Er hat einigen Leuten nicht gepaßt. Leuten, die mit der CIA in Kontakt waren. Er deutete an, er habe Dinge gesehen, die er nicht hätte sehen sollen. Verdächtige Besucher sind aufgetaucht.«
»Denkst du, die Entlassung eures Sicherheitsbeamten steht mit dem Tankerunglück in Zusammenhang?«
»Ich weiß es nicht. Jedenfalls nicht unmittelbar. Er ist jemandem zu nahe gekommen.«
»Einfach so?«
»Noch kannst du dich zurückziehen, Pierre. Setz dich ab. Irgendwohin. Nach Australien. Oder nach China. Dann läßt man dich in Ruhe.«
Der Kellner brachte ein zweites Glas Bier. Wieder zeigte er sein schiefes Lächeln. Und Morgan lächelte schief zurück.
»Der Showdown hat bereits begonnen, Jan. In Hamburg wurde der Blumenverkäufer getötet. Heute vormittag hat man in Wengen einen Mann tot aufgefunden. Angeblich Selbstmord. Ein Geheimdienstmann.«
Voland hob den Kopf.
»Das glaubst du doch wohl selbst nicht. Ich habe vorhin die News im Internet gelesen. Der Mann hatte keine Papiere bei sich und keine Waffe. Wer ist der Mann? Weißt du mehr?«

»Ein Mann der deutschen Terrorfahndung. Zumindest hatte er entsprechende Kontakte. Und er war mit einer Pistole bewaffnet.«
Voland zuckte zusammen, legte einen Geldschein auf den Tisch und stand auf. Sie verließen das *Restaurant des Philosophes*. Eine Weile gingen sie stumm nebeneinander her.
Ohne sich abzusprechen, peilten sie den kleineren Bruder der dominierenden Rhône an, die Arve, die sich graugrün und wild durch ihr schmales Bett drängte. Sie schlenderten die Avenue Charles Page hinunter, bis Morgan seinen Freund an der Schulter packte und stehenblieb.
»Männer deines und meines Alters regieren die Welt, Jan. Aber wir kennen ihre Biographien nicht wirklich. Sie sind fiktiv. Wir wissen nicht, warum Bush junior es plötzlich mit Gott treibt anstatt mit Alkohol wie früher. Und warum Blair vom dynamischen Frontrunner zum Frömmler geworden ist. Glaubenskriege waren immer die schlimmsten Kriege. Solange wir solche widersprüchlichen Lebenskonzepte nicht durchschauen, sind wir nur immer Opfer.«
Voland lächelte.
»Soviel Feuer! Woher, mein Freund?«
Morgan winkte ab. Es war ihm peinlich, daß er sich so hatte hinreißen lassen. Er haßte Biertischpolitik, und weit davon hatte er nicht argumentiert.
»Du mußt den Mann finden, der auf dem Trawler war und dann untergetaucht ist!« sagte Voland drängend. »Nur so können wir erfahren, was wirklich geschehen ist. Und wer dahinterstand.«

Er wirkte erregt.
»Du meinst das verschollene Besatzungsmitglied der *Lucky Punch*? Offiziell ist er tot. Seine Leiche wurde an der Mündung der Gironde, bei Bordeaux, an die Küste geschwemmt. Er trug noch seine Schwimmweste. Und er hatte seine Identitätspapiere bei sich.«
»Er war Geheimnisträger. Vergiß nicht: Die neue offizielle Version zielt auf einen terroristischen Anschlag, nicht mehr auf einen Unfall. Das Szenario steht.«
»Ich brauche Anhaltspunkte. Ich muß irgendwo einhaken können.«
»Möchtest du mich morgen zur Arbeit begleiten?«
»In das CERN?« fragte Morgan erstaunt.
Voland nickte.
»Was hat deine Arbeit mit dem Verdacht zu tun?«
»Bis morgen. Melde dich an der Pforte und frag nach mir.«
Voland wirkte besorgt. Und Morgan wunderte sich, daß er nicht genauer nach dem Toten in Wengen gefragt hatte. Voland wandte sich ab und ging davon, ohne sich noch einmal umzusehen.
Was hatte Sophie gesagt? Auf dem Trawler, der mit dem Tanker kollidiert sei, hätten sich drei verdächtige Männer befunden: Zwei Saudis und ein Grieche?
Sein Handy meldete sich.
Sehen wir uns wieder? – S.
Morgan löschte die Nachricht. Er ging noch einmal zum *Restaurant des Philosophes*. Die Aussicht, in eine Wohnung zurückzukehren, die wildfremde Menschen durchsucht hatten, erschreckte ihn. Er beschloß, die Nacht in einem Hotel zu verbringen.

10

Morgan parkte seinen Peugeot auf einem der Parkplätze in der Nähe des Haupteingangs. Voland erwartete ihn bereits. Er trug eine khakibraune Hose und ein dunkelblaues Leinenhemd. Seine Sonnenbrille hatte er auf die Stirn geschoben. Es war heiß.

»Warum sollte ich kommen?« fragte Morgan anstelle einer Begrüßung.

»Ich zeige dir einen Teil der Anlagen.«

»Ich bin an euren Anlagen nicht interessiert. Ich verstehe nichts von Teilchenphysik. Es muß wohl noch einen anderen Grund geben, warum du mich hierherbeordert hast.«

»Jeder halbwegs intelligente Mensch interessiert sich für die grundlegenden Fragen der Natur. Was hält ein so komplexes Gebilde wie unser Sonnensystem zusammen? Eine Reise zurück zum Urknall.«

»Meinst du das jetzt physikalisch oder soziologisch?«

Voland grinste.

»In unseren Forschungseinrichtungen arbeiten rund 7000 Wissenschaftler aus achtzig Ländern. Das ist die Hälfte aller Teilchenphysiker der Welt.«

»Willst du sie mir einzeln vorstellen?« fragte Morgan spöttisch.

»Komm!«

Voland grinste wieder, wandte sich ab und ging auf den

Eingang zu. Morgan hatte sich die Anlage imposanter vorgestellt. Sie standen in einem niedrigen Foyer, an den Wänden Abbildungen, auf denen die Spuren von Teilchenkollisionen zu sehen waren, linker Hand eine schwarze Wand, die immer wieder von Lichtspuren aufgeschlitzt wurde, begleitet von einem blechern tönenden Signal.

»Stell dir vor, daß du, wo immer du auch stehst und gehst, von solchen Teilchen bombardiert wirst. Das ist keine Fiktion, mein Lieber. Wir haben das Unsichtbare sichtbar gemacht.«

Morgan schüttelte den Kopf. Die Vorstellung, daß sein Körper Ziel solcher minutiösen Attacken aus dem Weltall war, war ihm unangenehm.

»Also?« sagte er scheinbar leichthin. »Du hast mich beeindruckt, wenn du es darauf angelegt haben solltest.«

»Komm!« sagte Voland noch einmal.

Sie traten auf ein weites Areal hinaus. Gewaltige rotbraune Rohre waren aufeinandergeschichtet, wie auf einem Industriegelände. Voland strebte auf den Eingang einer Halle zu, Morgan hatte Mühe, ihm zu folgen.

»Setz den Helm auf«, sagte Voland und reichte ihm einen gelben Kopfschutz. »Es kommt vor, daß Schrauben von der Decke fallen oder sich irgendwo aus den Apparaturen lösen. Und dann bist du tot.«

»Du beeindruckst mich immer mehr«, sagte Morgan spöttisch.

»Das ist die CDV-Experimentierhalle. 140 Meter lang und beinahe 25 Meter hoch.«

»Was heißt CDV?«
»Das ist ein Teilchendetektor. Oder möchtest du lieber Atlas kennenlernen? Oder Delphi? Oder Opal?«
»Ihr scheint es mit der Mythologie zu haben, Jan.«
»Wir bewegen uns ja auch in einem mythologischen Raum. Ein Projekt trägt den Namen *Alice. Alice im Wunderland.*«
»Was wohl auf verstiegene Sehnsüchte und Größenwahn schließen läßt«, murmelte Morgan.
Sie standen im Innern eines riesigen Gebäudes, einer Art Werfthalle, in deren Mitte eine gigantische Turbine auf hydraulischen Sockeln aufgebaut war. Immer wieder gingen Männer mit gelben Helmen an ihnen vorüber, einige grüßten Voland, andere beachteten ihn nicht.
»In vier Jahren ist es soweit. Dann wird das Ding mittels eines 2000-Tonnen-Krans in die Kaverne hinuntergelassen. 100 Meter unter die Erde. Und dann können wir mit unseren neuen Versuchen starten.«
»Und du bist dabei?« fragte Morgan. »Bei dem großen Finale. Freust du dich? Und was kommt dann?«
»Nichts. In zwei Jahren bin ich in Rente.«
»Und wie lange bist du schon dabei?«
»Dreißig Jahre. Mit kurzen Unterbrechungen.«
»Das heißt, du gehst, bevor du das Ergebnis deines Lebenswerks erlebst? Wo liegt da der Sinn?«
»Ich erlebe das Ende ja hoffentlich noch. Als geladener Gast. Abgesehen davon, kommen wir ja nie an. Es geht immer weiter. Wir kommen den Antworten auf die grundlegenden Fragen der Natur zwar immer näher, aber die ultimative Antwort steht noch immer aus.

Dieser Teilchenreaktor gibt uns auch nur Zwischenantworten. Und wenn ich sterbe, ist auch das nur eine Episode in der Weltgeschichte, ein Nichtereignis.«

Sie gingen schweigend durch die Halle, den Blick gesenkt, als ginge sie all das um sie herum nichts mehr an. Manchmal berührten sich ihre Arme, ihre Ellbogen, so als suchten sie Körperkontakt. Plötzlich blieb Voland stehen. Er drehte sich um, den scheinbar bodenlosen Rachen des Reaktors, von einem roten, zahnfleischartigen Ring begrenzt, im Rücken.

»Ich fühle mich in meiner Position nicht mehr sicher, Pierre«, sagte er. »Seit mein Freund verschwunden ist, habe ich das Gefühl, ausgesetzt zu sein. Und das hat nichts damit zu tun, daß Piet Chef des Sicherheitsdienstes war.«

»Spionage ist doch bei euch kein Thema.«

»Nein, das meine ich auch nicht. Aber die Tatsache, daß es die Amerikaner zusammen mit ein paar Willigen, die sie sich gekauft haben, schafften, meinen Freund wegzumobben, beunruhigt mich. Er hatte etwas gegen sie in der Hand. Er war für sie ein Sicherheitsrisiko.«

»Und du hast versucht, ihn zu halten?«

Voland nickte.

»Hast du seither wieder von ihm gehört?«

»Er hat mir geschrieben. Er hat mir von Opernbesuchen erzählt und von Büchern, die er gelesen hat. Und er hat mir CDs geschickt mit Beethoven-Klavierkonzerten. Er liebte Beethoven über alles.«

Voland zögerte.

»Er hat für die Terrorfahndung gearbeitet. Zumindest

ging das aus Andeutungen in seinen Briefen hervor. Ich habe bei ihm gelernt, solche Andeutungen zu entziffern. Er war ein genialer Beobachter, der andere ausgebuffte Beobachter observierte.«

Morgan schwieg. Er hatte einen Verdacht, aber die Puzzlesteine wollten noch nicht zusammenpassen. Und doch war er plötzlich sicher, wer der Tote in Wengen war, und er ahnte, daß auch Voland es wußte.

»Er wollte mich beschützen, nichts weiter. Aber ich denke, er tat es deinetwegen, Jan. Er hatte gar keinen Auftrag.«

Voland stand bewegungslos vor dem aufklaffenden Rachen des Reaktors. Endlich schien er wie aus einem tranceähnlichen Zustand zu erwachen. Er schaute sich vorsichtig um, nahm Morgan beim Arm und führte ihn aus der Halle in das grelle Sonnenlicht. Sie standen stumm nebeneinander. Eine Gedenkminute für Martin Möller?

»Komm«, murmelte Voland endlich, packte seinen Freund am Arm und führte ihn in die Halle zurück. In der Ferne waren einzelne metallene Schläge zu hören.

»Der Mann in Wengen hatte eine Stirnglatze und einen hellblonden Haarkranz«, nahm Morgan den Gesprächsfaden noch einmal auf. Er mußte auch den letzten Zweifel aus dem Weg räumen.

»Und er trug ein Holzfällerhemd«, sagte Voland zögernd. »Er liebte Holzfällerhemden über alles. Er wäre gern Pionier gewesen, in Kanada zum Beispiel. Vielleicht auch Holzfäller in Finnland. Oder in Alaska.«

Morgan nickte zuerst, dann schüttelte er den Kopf.

»Der Mann sah nicht aus, als ob ihn Beethoven begeistern könnte. Oder als ob er etwas von Opernbesuchen halte. Er hatte etwas Bodenständiges. Und auch sein kulinarischer Geschmack hielt sich in Grenzen.«

Voland lachte in sich hinein. Aber seine Augen blieben dabei ernst.

»Piet liebte die Verstellung. Er war ein Feingeist. Ein Ästhet.«

Morgan sah den Mann mit dem grellen T-Shirt vor sich. *I love L. A.* Wie er vor dem Schachbrett gesessen hatte. Hatte er die Partie absichtlich verloren?

»Piet wußte zuviel.«

Morgan versuchte, sich an Einzelheiten des Gesprächs mit Möller zu erinnern. Aber er verhakte sich nur immer wieder in Möllers Verdacht, daß Anschel ein Doppelagent sein könnte. Und Sophie hatte er von diesem Verdacht erzählt. Und am darauffolgenden Tag war Möller tot gewesen.

Voland berührte Morgans Arm noch einmal vorsichtig.

»Weißt du, was er einmal zu mir gesagt hat, spät in der Nacht, nach ein paar Gläsern Wein? Der Geheimdienst hat ein anderes Gesicht als früher, hat er gesagt. Er liefert die Informationen, die die Politiker erwarten.«

Morgan nickte.

»Die zynische und konsequente Politisierung der Geheimdienste. Das paßt zu meiner These vom Tankerunglück. Aber dein Freund hat mitgespielt, Jan.«

»Ja, aber nicht gut genug. Ich denke, er wollte wissen, wer alles an den Fäden zieht.«

»Und deshalb hat er sich wahrscheinlich mit Spielmaterial ins Nest seiner deutschen Kollegen gesetzt.«

»Spielmaterial?« fragte Voland.
»Letztlich unbedeutende Informationen. Sein deutscher Kollege hat scheinbar angebissen. Scheinbar. Und jetzt ist dein Freund tot.«
Voland wandte sich ab und ging weiter.
»Rachegedanken?« fragte Morgan.
Voland reagierte nicht.
»Vielleicht ist Piet jetzt ja auch Teil eines Gänseblümchens«, sagte er statt dessen mit einem traurigen Lächeln.
Sie stiegen jetzt über eine schmale Eisentreppe nach oben und gingen dann hintereinander auf einer Art Galerie um den Giganten aus Metall und Drähten herum. Linker Hand lagen in einer Reihe von Barakken provisorisch eingerichtete Büros mit Computern, die auf billigen Spanholzplatten standen. An ihnen saßen Frauen und Männer, die so vertieft in ihre Arbeit zu sein schienen, daß sie keine Notiz von den beiden Besuchern nahmen.
Voland blieb unvermittelt stehen.
»Schau dir die Leute in den Büros an, Pierre.«
»Sollte ich jemanden kennen?«
»Möglich.«
Voland wirkte plötzlich verlegen.
»7000 Mitarbeiter, hast du gesagt. Ein Kinderspiel. Hast du denn einen Verdacht?«
Voland antwortete nicht und ging weiter. Morgan warf immer wieder einen Blick durch die Scheiben in die Büros, aber da saßen vorwiegend junge Leute, die ihn an niemanden erinnerten. Morgan hielt seinen Freund an der Schulter zurück.

»Es reicht. Ich dachte, Wissenschaftler bauen nicht auf den Zufall?«
»Weißt du, wie viele Entdeckungen nur durch Zufall gemacht wurden? Man kann dem Zufall nachhelfen. Komm!«
Sie stiegen über die eiserne Treppe wieder nach unten, hängten ihren Helm beim Ausgang an einen Haken und traten ins Freie. Es war heiß. Sie gingen um die Experimentierhalle herum.
»Du hast mich vorgeführt, Jan. Nicht wahr? Du wolltest, daß irgendwer auf mich aufmerksam wird. Was bezweckst du damit?«
Voland antwortete nicht.
»Treibst du dasselbe Spiel wie der Mann in Hamburg? Bin ich dein Köder?«
Sie standen jetzt vor der weit aufklaffenden Baugrube, in der Volands Lebenswerk versenkt werden sollte und über der sich tastend der gelbleuchtende Arm eines Krans bewegte. Die Transmissionsriemen surrten, und aus dem Schlund tauchte langsam ein großer gelber Laster auf, hing scheinbar hilflos wie ein gefangenes Großwild über der Fallgrube und wurde dann vorsichtig weggeschwenkt, bis er wieder festen Boden unter den Rädern hatte.
Voland nickte befriedigt und steuerte ein gesichtsloses graues Gebäude an. Sie stiegen in den ersten Stock und gingen auch hier im kalten Neonlicht durch schmale Gänge. An der niedrigen Decke über ihnen verliefen dreifache Röhreninstallationen. An den Wänden, von denen stellenweise der Putz abblätterte, klebten Poster, Filmplakate, Reiseplakate. *Mazurian Lakes, Tools of*

Discovery, und neben einer Tür war der Staff des Projekts *Isolde* aufgelistet.
Voland drückte auf die Klinke einer Tür am Ende des Flurs und bedeutete Morgan, ihm zu folgen. Sie traten in ein kleines Büro, in dem nur ein Tisch aus Spanholzplatten, darauf ein PC, sowie zwei Metallstühle standen. Voland setzte sich auf einen der Stühle und startete den Computer. Endlich schien er gefunden zu haben, was er suchte. Er beugte sich vor.
»Das hier ist die Liste aller 37 Institute der USA, die zum CERN gehören. Von der Boston University bis zum Virginia Polytechnic Institute, vom California Institute of Technology bis zur University of California, Riverside, von der Kansas State University bis zur University of Texas in Dallas und von der Iowa State University bis zur University of Wisconsin.«
Er lehnte sich zurück und schaute Morgan an.
»Unter den 458 Mitarbeitern gibt es einen Mann, den wir identifizieren müssen, Pierre.«
Er machte eine Pause. Dann sagte er leise: »Vielleicht ist es Sophies neuer Freund.«
Morgan zuckte zusammen. »Wie kommst du darauf?«
»Vor ungefähr zwei Wochen, als ich zu meinem Auto auf dem Parkplatz ging, habe ich Sophie gesehen. Sie hat neben einem Cadillac gestanden und offensichtlich auf jemanden gewartet. Ich bin weggefahren, und im nachhinein habe ich mich darüber geärgert, daß ich nicht gewartet habe, bis die Person kam, mit der sie sich treffen wollte. Hätte ich gewartet, wüßten wir jetzt, wen wir suchen müssen.«
»Ihr neuer Freund ist Wissenschaftler, hat sie mir ge-

sagt. Du entwickelst Theorien, die ich nicht beweisen kann.«
»Das hat Einstein auch gemacht«, antwortete Voland lächelnd. »Die Relativitätstheorie bestand nur in seinem Kopf. Aber er hatte damals keine Möglichkeit, sie zu beweisen. Er hatte recht, und wir sind seine Nachlaßverwalter und versuchen, seine Theorien zu beweisen.«
»Soviel Zeit haben wir nicht. Und abgesehen davon, glaube ich, daß dein Vergleich hinkt.«
»Natürlich hinkt er. Ich dachte nur, ich könnte mich dir so verständlich machen.«
Morgan schwieg. Er steckte seine Hand in die Jackettasche und legte eine kleine schwarze Kapsel vor Voland auf den Tisch.
»Das ist wohl das Vermächtnis deines Freundes Piet«, sagte er und schaute Voland gespannt an. »Nicht die Relativitätstheorie«, fügte er spöttisch hinzu.
»Fotos?«
»Ich habe sie in einem Zigarrenstummel gefunden, den er in seinem Zimmer in Wengen zurückgelassen hat. Am selben Tag war er tot.«
»All das spricht eigentlich für Selbstmord«, sagte Voland.
Morgan nickte. »Allerdings hat er mich am Vorabend seines Todes darauf aufmerksam gemacht, daß er die schlechte Angewohnheit habe, nicht zu Ende gerauchte Zigarren auf das Fensterbrett zu legen.«
»Wenn wir die Fotos entwickeln, wissen wir mehr. Piet war verzweifelt. Du warst sein Rettungsanker. Er wollte dir helfen. Er wollte immer allen helfen. Er hatte so

eine Art Helfersyndrom, was in seinem Beruf ja nicht unbedingt von Vorteil ist. Und er war ein Gerechtigkeitsfanatiker.«
»Für einen Mann, der mit Geheimdiensten verkehrt, eine fragwürdige Charaktereigenschaft.«
Eine Weile war es still im Raum. Draußen auf dem Flur waren emsige Schritte zu hören. Eine Tür schlug zu. Dann war ein schrilles Lachen zu hören.
»Ich werde den Film entwickeln lassen«, sagte Voland. »Und meine Bilder dazu.«
Morgan schob seinem Freund eine Filmrolle hin.
»Das sind die Aufnahmen, die ich in Wengen gemacht habe. Ich will sie loswerden, bevor sie mir abhanden kommen.«
Voland starrte auf die Filme, zögerte, packte sie plötzlich gierig und steckte sie in die Hosentasche.
»Soll ich den Computer herunterfahren?« fragte er.
»Druck diese Daten aus. Und auch die Namen der Mitarbeiter aus den USA.«
»Wir treffen uns morgen bei dir.«
Die Tür öffnete sich, und eine junge Frau steckte den Kopf herein.
»Sorry«, sagte sie und schloß die Tür wieder.
»Vielleicht hat sich Piet wirklich selbst umgebracht. Der Film, den er dir zurückgelassen hat, deutet doch darauf hin«, sagte Voland nachdenklich.
Als ihn Voland wenig später zum Ausgang begleitete, fühlte sich Morgan beobachtet. Draußen auf dem Parkplatz schaute er sich um, als könnte er den Cadillac entdecken, vor dem Sophie auf ihren neuen Freund gewartet hatte. Die Vorstellung, daß sich dieser Mann in

einem der Gebäude des CERN aufhielt, war beklemmend. Morgan wollte sich nichts vorstellen, wollte keine Bilder beschwören. Und seit wann fuhr sie einen Cadillac?

»Dort drüben ganz zuoberst ist mein Büro«, sagte Voland und deutete auf ein hohes viereckiges Gebäude. »Ich kann von meinem Schreibtisch aus den Montblanc sehen.«

Morgan mußte lächeln. Montblanc oder Atlas oder Delphi. Nur die monumentalsten Aussichten waren hier gut genug. Kathedralen oder Gebirge oder der Blick auf sogenannte Large Hadron Colliders, die eine Bewegungsenergie in einer Voltzahl mit zwölf Nullen erzeugten.

Morgan ging zu seinem Auto. Als er sich vor dem Einsteigen noch einmal umwandte, sah er, weit weg und unbedeutend und etwas verloren, Voland stehen. In seinem dunkelblauen Leinenhemd und der Khakihose sah dieser Dirigent eines gewaltigen universellen Orchesters verletzlich und einsam aus.

11

Die Fensterläden waren zugezogen. Die Deckenlampe über dem Eßzimmertisch verbreitete ein trauliches Licht. Es war richtig gemütlich. Wie an einem Winterabend, obwohl es draußen noch hell und warm war. Voland legte wie bei einem Kartenspiel ein Foto nach dem anderen auf den Tisch. Morgan schaute ihm dabei über die Schulter, eine Kaffeetasse in der Hand. Es war wie kürzlich in Wengen, als er seine Hafenaufnahmen betrachtet hatte.

»Das sind die Fotos, die du geschossen hast, Pierre«, sagte Voland und richtete sich auf.

Zehn Bilder. Auf dreien waren Berge zu sehen, die Jungfrau, die Eigernordwand, das Breithorn. Auf einem vierten konnte man das Paar aus *Mary's Café* von hinten sehen. Der Mann zeigte mit ausgestrecktem Arm irgendwohin in die weißstrahlende Umgebung. Morgan schob die Aufnahmen beiseite. Auf dem fünften Bild hielt Möller zwei Champagnergläser in der Hand. Auf einem nächsten Foto stand Sophie in ihrem hellblauen Anorak, die Kamera im Anschlag.

»Er ist es, nicht wahr?«

Morgan schaute irritiert auf.

»*Sie* ist es. Sophie.«

»Ich meine den Mann. Piet.«

»Martin Möller. Der Mann von der Terrorfahndung.«

Voland nickte, nahm das Foto in die Hand und betrachtete es gerührt. Seine Lippen bewegten sich, als führte er ein lautloses Zwiegespräch mit seinem Freund. Erst jetzt bemerkte Morgan, daß das Gesicht der Frau, die im Hintergrund mit ihrem Knöchel beschäftigt war, nicht zu erkennen war. Voland schien Morgans Gedanken erraten zu haben.

»Hast du die Frau im Hintergrund absichtlich mit aufs Bild genommen?«

»Ja. Aber außer ihrem Fuß ist nichts wirklich von ihr zu sehen.«

»Auf einem von Piets Fotos ist ihr Gesicht halbwegs zu erkennen.«

Morgan schaute Voland überrascht an.

»Wann hat denn Möller die Aufnahmen gemacht? Ich habe ihn nie fotografieren sehen.«

»Mein Lieber, Piet war ein Profi. Wahrscheinlich hatte er einen Fotoapparat in seine Uhr eingebaut oder hat heimlich aus der Jackentasche fotografiert. Was weiß ich.«

»Er trug eine überdimensionale Sportuhr.«

Voland verzog sein Gesicht zu einem schmerzlichen Lächeln.

»Die Uhr hat er schon bei uns getragen. Sie passe zu den gewaltigen Dimensionen seines Arbeitsfeldes, hat er gesagt. Und damit hat er wohl auch verdächtige Personen fotografiert.«

»Zeig mir die Bilder.«

»Du brauchst dazu eine Lupe. Die Zeit war zu knapp, um Vergrößerungen herzustellen.«

Morgans Hand, die die Lupe hielt, zitterte, als er auf

der ersten Aufnahme, die ihm Voland hinstreckte, Sophie sah. Sophie vor dem Bahnhof von Wengen. Auf dem nächsten Bild schritt sie energisch auf eines der Elektrotaxis zu. Dann sah er die Frau mit dem Wanderhütchen, die in Wengen aus dem Zug stieg. Es war bereits dunkel. Auf dem nächsten Foto stand Sophie vor Morgans Chalet. Und immer hatte sie diesen ambivalenten Gesichtsausdruck, entschlossen und irgendwie ängstlich zugleich.

»Dein Freund Piet hat Sophie also am Bahnhof erwartet? Er wußte, daß sie kommen würde?«

Voland zuckte die Achseln.

»Schau dir einmal die zwei nächsten Aufnahmen an!«

Mary's Café. Das junge Paar saß am Tisch und las Zeitung. Auf dem zweiten Bild war das Gesicht der Frau mit dem Wanderhütchen halbwegs zu sehen. Sie schaute zu Mary auf, die an den Tisch getreten war, doch sie benutzte ihr Buch als Deckung.

»Sophies neuer Bekannter heißt Tim Lawton«, sagte Voland unvermittelt.

Der plötzliche Themenwechsel überraschte Morgan.

»Wer ist Lawton?«

»Ein Mitarbeiter des CERN.«

»Amerikaner?«

»Ich glaube. Ich kenne ihn nicht gut. Ich habe ihn vielleicht ein- oder zweimal gesehen. Er ist nur vorübergehend bei uns.«

»Woher kommt er?«

»Er ist Texaner.«

»Wo in Texas?« fragte er.

»Texas ist nicht ganz korrekt«, sagte Voland. »Er war

ein wissenschaftlicher Mitarbeiter an der University of Texas in Dallas.«

»Wie lange ist er schon beim CERN?«

»Laß mir noch etwas Zeit, Pierre. Ich weiß nur, daß er nicht länger als vier Monate hier ist. Und daß er zum Team des *Magnet Procurement* gehört.«

»Kannst du mir seine Biographie beschaffen?«

»Ich weiß es nicht. Ich habe nur Zugriff zu Personalakten, wenn derjenige an meinem Projekt mitarbeitet.«

»Aber du kommst trotzdem an die Unterlagen ran?«

»Ich nehme es an. Aber kein Mensch garantiert dir, daß seine Biographie lückenlos ist.«

»Die Lücken werde ich füllen, darauf kannst du dich verlassen.«

Voland hielt Morgan ein weiteres Foto hin.

»Hier!«

Auf dem Foto war die Frau mit dem Wanderhütchen auf der Kleinen Scheidegg zu sehen, wie sie den Japanern zuschaute, die zusammen mit dem Bernhardinerhund für den offiziellen Fotografen posierten.

»Hast du noch ein anderes Bild von der Frau? Auf diesem hier verdeckt die Krempe des Hütchens wieder ihr Gesicht.«

»Es gibt nur eine Aufnahme, auf der wenigstens ein Teil ihres Gesichts zu sehen ist.«

»Zeig her!«

Es war die Aufnahme auf dem Jungfraujoch. Die Frau kniete am Boden, hatte das rechte Hosenbein hochgekrempelt und rieb sich den Knöchel mit Schnee ein. Zwar beugte sie sich gerade nach vorn, dennoch waren ihre ausgeprägten Wangenknochen zu sehen.

»Kennst du das Gesicht?«
Morgan zögerte.
»Ich weiß nicht. Ich habe es schon irgendwo gesehen. Aber vielleicht war es ja auch nur ein Traum.«
Er veränderte die Position der Lupe immer wieder. Dann endlich ließ er sie sinken.
»Ich erkenne nicht das Gesicht wieder. Ich kenne ihren Fuß.«
»Spinnst du?«
Morgan trat ans Fenster, zog die Vorhänge auf und schaute hinaus. Voland, der noch immer das Foto der Frau, die ihren Knöchel rieb, betrachtete, schaute nachdenklich auf.
»Wir werden uns von jetzt an nicht mehr treffen, Pierre. Auch keine Telefonate mehr.«
»Wovor hast du Angst?«
Voland zögerte, trat dann neben Morgan ans Fenster und schaute ebenfalls auf die Straße hinunter. Es war mittlerweile dunkel draußen.
»Mir ist meine Arbeit am CERN wichtiger als alles, Pierre. Ich kann und will mich nicht in konspirative Angelegenheiten verwickeln lassen, die mich am Ende den Kopf kosten könnten. Als das CERN 1954 gegründet wurde, haben zwölf Staaten daran mitgearbeitet, und auch Länder wie Israel, Japan, die Sowjetunion, Indien, Kanada oder die USA waren beteiligt. Aber Spionage war nie ein Thema, Pierre. Dagegen spricht auch nicht die Tatsache, daß wir einen Sicherheitsdienst beschäftigen. Jedes größere Unternehmen beschäftigt Sicherheitsbeamte. Das CERN ist das größte Abenteuer, das sich Europa leistet. Wir leben für eine

Idee, und diese Art von Ideen sind Visionen. Visionen kann man nicht ausspionieren.«

Voland hatte sich wieder an Morgans Eßzimmertisch gesetzt. Er wirkte erschöpft, und er schwitzte.

»Hast du mich verstanden?«

Morgan nickte.

»Ich habe dich verstanden. Du gehst auf Distanz.«

»Ja. Die zwei Jahre, die mir noch bleiben, will ich der Forschung widmen und nicht journalistische Recherchen betreiben und versuchen, Thesen zu beweisen, die an Verrat und Mord gebunden sind. Ich bin Wissenschaftler.«

»Du bewegst dich hier doch nur in Vorläufigkeiten, die das Ultimative suggerieren.«

»Das ist keine Fiktion, Pierre. Das ist die Realität hinter der Realität, der wir ausgeliefert sind. Es kann nichts bewiesen werden, wenn wir nicht ankommen, und wir kommen nie an.«

Morgan nickte.

»Teilchenprojekte betreibe ich auch. Ich setze aus den Puzzles meiner Realität die Realität dahinter zusammen. Wenn das Ganze steht, bin ich angekommen.«

»Journalismus hat nichts mit der Wissenschaft zu tun, wie ich sie betreibe«, sagte Voland beinahe wütend.

Morgan winkte ab.

»Übrigens: Ich habe diesen Fuß in Hamburg gesehen. Als ich niedergestochen wurde und ich wieder zu mir kam, standen Leute um mich herum. Ich habe nur ihre Füße gesehen, Jan. Und dieser Fuß war darunter. In breiten Pumps.«

»Dann such diese Frau und diesen Fuß!« sagte Voland beinahe grob und stand auf.
»Die Frau benutzte ein Schweizer Militärmesser, als sie sich einen Verband anlegte. Dasselbe Messer wie dein Freund Piet.«
Voland trat auf Morgan zu und umarmte ihn flüchtig. Er mußte sich offensichtlich dazu überwinden.
»Und? Du schuldest mir doch noch ein paar Informationen über diesen Tim Lawton.«
Voland zögerte. Er biß sich auf die Lippen. Noch steckte er mit einem Fuß in der Sache drin. Und sein Freund Piet war ein Opfer.
»Die spirituelle Dimension eures Projekts in Ehren, Jan«, sagte Morgan. »Aber es gibt da ja auch noch ein paar moralische Verpflichtungen außerhalb deines Universums. Du kannst mich nicht einfach als deinen Bluthund betrachten und dich dann aus dem Ganzen heraushalten. Die Welt ist kein Experimentierfeld.«
»Ich halte dich auf dem laufenden«, brummte Voland.
»Wie? Keine Telefonate, keine Briefe, keine Mails?«
Voland hielt sich mit einer Hand am Türrahmen fest.
»Vielleicht bin ich schuld an Piets Tod. Hätte ich ihn nicht am CERN halten wollen, wäre er möglicherweise noch am Leben.«
»Was willst du damit sagen?«
Voland zögerte.
»Ich bin dabei, wenn du mich brauchst. Vielleicht ist es falsch, sich in seine Forschungsarbeit zu vergraben, nach Gesetzmäßigkeiten zu suchen, während draußen die Welt vor die Hunde geht.«
Morgan lächelte.

»Verzeih, das klingt etwas sehr pathetisch, nicht wahr? Trotzdem ...«
Voland drehte sich schnell um und schloß die Tür hinter sich. Morgan horchte seinen Schritten nach. Dann ging er zum Fenster und schaute, vom Vorhang geschützt, hinaus.
Er sah Voland in seinen alten Mercedes steigen. Er hatte das Gefühl, einen Freund verloren zu haben. Voland gehörte einer anderen, irrealen Welt an. Was er suchte, nahm nie Gestalt an. Es blieb immer, auch wenn es sich in eine Formel fassen ließ, unsichtbar und war nur für Eingeweihte verständlich.
Unten auf der Straße hielt ein Auto. Gleich darauf saß Morgan an seinem Schreibtisch und starrte auf die mysteriöse Einladung zu einer Vernissage, die ihm der Postbote gebracht hatte. Auf der Vorderseite war der gewaltige, geöffnete Bauch eines alten Segelschiffs zu sehen. Im Innern waren einzelne Holzteile ineinander verschachtelt, unzählige Räume, eher Kammern, die sich aufeinandertürmten, bis sie oben an Deck in den Aufbauten des Steuerhauses endeten. Das alles war minutiös gemalt, im Stil des Hyperrealismus. Das Überraschende aber war, daß sich das Schiff nicht im Wasser befand, auch nicht in einer Werft, sondern im Innenraum einer Kathedrale. Morgan mußte an seinen Besuch im CERN denken, an den gigantischen Teilchenbeschleuniger in der werftartigen Montagehalle, der wie das Schiff auf der Abbildung die Elemente seiner Konstruktion zeigte.
Church Nave hatte der Maler sein Bild genannt. Der Mann hieß Shipley. Kein Vorname, einfach nur Ship-

ley. Morgan hatte den Namen noch nie gehört, und er fragte sich, wie er zu dieser Einladung zu einer Kunstvernissage in England kam.
Stratton Art Gallery, Hastings. June 18th 2004. 6 p. m. You are warmly invited.
Morgan startete seinen Computer und suchte im Internet nach einem Flug nach London. Er buchte für den nächsten Vormittag. Dann wartete er, bis der Bildschirm wieder dunkel war, und lehnte sich in seinem Sessel zurück. Als er erwachte, war es vier Uhr morgens. Aus seinem Faxgerät waren drei Seiten dichtbeschriebenes Papier gequollen: die lückenlose Biographie von Sophies neuem Freund Tim Lawton.
Tim Lawton, Jahrgang 1958, war einer der designierten Direktoren für das amerikanische Forschungszentrum, das dieselben Projekte wie das CERN hätte verfolgen sollen. Der Bau dieses gigantischen Projekts, das um einiges größer angelegt war als unser Zentrum bei Genf, ist während der Präsidentschaft George Bushs sen., des Vaters des heutigen Präsidenten der USA, George W. Bush, in Angriff genommen worden. Es ging dabei um Grundlagenforschung, um die Entwicklung von Zukunftstechnologien. Lawton, Spezialist auf dem Gebiet der Datenverarbeitung, war an diesem Projekt maßgeblich beteiligt. Er ist, so die allgemeine Meinung, ein äußerst fähiger und ehrgeiziger Wissenschaftler. Die Tatsache, daß dieses gigantische Projekt in Texas vom damaligen Präsidenten Bush mitten im Bau plötzlich gestoppt worden ist und auch später nicht vollendet wurde, weil Bush sen. angesichts des Golfkrieges neue Prioritäten setzte und die finanziellen Mittel

für Militärausgaben benötigte, hat Lawton tief getroffen. Er soll ein verbitterter Mann geworden sein. Zwar hat er später einen Lehrauftrag an der University of Texas in Dallas angenommen und beinahe gleichzeitig auch eine seiner Mitarbeiterinnen geheiratet, aber im Vergleich zu dem, was er auf dem Gebiet der Forschung hätte leisten können, war der Einsatz in Dallas unbedeutend. Das mag auch ein Grund mit dafür gewesen sein, daß er vorübergehend zu uns ins CERN gewechselt und hier zum Team »Magnet Procurement« gestoßen ist.
P. S. Zur Zeit hat Tim Lawton Urlaub genommen, unter dem Vorwand, vorübergehend an seine Heimatuniversität zurückzukehren. Dort ist er aber nach meinen Erkundigungen nie eingetroffen.
Ich habe mir Lawtons Büro angeschaut. Eigentlich ist mir da auf den ersten Blick nichts Spezielles aufgefallen, bis auf ein Foto, das ich zwischen den Seiten eines wissenschaftlichen Handbuchs gefunden habe und auf der Vater und Sohn Bush sowie Vizepräsident Cheney und der Verteidigungsminister Rumsfeld abgebildet sind. Auffallend, daß die Personen auf dem Bild mit einem schwarzen Kreuz durchgestrichen waren. Ich dachte an Voodoo – aber wie auch immer. Behalt bitte den Inhalt dieses Faxes für Dich. Jan

12

Der Flug nach England dauerte kaum eine Stunde. Morgan hoffte, daß sein kurzfristiger Entschluß zu dieser Reise auch die Leute, die sich für ihn interessierten, überrascht hatte und sie vielleicht nicht sofort zu reagieren imstande sein würden. Trotzdem hatte er sowohl auf dem Genfer Flughafen Cointrin als auch später in der Maschine die Passagiere in seiner Umgebung gemustert. Aber da war kein Gesicht darunter gewesen, das ihn an irgend jemanden erinnert hätte. Auch keine Kopfbewegung oder ein Detail, das ihm aufgefallen wäre.

Er saß in einem der Flughafenrestaurants in Gatwick und trank ein Glas Rotwein. Merlot. Am Tisch gegenüber hockte ein junges Paar, das sich wortlos über die Speisekarte beugte. Sie hob immer wieder den Blick und fixierte den Fernseher, der in Morgans Rücken oben an der Wand befestigt war. Als Morgan sich kurz umdrehte, sah er einen amerikanischen Jeep explodieren. Die Frau schaute wieder auf den Bildschirm. Morgan drehte sich noch einmal zum Fernseher um. Er sah nur Wüste. Dann schob sich ein US-Soldat ins Bild. Er sagte etwas, senkte den Blick und deutete mit einer Kopfbewegung auf den brennenden Jeep. Dann kam der Nachrichtensprecher wieder an die Reihe. Noch immer war Krieg.

Morgan leerte sein Glas, stand auf, packte seine Reisetasche und versuchte, sich auf den vielen Informationstafeln zu orientieren.
Die Luft roch anders als zu Hause. Der Zug fuhr ein. Morgan suchte ein leeres Abteil. Auf dem Fußboden lagen zerknüllte Zeitungen und leere, zerquetschte Petflaschen. Die leuchtendblau gemusterten Polster der Sitze waren zum Teil zerschlissen. Morgan schob die Zeitungen mit dem Fuß beiseite und richtete sich in Fahrtrichtung in einer Ecke ein.
Der Zug raste durch die Landschaft. Eine scheinbar endlose Lautsprecherdurchsage weckte Morgan aus seinem Halbschlaf. Es tönte kehlig, unakzentuiert, in einer Sprache, die er nicht verstehen konnte. Jedenfalls klang es nicht englisch. Schon eher arabisch. Vielleicht aber hatten nur die Bilder aus dem Irak diese Assoziation ausgelöst. Draußen grasten Kühe in einer sanften Landschaft. Es war Sommer. Und alles war friedlich. Er erinnerte sich an sein erstes Lehrbuch in Englisch. *»Sussex is the garden of England.«* Damals hatte er schon fließend Englisch gesprochen. Sein Vater hatte dafür gesorgt, und seine Mutter hatte mit Französisch dagegengehalten. Der Zug fuhr an vielarmigen Eichen vorbei. Morgan fiel ein Gedicht ein aus seinem Englischbuch: *To English folk the mighty oak / Is England's noblest tree; / Its hard-grained wood is strong and good / As English hearts can be*... Weiter kam er nicht. Der Zug verlangsamte die Fahrt.
Eastbourne. Ein Kopfbahnhof. Morgan erinnerte sich an einen grauen Herbsttag, an dem er mit Sophie von London aus nach Eastbourne und dann mit dem Sight-

seeing-Bus hinauf zu den Klippen gefahren war. Sie hatten auf dem Plateau gestanden und zu den nackten Kalkfelsen und dem berühmten Leuchtturm hinuntergeschaut, an dem sich während des Zweiten Weltkriegs auch deutsche Flugzeuge orientiert hatten.

»Manchmal hätte man einen solchen Leuchtturm nötig«, hatte Sophie damals gesagt. Hatte sie ihn mit diesem Satz gemeint? Er hatte nicht nachgefragt, aber der Satz war in ihm haftengeblieben. Oder hatte sie ihn gar nie gesagt? Daß sie auf der sogenannten Selbstmordklippe gestanden hatten, erfuhr er erst später.

Noch größer als die Kunst des Erfindens ist die Kunst des Vergessens. Vielleicht ist die Erfindung auch nur ein Mittel, um das andere vergessen zu können, was einen bedrängt, dachte Morgan. In seiner Erinnerung wurde Sophie immer mehr zu einer Romanfigur, und er spielte in einer frisierten autobiographischen Fassung sich selbst, vom Autor Morgan begleitet, der seinem Protagonisten nur soviel Anteil aus seinem Leben zugestand, als er für angezeigt hielt, um sich selbst und seine eigene Biographie nicht ganz preiszugeben.

Die schnarrende, unverständliche Orientierungshilfe aus dem Lautsprecher brach unvermittelt ab. Zwanzig Minuten später stieg er in Hastings aus dem Zug, und erst jetzt wurde ihm bewußt, daß seine Reise nach Hastings nur ein vages Ziel hatte: Daß die mysteriöse Einladung zu der Kunstausstellung ihn in seinen Recherchen weiterbringen sollte, daß sich vielleicht sogar hinter dem aussagekräftigen Namen Shipley ein Mann verbergen könnte, der die Schlüsselfigur in Morgans These war.

Er ging vom Bahnhof hinunter zum Queens Square und erkundigte sich im Informationszentrum nach einer Hotelunterkunft. Nein, er wollte nicht mitten im Zentrum übernachten, auch nicht unten am Meer, wo sich die Menschen drängten und er die Übersicht verlieren könnte. Nein, Meerblick sei nicht wichtig. Natürlich war ihm Meerblick wichtig. Mehr als jede andere Aussicht. Aber er war ja nicht als Tourist hier.
»Das Cinque Ports Hotel liegt etwas außerhalb«, sagte die Frau hinter dem Tresen.
Morgan nickte. Er verließ das stattliche Gebäude, wandte sich nach links auf der Suche nach einem Taxi. Es dauerte, bis er eines gefunden hatte. Im Hotel angekommen, zögerte er beim Einchecken. Aber es gab keine Möglichkeit, seinen Namen zu unterschlagen, weil er ja seinen Paß vorweisen mußte. Allerdings, so überlegte er, war es vielleicht auch ein Vorteil, wenn er in diesem Hotel mit richtigem Namen registriert war.
Er duschte sich und ging dann zu Fuß in die Stadt zurück. Die Galerie, in der die Ausstellung stattfinden sollte, entdeckte er erst nach einigem Suchen. Sie lag in der schmalen High Street, war klein, aber auffällig weiß gestrichen und eingerahmt von einer unscheinbaren Apotheke und einem Backsteinbau, über dessen blauer Eingangstür ein Schild mit der Aufschrift *The Landons – B & B* leise im Wind schwankte. *Bed and Breakfast*.
Auf der gegenüberliegenden Seite der Galerie, dort, wo die Autos parkten, verlief der eigentliche Gehweg etwa einen Meter über der schmalen Straße. Er war mit einem Geländer versehen. Von diesem erhöhten Stand-

punkt aus konnte man in die Galerie schauen. Ein Mann mit schütterem Haar und am Stock, wahrscheinlich der Galerist selbst, und eine junge Frau waren damit beschäftigt, Bilder aufzuhängen. Es handelte sich zweifellos um Shipleys Werke. Seine Handschrift war unverkennbar, auch wenn Morgan die Bilder wegen des spiegelnden Schaufensterglases teilweise nur undeutlich erkennen konnte.
Closed. Erst jetzt entdeckte Morgan die unscheinbare Tafel, die am Türknauf hing. Er zögerte. Sollte er trotzdem versuchen, nähere Informationen über den Maler zu bekommen? Fünf Minuten später klopfte er an die Tür, die links und rechts mit zwei bunten Bändern geschmückt war. Der Mann, der sich mit dem Rücken zur Tür auf seinen Spazierstock stützte, schaute sich verwundert um. Er schüttelte den Kopf. Morgan hielt die Einladung in die Höhe. Der Mann sagte etwas zu der jungen Frau, kam dann langsam auf die Tür zu und blieb dahinter stehen. Er sah Morgan durch das Fenster neben der Tür fragend an. Seine Brillengläser spiegelten. Er versuchte ein Lächeln, das sich aber auf die Lippenpartie beschränkte.
»Darf ich Sie etwas fragen?« sagte Morgan so laut, daß es der Mann hinter der Scheibe verstehen mußte.
Dieser zögerte noch immer, drehte endlich den Schlüssel im Schloß um und öffnete die Tür einen Spaltbreit.
»Wir haben geschlossen, Sir«, sagte er mit einer angenehmen Stimme. Morgan war der Mann sofort sympathisch. Aber er wußte auch, daß er auf sonore Stimmen grundsätzlich positiv reagierte.
»Ich weiß. Ich will die Ausstellung noch gar nicht se-

hen. Die Vernissage ist ja erst morgen. Nur eine Frage: Wer ist Shipley?«
Der Mann schüttelte den Kopf.
»Shipley?« fragte er leise und hielt seinen Kopf schief, als wartete er auf das Echo auf seine Frage. »Warum interessieren Sie sich für Shipley?«
»Ich möchte wissen, wer mich eingeladen hat.«
»Wie ist Ihr Name, bitte?«
»Morgan. Pierre Morgan. Ich bin Schweizer.«
Der Mann hinter der Tür nickte. »Ich habe Sie eingeladen, Mister Morgan.«
»Und wer hat Ihnen meine Adresse gegeben?«
Der Galerist lächelte und zuckte die Schultern.
»Vielleicht Shipley«, sagte er.
»Wo finde ich Shipley?« fragte Morgan und mußte sich beherrschen, die Tür nicht aufzustoßen.
»Shipley ist nicht da.«
»Ist er morgen da?«
»Nein!«
Die Antwort kam schnell.
»Wohnt er denn nicht in Hastings?«
»Denken Sie, ich stelle nur lokale Größen aus?«
Jetzt war der Galeriebesitzer offensichtlich beleidigt. Oder spielte er nur den Beleidigten, um den unliebsamen Besucher loszuwerden? Jedenfalls drückte er die Tür überraschend ins Schloß und drehte den Schlüssel um. Dann hinkte er, ohne sich weiter um Morgan zu kümmern, quer durch die Galerie und verschwand im Hintergrund durch eine Tür, über der in roten Buchstaben *Office* geschrieben stand.
Morgan schlenderte zum Hafen hinunter. »Hafen« ist

wohl nicht der passende Ausdruck, dachte er, denn es gab keine Bucht, keine Kaimauer, keine Blinkfeuer. Ein knappes Dutzend Fischkutter, rote, schwarze, blaue, gelbe, lagen, halb zur Seite gekippt, in einer Reihe wie gestrandete Wale auf dem Trockenen, ein paar Meter von der Brandung entfernt. Miniaturausgaben von Shipleys überdimensionalen Schiffen.

Der Kiesstrand war rostrot. Überall hockten fette Möwen, auf Takelagen, auf Pfählen, zwischen denen Netze aufgespannt waren, auf umgestülpten Eimern. Linker Hand standen eng nebeneinander hohe schwarze, schmalbrüstige Holzhäuschen, in denen Netze und Taue untergebracht waren. Das Ganze sah aus wie eine Phantomstadt, speziell für Filmaufnahmen aufgebaut. Aber es roch nach echtem Fisch. Nach Tang. Und nach Meer.

Morgan stolperte über Drähte und Taue, wich schwarzen, zerfetzten Signalflaggen aus, die, an morschen Holzstäben befestigt, ergeben im steifen Westwind flatterten, und sah seinen Weg immer wieder von käfigartigen Reusen versperrt, die, zu surrealen Stapeln aufgetürmt, Skelette von Fischen, gebleichte Scheren von Krabben, Möwenfedern, abgenagte Tentakel und mumifizierte Seesterne gefangenhielten. Die kleinen gelben Raupenfahrzeuge, mit denen die Schiffe wohl an Land geschleppt wurden, waren verrostet und vom Kot der Möwen weiß geworden und sahen aus, als wären sie auf einem Autofriedhof entwendet worden. Er hatte sich den Hafen von Hastings anders vorgestellt.

Er bückte sich und hob eine dunkelbraune Bierflasche auf. Nach ein paar Schritten warf er sie weg und suchte den Ausweg aus diesem Todesgarten.

Morgan atmete erst auf, als er wieder auf der Bourne Old London Road angekommen war. Doch das Gefühl von Einsamkeit, das ihn vom Strand zurück zur belebten Straße überfallen hatte, auf diesem von zerschlissenen Netzen und Pusteblumen gesäumten Pfad, wollte ihn auch nicht verlassen, als er wieder im Touristenstrom mitschwamm, zwischen diesen bunt und auffällig geschmacklos gekleideten, vorwiegend fetten Menschen, einem Schwarm schniefender, schnaufender Lemminge.

Diese Abneigung gegen solche Menschen war neu, und er schämte sich dafür. Aber der Ort, an den es ihn verschlagen hatte, lag so weit entfernt von jener großen Welt, in der Geheimnisträger ihre Fäden zogen.

Täuschte er sich, oder war es wirklich der Mann aus der Galerie, der sich auf der anderen Straßenseite mit kleinen Schritten am Stock vorwärts kämpfte und in einem Pub verschwand? Die Möwenschreie wurden immer penetranter. Die Vögel hielten nicht nur den Strand besetzt, sie hatten sich auch der Dachfirste bemächtigt und hockten dort oben, als wären sie für ein Horrorszenario von Hitchcock präpariert worden, bereit zum Angriff.

The Royal Standard. So hieß der Pub, in dem der Galerist verschwunden war. Morgan zögerte kurz. Dann entschloß er sich, dem Mann zu folgen.

13

Als Morgan den *Royal Standard* betrat, hatte er einen kurzen Augenblick lang das Gefühl, als würden sich die Gäste heimlich nach dem Eindringling umdrehen. Das Stimmengemurmel erstickte. Er zögerte, sah sich um und entdeckte an einem kleinen Tisch neben dem Eingang einen freien Platz. Neben einem jungen Farbigen in weißem T-Shirt, der verkehrt herum auf einem Stuhl saß, den kahlen Kopf auf der Stuhllehne aufgestützt. Auf dem Tisch standen eine Weißweinflasche und zwei Gläser. Weißwein in einem Pub ist eigentlich ungewöhnlich, dachte Morgan. Der Galerist war nirgends zu sehen.

Morgan ging an die Bar und bestellte ein Budweiser. Die junge, vollbusige Frau hinter dem Tresen in engem, zitronengelbem Pullover und in Trainingshosen schaute ihn prüfend an, nickte, deutete ein Lächeln an und füllte ein Glas bis zum Rand, wartete, goß nach, immer wieder, bis auch der letzte Rest an Schaum verschwunden war. Morgan zahlte und setzte sich wieder an seinen Platz.

Es gab keine Fläche an der Wand, die nicht mit einem Bild oder sonst einem Gegenstand bedeckt war. Im sogenannten *Captain's Corner* hingen Fotografien von alten Schlachtschiffen und Flugzeugen. Eine Spitfire über einem azurblauen Meer erinnerte an *The Battle of England*. Plaketten mit Wappen und Emblemen von Schiffen und Militäreinheiten rahmten die Bilder ein. Ganz oben unter der Decke war ein Fernseher angebracht, auf dem ein Kricketspiel im Gang war.

Hinter Morgans Rücken hing die Fotografie eines Kreuzers: »*HMS Leeds Castle. Our adopted ship*«, stand darunter. An der Decke klebten Papierbänder mit den Autogrammen der Crew.

Morgan fiel es schwer, sich zu orientieren. Überall winkte ein Versatzstück aus der Welt der Marine, war ein Stück Geschichte abzulesen, verkrustete Traditionen, die in die Gegenwart hinübergerettet werden sollten. Als dauerte der Krieg ewig an.

Die Tür öffnete sich. Vier Männer und eine Frau drängten sich an die Bar. Einen Augenblick lang schien es, als verstummten wieder die Gespräche. Die Frau war nur von hinten zu sehen. Sie trug eine rosafarbene, mit Glitter besprenkelte durchsichtige Bluse, unter der die lila Träger eines unordentlich verhakten Büstenhalters sichtbar waren. Unter dem Minirock aus schwarzem Plissee präsentierte sie ihre strammen Beine. Sie war blond und hatte die Haare hochgesteckt. Die Männer schienen Seeleute zu sein, hatten wettergegerbte Gesichter und Tätowierungen auf den Unterarmen.

Der Farbige hob seinen kahlgeschorenen Kopf, griff nach seinem Weinglas und trank. Und dann saß überraschend der Galerist an seinem Tisch. Morgan hatte ihn nicht kommen sehen. Mit dem gekrümmten Griff seines Stocks angelte er die Weinflasche zu sich herüber, schenkte ein, hob andeutungsweise sein Glas in Morgans Richtung und trank.

»Das Datum der Ausstellung habe ich schon vor einem halben Jahr festgelegt, Sir«, sagte er, halb zu Morgan gewandt, als er das Glas absetzte.
Die Frau in der transparenten rosafarbenen Glitzerbluse drehte sich um. Sie war um die Fünfzig und wirkte jetzt, als ihr Gesicht zu sehen war, erst recht verkleidet. Sie lächelte dem Galeristen zu. Er reagierte nicht. Sie kniff ihr rechtes Auge zu. Er stierte in sein Glas. Erst allmählich tauten seine gefrorenen Gesichtszüge auf und zeigten ein kleines Lächeln.
»Damals hatten Sie wohl mit Shipley Kontakt?« fragte Morgan leise.
»Mein Name ist Ebenezer Trinning«, sagte er. »Ich weiß, es klingt etwas altertümlich.«
»Eher literarisch«, erwiderte Morgan lächelnd. »Oder biblisch.«
»Shipley gibt es nicht. Shipley ist eine Erfindung. Ein Pseudonym.«
Morgan blickte Trinning überrascht an. Der Mann schaute durch ihn hindurch, als spräche er mit einem anderen.
»Und wer hat diesen Shipley erfunden?«
Trinning zuckte die Schultern und wandte sich seinem farbigen Tischnachbarn zu. Der junge Mann nickte. Die Frau mit der rosafarbenen durchsichtigen Bluse trat an den Tisch und drückte ihre Zigarette im Aschenbecher aus, der unmittelbar vor Trinning stand. *Superkings*. Sie warf die leere Schachtel vor Trinning auf den Tisch. Trinning schob den Aschenbecher mit dem Stock ans Ende des Tisches, so weit, bis er über den Rand kippte und scheppernd auf den Boden fiel. Sein Be-

gleiter zermalmte die Zigarettenschachtel mit einem Schlag. Die Frau streckte den Mittelfinger der rechten Hand in die Luft.

»Shipley ist wahrscheinlich tot. Wenn es ihn denn je gegeben haben sollte«, sagte Trinning vage.

»Also eine Gedächtnisausstellung?« fragte Morgan und trank sein Glas aus. Er bekam einfach keine präzisen Antworten.

Trinning nickte abwesend.

»Mit wem haben Sie denn den Vertrag für die Ausstellung ausgehandelt?« fragte Morgan weiter.

»Mit einem Mann, der sich für Shipley ausgegeben hat. Aber wir haben nur miteinander telefoniert. Und der Vertrag ist unterschrieben zurückgeschickt worden: ›Shipley‹, steht kaum leserlich darunter. Aber weiß ich, ob die Unterschrift echt ist? Das ist, wie gesagt, mehr als ein halbes Jahr her.«

»Kein Foto des Malers im Katalog?« fragte Morgan.

»Es gibt keinen Katalog, Mister Morgan. Soviel Geld habe ich nicht. Es gibt fotokopierte Informationen zum Werk des Malers. Aber keine Jahreszahlen. Keine Angaben zur Biographie. Das Mysterium ist Teil des malerischen Konzepts. Die Bilder sind auch nicht signiert.«

»Kann ich ein solches Informationsblatt bekommen?«

»Morgen bei der Vernissage«, sagte Trinning.

»Wie kamen die Bilder zu Ihnen?«

»Sie kamen nicht, ich habe sie geholt«, sagte er und erhob sich. Er stand breitbeinig, auf seinen Stock gestützt, vor Morgan, den Rücken dem Tresen zugekehrt. Sein Gesichtsausdruck war kaum zu deuten. Er preßte die Lippen zusammen, als müßte er sich dazu zwingen zu schweigen. Dann wandte er sich zum Gehen. Morgan hielt ihn am Arm zurück, ließ ihn aber gleich wieder los, als er den drohenden Blick des Farbigen sah.

»Ist Shipley ein geläufiger Name hier in Hastings?« fragte er.

»Nein!« sagte Trinning, stützte sich schwer auf seinen Stock und verließ den Pub, gefolgt von seinem jungen Begleiter.

Morgan spürte, daß der Galerist nicht die Wahrheit sagte. Er kannte Shipley, aber aus irgendeinem Grund versuchte er, ihn zu verleugnen.

Die Frau an der Bar drehte sich um. Sie lächelte Morgan an. Es war kein schönes Lächeln. Und es war auch nicht von Dauer.

»Kann ich Ihnen helfen?« fragte sie.

Es klang zweideutig.

Morgan schüttelte den Kopf und stand auf. Beinahe wäre er über das vorgestreckte Bein der Frau gestolpert. Einer der Männer fing ihn auf. Morgan starrte auf den tätowierten Arm, der ihn vor dem Fall bewahrt hatte. Ein Segel mit einem eintätowierten Namen: *Mark Anthoney*.

»Danke«, sagte er und lächelte die Frau an. Er ging hinaus und weiter in Richtung des Fischereimuseums. Als er sich kurz umdrehte, sah er, wie einer der tätowierten Männer in der Tür des *Royal Standard* stand und ihm nachschaute.

Das Fischereimuseum war nicht groß. Es befand sich in einer Kirche, die noch während des Zweiten Weltkriegs als Gotteshaus genutzt und erst später zum Museum umfunktioniert worden war. Im Innern der Kirche war auch eines der letzten Segelboote aufgebaut, das in Hastings noch bis vor 50 Jahren für den Fischfang benutzt worden war, die *Enterprise*. Über eine schmale Treppe konnte man an Deck klettern. Ein Schiff in einer Kirche. *Church Nave*. Shipley war omnipräsent.

Ringsum an den Wänden waren Schiffsmodelle ausgestellt, ballten sich Netze zu Haufen, ringelten sich Taue, hingen Fotografien, Ölbilder, alte Stiche von Schiffen auf dem Meer. Ein Bild von Shipley war nicht darunter.

Ein Blatt in einer Vitrine informierte darüber, daß Schiffe traditionellerweise nach den Familienmitgliedern der Besitzer genannt wurden: *Sandra, Grace, Georgina, Mandy Ann*. Aber es gab auch Namen wie *Moonshine of Hastings, Our Lady*. Oder *Bloodaxe*. Blutiges Beil!

Hinter der *Enterprise* war oben an der Wand ein Monitor befestigt, auf dem die Rettungsaktion eines Fischerbootes in Seenot zu sehen war. Morgan stieg an Deck, stützte sich auf der Reling ab, warf einen Blick in die Kajüte und versuchte, sich in die Rolle eines Seemanns zu versetzen, der, festgeklammert an seinem Steuerrad, dem Sturm trotzend, den Kurs zu halten versucht und nur eines im Sinn hat: seinen Fang sicher an Land zu bringen, und erst in zweiter Linie ans Überleben denkt.

Morgan sah die Brecher auf den Bug zupreschen. Er senkte den Kopf. Er war naß bis auf die Knochen. Die

Augen brannten ihm. Er leckte sich das Salz von den Lippen. Als er sich das Wasser aus den Augen wischte, sah er die Umrisse eines riesigen Schiffes auftauchen, er hörte ein schrilles Signal. Er richtete sich auf. So hatte es sich wohl nicht abgespielt auf der *Lucky Punch*. Oder doch?

Am Eingang war eine Liste mit den Namen der Neugeborenen angebracht, die in der Kirche getauft worden waren, ausschließlich Kinder von Seeleuten, die diese zukünftigen Seeleute hier segnen ließen. Als er das Museum verlassen wollte, fiel sein Blick zufällig auf das Foto eines Fischerbootes, die *Mark Anthoney*. Morgan erinnerte sich an den muskulösen Unterarm des Mannes, der ihn im Pub vor dem Sturz bewahrt hatte. Der Name *Mark Anthoney* war in die Haut tätowiert gewesen.

1993, am 11. Dezember, so konnte Morgan auf einem Blatt lesen, das neben dem Foto angebracht war, sei die *Mark Anthoney* im Sturm gekentert. Zwar seien der gesamte Fang und auch die Netze verlorengegangen, aber der Besitzer des Bootes, Stephen Shipley, und zwei Fischer, die mit an Bord gewesen seien, hätten überlebt.

Mark Anthoney. Stephen Shipley.

Wer war dieser Shipley, der mit auf dem Schiff gewesen war? War er identisch mit dem Maler, der in Trinnings Galerie ausstellte? Und wer war Mark Anthoney?

»Kennen Sie einen Fischer namens Shipley?« fragte Morgan den Mann, der am Eingang des Museums Souvenirs verkaufte.

»Shipley? Sie meinen Stephen Shipley?«

Morgan zuckte die Achseln. »Oder kennen Sie einen Mark Anthoney?«
Der Mann lächelte. »Sie meinen das Schiff, das im Sturm gekentert ist? Es ist nach dem Vater dieses Stephen Shipley benannt worden. Das ist Tradition hier.«
»Und wo lebt jetzt sein Sohn, dieser Stephen Shipley?«
Der Mann biß sich auf die Lippen. Dann zeigte er zum Kirchendach.
»Er ist tot.«
»Aber er hat doch den Sturm überlebt, habe ich gelesen.«
»Er hat den Sturm überlebt. Tot ist er trotzdem.«
Der Mann bediente einen neuen Besucher. Sein Gesichtsausdruck war abweisend. Morgan packte den Mann am Unterarm. »Wo liegt der Friedhof von Hastings?« fragte er drängend.
Der Mann verzog sein Gesicht zu einer Grimasse.
»Sie haben einen schwarzen Humor, mein Freund«, sagte er und wandte sich ab.
Dann drehte er sich noch einmal um. »Hastings hat keinen eigenen Friedhof. Der Friedhof liegt draußen in Ore.«

14

Morgan verließ das Museum. Es war zu spät, um auf dem Friedhof von Ore Shipleys Grab zu suchen. Er war unschlüssig, ob er ins Hotel zurückgehen oder unten am Strand etwas essen sollte. Aber zum Essen war es noch zu früh. Er schlenderte die breite Strandpromenade entlang. Vor einem künstlichen kleinen See, der zu einem Vergnügungspark gehörte und auf dem als Schwäne getarnte Tretboote zirkulierten, blieb er stehen, setzte sich schließlich auf eine Bank und schaute den Schwänen zu, die lautlos über das Wasser glitten. Zwischen den Flügeln war Platz für zwei Menschen. Ein friedliches Bild, dachte Morgan und wunderte sich, daß ausgerechnet hier am Strand, der von Möwen, nicht von Schwänen beherrscht wurde, diese falsche Idylle beschworen wurde.

Ein Mann und ein kleines Mädchen setzten sich neben Morgan. Der Mann hatte einen grauschwarzen, kurzgeschnittenen Bart und trug eine Sonnenbrille. Das Kind wollte unbedingt auch auf einem Schwan reiten, und der Mann willigte schließlich ein. Zehn Minuten später sah Morgan die beiden auf dem Rücken des Schwans Nummer 1 die beiden kleinen Inseln in der Mitte des Beckens umkurven.

»Gefällt es Ihnen in Hastings?«

Morgan sah erstaunt auf. Die aufgetakelte blonde Frau

aus der Bar setzte sich neben ihn auf die Bank. In diesem Augenblick hörte er einen durchdringenden Schrei. Den Schrei eines Kindes. Mitten auf dem kleinen Schwanensee waren zwei Tiere zusammengestoßen. Sie waren so ineinander verkeilt, daß beide mit Schlagseite im Wasser lagen wie sinkende Schiffe. Der Mann hatte das Kind mit einer Hand gepackt, sprang ins hüfthohe Wasser und watete ans rettende Ufer. Das Kind weinte. Der Mann war blaß. Er hatte eine Narbe am Haaransatz, die rot angelaufen war. Er war etwas über Vierzig, trotz des Bartes ein sportlicher Typ mit dunklem Haar. Das andere Paar im zweiten Tretboot lachte. Der Mann mit dem Kind drehte sich um.
»*Damn!*« rief er weit hörbar und stieg dann über die Treppe, die in die Mauer eingelassen war, ans Ufer.
»Idiot …«, sagte die Frau neben Morgan, aber ihre Stimme klang heiser, und sie hielt sich erschrocken die Hand vor den Mund und erstickte den Rest des Satzes.
»Keiner von hier!« sagte Morgan.
»Warum?« fragte sie leise.
»Sonst hätte er sich nicht so panisch verhalten, nicht wahr?«
Sie war blaß geworden. Morgan stand auf, schaute sich noch einmal nach dem Mann am gegenüberliegenden Ufer des kleinen Sees um, der, das Kind auf dem Arm, davonging, plötzlich noch einmal stehenblieb, den Kopf nach allen Seiten drehte, als suchte er jemanden.
Morgan wandte sich wieder der Frau zu. Plötzlich war ihm ein Gedanke gekommen.
»War einer Ihrer Begleiter im Pub mit Stephen Shipley auf der *Mark Anthoney*?« fragte er.

»Die *Mark Anthoney* ist gesunken. Schon vor zehn Jahren.«
»Die Besatzung hat überlebt.«
»Stephen Shipley ist nicht immer mit denselben Leuten rausgefahren.«
Sie hatte sich jetzt ebenfalls erhoben und stand ganz nah vor Morgan. Ihr penetrantes Parfum nebelte ihn ein. Er trat einen Schritt zurück.
»Vergessen Sie Shipley, Sir!« sagte die Frau. »Vergessen Sie die ganze Geschichte.«
»Was ist mit Shipley?«
Sie zuckte die Schultern.
»Kommen Sie! Wir sahnen ab.«
Sie deutete auf ein Haus, über dem in roten Leuchtbuchstaben *Casino* stand. Er ging neben ihr her und kam sich dabei lächerlich vor. Sie paßten nicht zusammen, und er stellte fest, daß sich die Leute auf der Straße nach ihnen umschauten. Ein ungleiches Paar.
Sie blieb vor einem Plexiglaskorpus stehen, in dem in verschiedenen Abteilen Haufen von Pennies lagen, so aufeinandergeschichtet, daß sie wie schlecht plazierte Ziegel aneinanderklebten und ruckweise von einer unsichtbaren Energiequelle auf einen imaginären Abgrund zugeschoben wurden.
»Wenn man geschickt genügend Pennies links und rechts oben in den Schlitz wirft, kann es sein, daß die Münzen von hinten an den Rand gedrückt werden und schließlich nach unten in die Messingschale fallen«, sagte sie. »Dann ist Zahltag.«
Morgan sah, wie sich die Pennystücke als träge Masse vorwärts schoben, als die Frau ihre Münzen in die Öff-

nung gekickt hatte, und hörte das Klappern und Klikken, als sie unten in die Schale fielen. Die Frau fütterte den Apparat mit immer neuen Pennies, die sie aus einem Plastikbecher fischte. Sie kassierte mehr, als sie investierte. Die gelassene Besessenheit, mit der sie ans Werk ging, faszinierte Morgan. Und er versuchte, sich vorzustellen, wie sie wohl im Bett war, ob sie die Balance zwischen der offensichtlichen Schlampigkeit und dem professionellen Zugriff halten konnte. Es war nicht das bißchen Geld, das sie lockte. Es war so etwas wie Macht über eine scheinbare Menge Geld, die sie antrieb, und der Erfolg zeigte sich nicht in einer nicht unbeträchtlichen Anzahl von Münzen, die sie ergatterte, sondern offensichtlich horchte sie nur auf das scheppernde Geräusch, wenn die Pennystücke in die Messingschale fielen. Das schien Musik in ihren Ohren zu sein.

Plötzlich hatte sie es sogar geschafft, ein kleines Medaillon, das in die Pennymasse verkeilt gewesen war, gewissermaßen als Zugabe ebenfalls aus der Messingschale zu holen. Oder hatte sie das Medaillon schon in der Tasche gehabt?

»Gut gemacht«, murmelte Morgan und wandte sich zum Gehen. Das Gedudel der Musicboxen, das Scheppern und Klingeln war kaum auszuhalten. Sie streckte ihm das erbeutete Medaillon entgegen, auf dem ein Schiff im Sturm abgebildet war.

»Die *Mark Anthoney*. Darf ich sie Ihnen schenken?«

Er schüttelte den Kopf. Eigentlich hätte er schon lange gehen wollen, aber die Frau interessierte ihn. Ihre Andeutungen über Shipley hatten ihn stutzig gemacht.

»Sie sind kein Spieler, Sir?« fragte sie und betonte das Wort *Sir* so, als wandte sie sich in der Rolle des Matrosen an ihren Kapitän.
»Nein.«
»Vielleicht Ihr Glück. Darum vergessen Sie Shipley. Der Name hat keinen guten Klang in Hastings.«
Immer diese Versuche, ihn dazu zu bringen, seine Recherchen abzubrechen.
»Warum?«
Sie zögerte, ihr Blick veränderte sich, als sie ihn anschaute, wurde plötzlich weich, und sie wirkte verletzlich. Sie bedeckte mit der rechten Hand ihre Brust, die unter dem lila Büstenhalter hervorquoll. Dieser Anflug von Scham, auch wenn er vielleicht nur gespielt war, rührte Morgan. Wenn sie jetzt gespielt hatte, hatte sie gut gespielt. Etwas wurde Morgan in diesem Augenblick klar: Diese Frau hatte bessere Tage gesehen. Es war ihre schlecht kaschierte Vergangenheit, die ihn reizte. Als hätte sie seine Gedanken erraten, verzog sie ihre zu stark geschminkten Lippen zu einem Clownslächeln.
»Wollen wir uns treffen?« fragte sie.
»Warum?«
»Ich könnte Ihnen vielleicht etwas über Shipley erzählen. Und nachher könnten wir zusammen essen gehen. Irgendwo, nur nicht in Hastings«, fügte sie hastig hinzu. »In Battle vielleicht, in *Pilgrims Rest*. Ein schöner Ort und eine gute Küche.«
»Warum Battle?« fragte er verwundert.
»Haben Sie denn keinen Sinn für unsere Geschichte? Englands berühmteste Schlacht. 1066, Sir! Oder ist

Ihnen William the Conqueror kein Begriff? Oder der Angelsachse King Harold?«

Morgan grinste. Die Frau hatte wieder das Register gewechselt und spielte jetzt auf seine Bildung an, die sie wohl instinktiv voraussetzte.

»Wann?«

»Nach neun Uhr bei den Bowlingplätzen oben bei Ihrem Hotel?«

»Sie wissen, wo ich wohne?« fragte er verwundert.

Sie nickte.

»Darf ich Ihren Namen erfahren?« fragte er.

»Phyllis«, sagte sie lachend und ging auf ihren hohen Absätzen breitbeinig davon.

Morgan schaute ihr nach, als sie an einer sogenannten *Dancing Stage* vorbeistolzierte, einer Plattform mit je zwei blauen und rosafarbenen Pfeilen auf vier Quadraten. Darauf konnte man durch geschickte Tanzschritte in Konkurrenz zu einer virtuellen Partnerin treten, die sich auf einem kleinen Bildschirm in einem virtuosen Wirbel hin und her, vor und zurück bewegte.

»You are good!« schrie eine Stimme, als die Frau, die auf der Plattform stand, scheinbar etwas zögerlich und nicht wirklich überzeugt, ein paar Schritte gewagt hatte. *»Perfect!«* doppelte jetzt die Stimme nach und heizte der Tänzerin ein, die ihren Rhythmus gesteigert hatte und nun versuchte, mit den Armen das Gleichgewicht zu halten. Sie schien die Leute um sich herum vergessen zu haben und dachte sicher nicht an die Kameras, die oben in die Decke eingelassen waren und ihre tänzerischen Bemühungen in die hinteren Räume übertrugen.

»You are beautiful!« schrie die Stimme.
Morgan starrte auf die Füße der Frau, die immer geschickter von einem rosa Pfeil zu einem blauen hüpften und schon den anderen blauen besprangen, wobei sie erneut Rosa als Katapult benutzten. Die Frau trug dunkelblaue Pumps.
Die Musik erstarb. Morgan suchte in seiner Jackettasche nach Münzen, als er einen ovalen Gegenstand spürte. Phyllis mußte ihm das Medaillon mit der *Mark Anthoney* in die Tasche gesteckt haben, ohne daß er es bemerkt hatte. Als er es herauszog und betrachtete, sah er das Kreuz, das sie mit einem Rotstift auf die Plexiglashülle gemalt hatte.
Die Musik aus der Box heizte der Tänzerin noch einmal so richtig ein. Aber ihr Feuer schien erloschen. Erschöpft blieb sie mit beiden Füßen auf den rosa Pfeilen stehen.
»End of the Century«, stand auf dem Bildschirm. Die virtuelle Tanzpartnerin hatte sich aufgelöst, die Frau auf der *Dancing Stage* drehte sich um.
Es war Sophie.

15

Sophie schien nicht überrascht zu sein. Als hätte sie ihn hier erwartet. Und vielleicht hatte sie ja diese Tanzeinlage speziell für ihn inszeniert. Morgan hatte einen Augenblick lang dasselbe Gefühl wie zuvor, als er Phyllis am Spielautomaten beobachtet hatte. Sophie spielte eine andere Frau als die, die sie in Wirklichkeit war. Auf der *Dancing Stage* hatte sie sich zuerst schüchtern wie ein Mädchen bewegt, aber je intensiver der Rhythmus geworden war, desto aufreizender wurden ihre Bewegungen. Und Morgan hatte alles wie in einem Film erlebt. Fasziniert hatte er die Verwandlung von der Geliebten zur Nutte verfolgt. Der Unterschied zu Phyllis hatte nur darin bestanden, daß Sophie den umgekehrten Weg gegangen war. Doch jetzt, als sie sich ihm zuwandte, mit gerötetem Gesicht und einem aufreizenden Lächeln, das nicht zu ihr gehörte, als er die verrutschten Träger ihres Büstenhalters sich ringeln sah, war er plötzlich ernüchtert. Phyllis war überzeugender gewesen. Aber sie hatte ja bei Morgan auch keine Erinnerungen ausgelöst. Sophie paßte nicht hierher. Als wollte sie demonstrativ alles Vertraute sprengen. Sie hatten selten zusammen getanzt, weil Sophie nicht gern tanzte. Vielleicht war ihr neuer Freund ein begeisterter Tänzer. Sie hatte für ihn getanzt, und er hatte ihr zugeschaut. Vielleicht war er ganz in der Nähe.

»Du wußtest, daß ich hier bin?«
Sie zuckte die Achseln und stieg von der *Dancing Stage* herunter. Sie schob ihren Arm unter den seinen und drängte zum Ausgang. Täuschte er sich, oder hatte sie noch einen schnellen Blick zur Decke, zu den Überwachungskameras, geworfen?
»Wohin?«
»Trinken wir einen Whisky zusammen?«
Er nickte unentschlossen. Sie zog ihn mit sich durch die George Street, wo sie ihn über eine Außentreppe in den ersten Stock und dann durch eine schwere Holztür in einen düsteren Pub dirigierte, in dem vorwiegend junge Frauen saßen und nur vereinzelt Männer. Sie setzte sich an ein Tischchen, er ging zum Tresen und bestellte zwei Whisky. Als er neben Sophie saß, war sie ihm fremd, und er hatte das Gefühl, zum erstenmal in seinem Leben neben dieser Frau zu sitzen. Die Erinnerung an ihren Tanz auf den kleinen Quadraten hatte sich zwischen sie geschoben. Sie hob andeutungsweise das Glas in seine Richtung und setzte es an die Lippen. Und wenn sie ihn jetzt auch über den Rand des Glases anschaute, bevor sie trank, war das Bild diesmal nicht von der Tasse mit dem blaugoldenen Rand überlagert, das sich in ihm festgesetzt hatte.
»Du hast dich nicht an die Abmachung gehalten«, sagte sie und stellte ihr Glas mit Nachdruck auf den Tisch.
»Es gibt keine Abmachung, Sophie. In Wengen ist der Mann tot aufgefunden worden, den du bei mir kennengelernt hast. Ich habe dir von ihm erzählt. Und du hast ihn gesehen.«

Sophie schloß die Augen und nickte. Aber sie schwieg.
»Du hast diese Information weitergegeben. Irgend jemandem. Und das war Möllers Todesurteil.«
Sie schaute ihn verwundert an.
»Warum hast du mir von diesem Verdacht erzählt?«
Morgan starrte in ihr kaltes Fernsehauge.
»Hastings ist eine falsche Fährte, Sophie.«
Er versuchte, seine Stimme überzeugend klingen zu lassen.
»Und warum bist du dann noch hier? Hat das mit deiner Schwäche für Hafenstädte zu tun?«
Morgan versuchte ein Lächeln.
»Hastings hat keinen richtigen Hafen. Nur ein paar Fischerboote, und die werden an Land gezogen, wenn sie vom Fang zurückkehren. Ich bin privat hier.«
»Wegen der Ausstellung?«
Er schaute sie überrascht an. Dann nickte er.
»Shipley!« sagte sie nur.
»Du weißt recht gut Bescheid, Sophie. Wer informiert dich?«
»Vergiß nicht, ich bin Journalistin. Und ich habe eine Redaktion im Rücken.«
Sie schwiegen. Er starrte in sein Glas, sie drehte ihres zwischen den Fingern um und um.
»Woher sollten die wissen, daß ich hier bin, Sophie?«
Es hatte lange gedauert, bis er die entscheidende Frage stellte.
Wieder hatte er Umwege gemacht, um nicht gleich zur Sache kommen zu müssen. Er fürchtete sich vor ultimativen Fragen und Antworten.
»Ich war in Genf, Pierre. Ich habe an deiner Woh-

nungstür geklingelt. Eine Nachbarin hat mir gesagt, du seist soeben zum Flughafen gefahren. Also bin ich auch zum Flughafen gefahren. Ich habe dich dort gesehen. Du hattest einen Flug nach Gatwick. Er war nicht ganz ausgebucht.«

»Gatwick ist nicht Hastings«, sagte er wütend.

Sie lächelte.

»Du hast in einem der Restaurants am Flughafen von Gatwick einen Merlot getrunken. Und dann bist du zur Bahnstation gegangen und hast den Zug Richtung Eastbourne genommen. Und ich bin im selben Zug mitgefahren und hinter dir in Hastings ausgestiegen. Früher wäre dir das nicht entgangen.«

Er nickte scheinbar beeindruckt. Aber er wußte, daß sie nicht die Wahrheit sagte.

»Bravo«, sagte er tonlos.

Sie lächelte gleichmütig, wie ihm schien. Wer hatte sie informiert? Ihr neuer Freund?

»Wollen wir zusammen essen gehen?« fragte sie.

Es klang versöhnlich. Und doch mißtraute er Sophie.

»Ich bin schon verabredet«, murmelte er und stand auf.

Noch immer brannte nur eine kleine Lampe über dem Tresen, wo sich zwei Frauen leise miteinander unterhielten.

»Erinnerst du dich an den irakischen Informationsminister während des Irakkriegs?« fragte er unvermittelt.

Ihre Schneidezähne berührten den Glasrand. Immer wieder. Eine Reihe von Klicktönen. Zwei Frauen gingen mit Billardqueues unter dem Arm an ihnen vorbei

und verschwanden über eine Treppe im Dunkel. Nach einer Weile ertönte das knöcherne Klacken der Kugeln, die auf dem grünen Filz gerollt wurden.
»Ich verstehe deine Frage nicht, Pierre.«
Es war dieselbe Frage, die er in Wengen Möller gestellt hatte.
»Was mich an al-Sahaf so faszinierte, war seine Kreativität, seine Art, mit einer scheinbaren Wahrheit umzugehen, zu der er nie wirklich Zugang hatte. Weißt du, wie er dieses Phänomen in einem Interview formuliert hat?«
»Ich weiß es nicht, und es interessiert mich auch nicht!«
Sophie antwortete genauso wie Möller.
»›Ich war ein Teil des Bildes‹, hat er gesagt. Das müßte dir doch einleuchten. Du bist doch auch Teil eines Bildes, Sophie. Du glaubst, du hast die Fäden in der Hand, wenn du mir folgst. Aber du bist gleichzeitig nur eine Figur in einem großen Gemälde. Und du begegnest nur immer deinen eigenen Spuren.«
»Und wer ist der Maler?« fragte sie schnippisch. »Etwa du?«
Morgan hob lächelnd die Schultern. »Ich habe einen Freund beim CERN. Du weißt doch, was das CERN ist?«
»Sollte ich?« fragte sie scheinbar desinteressiert. »Ich weiß nicht, warum du jetzt abschweifst.«
»Ich schweife nicht ab. Abgesehen davon, wurdest du dort auch schon gesehen.«
Sophie stellte das Glas brüsk auf den Tisch und beugte sich vor.

»Von wem?« fragte sie.
»Keine Namen«, sagte er und lächelte.
»Voland?«
Die Situation hatte sich schlagartig verändert. Die scheinbare Vertrautheit war zerbröselt. Sie waren Gegner. Er quittierte ihre Frage nicht.
»Dieser Freund im Centre Européen de la Recherche Nucléaire vertritt die Wissenschaft der Teilchen. Und der Gegenstand dieser Wissenschaft ist so klein, daß man ihn nicht wirklich sehen kann. Was man sehen kann, sind nur die Spuren, die die Teilchen bei den Experimenten hinterlassen. Hinzu kommt, daß die meisten dieser Teilchen nur eine kurze Lebensdauer haben und sich dabei in diesem billionsten Teil einer Sekunde ihres Existierens noch ständig verändern.«
»Und?« fragte sie schroff. »Was hat das mit uns zu tun? Wir leben länger als nur den billionsten Teil einer Sekunde. Und wir sind keine Versuchsobjekte.«
»Eine Frage der Proportionen, Sophie. Die wirklich interessanten Vorgänge, so sagt mein Freund, verstecken sich im Untergrund.«
»Interessant«, sagte sie nur. »Und du gehst morgen also zu dieser Ausstellung?«
»Ja. Und dann fliege ich zurück.«
»Du lügst.«
»Ich lüge nicht mehr als unser Freund al-Sahaf, der ja auch nie wirklich Zugang zum Teil der Wahrheit hatte, die sich ihm verbarg. Er hat diese Wahrheit ganz einfach erfunden. Und er hat sie sich angeeignet und zur allgemeinen Wahrheit erklärt. Sahaf ist ein Dichter, Sophie.«

»Ich lasse dich nicht aus den Augen, Pierre.«
Ihre Stimme klang nicht drohend, eher sanft. Aber dahinter verbarg sich eine wilde Entschlossenheit, die er bei Sophie bisher so nicht kannte.
Er streckte die Hand nach ihr aus. Sie wich zurück.
»Was hat es mit dieser Ausstellung auf sich?« fragte sie.
»Ich weiß es nicht. Du kannst mir glauben. Vielleicht weiß ich morgen mehr.«
Morgan spürte, daß er den Kontakt zu Sophie nicht abbrechen durfte. Sie war ein Teil seiner Recherchen, ein Teil des Bildes, wie er selbst ein Teil dieses Bildes war. Und wer war der Maler? Shipley?
»Ich habe gefilmt, Pierre«, sagte sie und schaute ihn dabei prüfend an.
»Und was waren die Motive?«
»Ein Mann am Strand. Ein Mann, der einen Pub betritt, *The Royal Standard*. Ein Mann im Fischereimuseum und ein Mann am sogenannten Schwanensee.«
»Und wozu brauchst du diese Aufnahmen?«
»Ich weiß es noch nicht. Die Geschichte ist nicht zu Ende ... Morgen?« fragte sie nach einer Weile.
Er nickte.
»Ich rufe dich auf dem Handy an. Und vergiß nicht: Es war Liebesverrat!«
Er nickte ein zweites Mal. Sie ging hinaus, ohne sich umzusehen. Sie hatte wieder in den vertrauten Gang zurückgefunden, den er an ihr liebte. Er hätte aufstehen und sie zurückhalten mögen. Aber da war sie schon draußen. Die schwere Tür fiel ins Schloß.
Noch kurz sah er ihre Silhouette vor dem Fenster vorbeigehen und dann abtauchen wie eine Kasperlefigur

in den Untergrund einer kleinen Bühne, als sie die Treppe hinunterstieg.
Und in diesem Augenblick liebte er sie wie zu Anfang.

16

Eine Viertelstunde später stand er auf, nachdem er einen zweiten Whisky getrunken hatte. Er ging zum Strand hinunter und schlenderte scheinbar ziellos, den Blick auf das Meer gerichtet, westwärts.

Es war kurz nach neun Uhr, als Morgan oberhalb der Bowlingplätze auf der Geländeterrasse ankam. Phyllis saß bereits auf der Bank und schaute interessiert auf das Spielfeld vor sich. Er setzte sich neben sie, ohne daß sie den Kopf drehte. Eine Weile saßen sie schweigend nebeneinander.

»Erzählen Sie mir von Shipley«, sagte er.

Sie wandte sich ihm endlich zu. Sie hat Angst, dachte Morgan. Aber wovor?

»Es ist schon eine Weile her«, sagte sie endlich. »Er hatte eine Leidenschaft für zerknitterte Kissen.«

Sie lächelte versonnen.

»Wie meinen Sie das?« fragte Morgan verwundert. »Eine Art Fetischismus?«

Sie lachte kurz auf.

»Er war kein Fetischist. Er war ein großartiger Liebhaber, und wenn die Liebesnacht vorbei war, setzte er sich mit seinem Skizzenblock hin und hielt die Spuren der Nacht mit dem Bleistift fest: das Kissen, das zerwühlte Laken, einen Seidenstrumpf auf einem Stuhl ...«

»Sie waren seine Geliebte?« fragte er so leise, daß sie ihn kaum verstehen konnte. Das Wort »Geliebte« hatte zweideutig geklungen.

»Ich war manchmal mit ihm zusammen«, antwortete sie mit neutraler Stimme. »Er war ja immer unterwegs.«

»Als Seemann?«

Sie schüttelte den Kopf.

»Er war kein Seemann. Er war Maler. Oder er hatte sonst einen Beruf, den ich nicht kannte. Er kam und ging. Er liebte Untergrundbahnhöfe und die Innenräume von Kathedralen. Er sagte immer wieder, daß sich die wirklich interessanten Vorgänge im Untergrund abspielen. Ihn interessierte nie das, was mir wichtig war, zum Beispiel das Liebesspiel, die Leidenschaft. Ihn faszinierten nur immer die Spuren der Leidenschaft, nicht das Ereignis an sich. Er interessierte sich für den Lichteinfall in U-Bahnschächten, für den kurzen Augenblick, in dem die Fahrgäste aus der schwarzen Tiefe auftauchen, den Lichtschacht durchqueren und dann wieder im Dunkel verschwinden. Ihn faszinierte ihr kurzes Dasein in seinem Leben. Und er liebte Friedhöfe und malte Grabsteine.«

Morgan schaute sie erstaunt von der Seite an. Wie sie Shipley charakterisiert hatte, beeindruckte ihn. Sie hatte ihn geliebt, sonst hätte sie nicht so von ihm erzählen können.

»Beschreiben Sie ihn mir. Wie alt ist er? Wie sieht er aus? Wo verkehrt er?«

»Es gibt Selbstbildnisse. Haben Sie bis morgen Geduld, bis zur Vernissage.«

»Warum schweigen Sie?«

»Wieviel?« fragte sie.
»Sie wollen Geld für Ihre Informationen?«
Ihr Handy piepste. Sie griff in ihre Handtasche.
»Und jetzt malt er Schiffe?« fragte Morgan.
Sie blickte auf das Display ihres Handys und schüttelte den Kopf.
»Mein Handy war auf Empfang. Ich verstehe das nicht«, sagte sie vor sich hin.
»Wo ist Shipley?«
Sie schüttelte den Kopf und stand auf.
»Ich sagte ja, es ist eine Weile her«, sagte sie verwirrt.
»Wo finde ich Shipley?« Morgans Stimme klang flehend.
»Shipley ist tot. Das habe ich doch schon gesagt. Gute Nacht!« sagte sie und wandte sich ab.
»Wollten wir nicht zusammen essen gehen?« fragte er.
»Ein andermal.«
Sie schaute wieder auf das Display ihres Handy, tippte eine Nummer ein und redete im Gehen.
Die Bowlingspieler hatten ihre Kugeln mit einer Art Rechen eingesammelt und waren im Clubhaus verschwunden. Morgan schaute Phyllis nach, die am Clubhaus vorbei zur Treppe ging, die zum Strand hinunterführte. Auf der ersten Stufe blieb sie stehen. Sie telefonierte noch immer. Über ihr wölbte sich ein fahlblauer Himmel, den die Schattenrisse von Möwen durchtrennten, als wäre es Seidenpapier. Dann war Phyllis nicht mehr zu sehen. Morgan blieb sitzen.
Der Schrei war kurz, aber durchdringend. Es war nicht der Schrei einer Möwe gewesen. So schreit nur ein Mensch, dachte Morgan. Eine Frau.

Er zögerte. Von allen Seiten sah er Leute auftauchen, aus dem erleuchteten Clubhaus, von der Straße her. Schatten hasteten quer über den Bowlingrasen. Der Himmel dahinter war noch immer derselbe.
Shipley liebte Signale aus dem Untergrund, dachte Morgan. War das ein solches Signal gewesen? Er stand auf und ging langsam wie ein Spaziergänger am Clubhaus vorbei zur Treppe. Phyllis lag mit verrenkten Gliedern auf einem Treppenabsatz. Ihr Kopf war nach hinten gekippt. Aus ihrem Mund floß Blut. Aber sie lebte noch. Ihr Handy, das sie fest umklammert hielt, wimmerte.

17

Morgan fuhr im Taxi zum Friedhof von Ore. In den Radionachrichten war von einem mysteriösen Überfall auf eine Frau die Rede gewesen. Die Polizei, so hieß es in der gängigen Formulierung, tappe im dunkeln. Sehr wahrscheinlich handle es sich um einen Racheakt. Jedenfalls weise das Opfer mehrere Verletzungen am Kopf auf, die von gezielten Boxschlägen herzurühren schienen. Daß Phyllis früher als Modell und Schlagersängerin gearbeitet hatte, wurde als Zusatzinformation nachgeliefert.

Die Friedhofskapelle befand sich unmittelbar neben dem Eingang, ein graues gemauertes Gebäude in Kreuzform.

»Suchen Sie ein bestimmtes Grab?« fragte der Fahrer. »Wenn Sie es wünschen, kann ich Sie direkt dorthin fahren.«

»Nein, danke. Ich brauche Zeit. Zeit zum Trauern. Holen Sie mich in zwei Stunden wieder ab.«

Morgan zahlte, stieg aus und ging dann langsam über die schmalen Wege, die zwischen den Grabreihen angelegt waren. Er las im Vorbeigehen die Namen auf den Grabsteinen, die nicht wie in der Schweiz von ihrem eigenen kleinen Gärtchen mit blühenden Begonien und Fleißigem Lieschen umgeben waren, sondern für sich allein auf einer gemähten Wiese standen, manche schon etwas schief, als hätten sie dem steifen Westwind nicht mehr standzuhalten vermocht. Die steinernen Kreuze, zum Teil weiß bemalt, hoben sich von den verwitterten grauen Monumenten ab.

»NOT GONE FROM MEMORY, NOT GONE FROM LOVE, COME TO HER FATHERS HOME ABOVE«, stand auf einem dieser schmucklosen Grabsteine, unter dem vor hundert Jahren am 2. März eine Catherine, »THE BELOVED WIFE OF WILLIAM HARMA«, im Alter von 58 Jahren gestorben war. Ihr Gatte war ihr erst sieben Jahre später gefolgt. »PEACE, PERFECT PEACE«, stand unter seinem Namen.

Das Jahrhundert schrumpfte, je länger sich Morgan in die Inschriften vertiefte. Die Namen und Jahreszahlen gaben nur wenig von den dahinter verborgenen Biographien preis.

Nach einer halben Stunde hatte Morgan noch immer keinen Grabstein entdeckt, auf dem der Name Shipley eingraviert war. Er hatte auch noch keine Methode gefunden, die es ihm erlaubte, gewisse Grabsteine auszulassen, indem er sich auf neuere Gräber konzentrierte, weil ja jener Shipley, der den Sturm auf der *Mark Anthoney* überlebt hatte, angeblich erst vor einem halben Jahr gestorben war. Die meisten Grabstätten aber vereinigten ganze Generationen. Er war auf den Zufall angewiesen.

Von der Kapelle her bewegte sich ein stummer schwarzer Zug von Trauernden durch die engen Grabreihen. Der Himmel hatte sich bewölkt. Die Schatten der Bäume auf dem Boden verblaßten. Ein ferner Orgelklang verlor sich. In Morgans Nähe stand eine Frau mit gesenktem Blick vor einem Grabstein und weinte still in sich hinein. Ein Mann, mit dem Rücken zu ihm, bückte sich, eine Gießkanne in der Hand.

Morgan ging weiter. Er war jetzt eine Stunde unterwegs. Ihm fiel ein, daß Phyllis ihm von Shipleys Vorliebe für Friedhöfe erzählt hatte. Irgendwo mußte Shipley liegen.

»IN MEMORY OF MY DEAR HUSBAND MARK SHIPLEY, DIED 28TH MARCH 1930, AGED 63.«

Morgan starrte auf den einsamen Grabstein aus grauem, abgerundetem Sandstein, auch schon leicht nach vorn gekippt und an den Rändern von einer gleichmäßigen Moosschicht eingerahmt.

Hier also lag der Mann, der dem Fischerboot seinen Namen gegeben hatte. Und hier war auch Mark Anthoneys Frau, Lynn, begraben, die ihn um 19 Jahre überlebt hatte. Ihr gemeinsamer Sohn war 1944 im Krieg gefallen. Die Frau dieses Shipley hatte bis Ende der siebziger Jahre gelebt. Und auch Shipleys Schwester Roselynn war beinahe 80 Jahre alt geworden. »FOREVER WITH THE LORD«, stand unter Roselynns Namen, und dann war da noch der Name von Pearl Shipley, geborene Richardson, zu lesen, die von 1942 bis 1998 gelebt hatte. Zwischen ihr und dem letzten Namen ganz unten auf dem Grabstein war ein Spruch eingraviert: »THY WILL BE DONE« – Dein Wille geschehe! Und dieser letzte Name unter diesem Gebetsfragment war heller als die anderen, die bereits verblaßt waren: »STEPHEN SHIPLEY, DIED NOVEMBER 4TH 2002, AGED 65, HUSBAND OF THE ABOVE.«

Das klingt nicht sehr liebevoll, dachte Morgan. Auf

den anderen Grabsteinen war die eheliche Verbindung emotionaler festgehalten: »BELOVED HUSBAND OF ...« Stephen Shipley war also vor etwas mehr als einem halben Jahr gestorben. Morgan stöhnte leise auf. Am 1. November war es zur Kollision des britischen Trawlers mit dem liberianischen Tanker gekommen. Drei Tage später war Stephen Shipley gestorben. War dieser Shipley auf dem Trawler gewesen und nach der Kollision verschwunden? War er ertrunken? Oder ein paar Tage später nach dem Zusammenstoß an einer Verletzung gestorben? Aber weshalb hatte der Galerist, der jetzt seine Bilder ausstellte, das Todesdatum unterschlagen? Und warum war der Name Shipley in Hastings tabu?

Morgan fotografierte den Grabstein aus verschiedenen Perspektiven. Dann ging er zur Friedhofskapelle zurück und setzte sich neben dem Eingang auf eine Bank. Stephen Shipley war nicht der Mann, den er suchte. Und doch bestand eine Verbindung zwischen diesem und dem Maler, der in der Stratton Art Gallery in Hastings ausstellte. Und vielleicht war die nahe Koinzidenz von Todesdatum und Tankerkollision doch nicht zufällig. Die Frau, die eine Weile mit ihm gelebt hatte, war zusammengeschlagen worden. Eine Warnung?

Das Taxi fuhr vor, und Morgan gab dem Fahrer die Adresse seines Hotels an. Unterwegs holte er das Medaillon aus der Jackettasche, das ihm Phyllis zugesteckt hatte. Er drehte es um und um. Auf der rechten Seite war ein kleiner Druckknopf, durch den sich das Gehäuse öffnen ließ. Im Innern steckte ein Zettel. *»Peace Queen Cottage«*, stand darauf.

Er streckte dem Fahrer den Zettel hin. Der Chauffeur zögerte einen Augenblick, dann nickte er. Zwanzig Minuten später bog das Taxi in die All Saints Street ein und hielt dann vor einer kleinen ansteigenden Querstraße.
Morgan stieg aus und schaute sich um. Eine Frau mit einer Plastiktüte in der Hand ging an ihm vorbei. Auf der anderen Straßenseite spielte ein Mädchen mit einem roten Ball. Eine gelbe Tafel mit einem blauen Schriftzug war am zweiten Haus der Querstraße befestigt: *»Peace Queen Cottage«*. Morgan zögerte. Er winkte das Mädchen zu sich.
»Weißt du, wer hier wohnt?« fragte er.
Sie schüttelte stumm den Kopf.
»Dort wohnt niemand mehr«, sagte sie endlich.
»Und wer hat vorher dort gewohnt?«
»Gewohnt hat dort niemand. Manchmal kam ein Mann und ging in das Haus. Er blieb immer lange im Haus. Aber er hat dort nicht gewohnt.«
»Hast du den Mann gesehen?«
Sie schüttelte erneut den Kopf.
»Das heißt, ich habe ihn schon gesehen. Aber nur manchmal nachts von meinem Fenster aus. Wenn ich nicht schlafen konnte, habe ich aus dem Fenster geschaut. Der Mann ist immer nachts gekommen und auch nachts weggegangen.«
Morgan drückte dem Mädchen eine Münze in die Hand und wandte sich ab.
Er stand vor dem Haus, über dem das Schild angebracht war. Die Tür war verschlossen. Ein Namensschild konnte er nicht entdecken. Er klopfte an die

Tür. Mehrmals. Umsonst. Er hörte Schritte in der engen Straße. Er ging weiter, um nicht aufzufallen. Auf der anderen Seite des Cottage war ein kleiner Vorgarten, in dem eine alte Frau auf dem Boden kniete und Unkraut rupfte.
»Ich suche Mister Shipley«, sagte Morgan.
Die Frau erhob sich mühsam, kam auf Morgan zu und wischte sich dabei die Hände an der Schürze ab.
»Shipley?« fragte sie. »Hier wohnt kein Shipley. Wenn Sie *den* Shipley meinen, so hat er seinen letzten Aufenthaltsort gefunden.«
»Stephen Shipley?« fragte Morgan verwundert. »Sie kennen Stephen Shipley?«
»Fast alle hier, die etwas mit der Fischerei zu tun haben, kannten Stephen Shipley.«
»Und wie ist er gestorben?«
Morgan spürte, daß er einer Lösung seines Problems sehr nahe war. Er hatte wohl einen der wenigen Menschen gefunden, die sich nicht davor fürchteten, über Shipley zu sprechen. Wahrscheinlich war sie zu alt, und niemand kümmerte sich um sie.
»Shipley hat Selbstmord begangen.«
»Nein!«
Morgan war von seiner Reaktion selbst überrascht und versuchte auch gleich, seinen Ausbruch abzuschwächen.
»Selbstmord? War der Mann denn krank? Unheilbar krank? Oder schwer verletzt?«
Die Frau schaute ihn mißtrauisch an.
»Warum sollte er sich verletzt haben? Warum interessieren Sie sich für Shipley? Sind Sie von der Polizei?«

Morgan schüttelte den Kopf.
»Ich suche einen Maler namens Shipley.«
»Stephen Shipley war kein Maler. Der Mann, den Sie meinen, heißt anders.«
Morgan dachte daran, was Phyllis gesagt hatte: Shipley war Maler, kein Seemann. Diese Frau aber behauptete, Shipley sei Seemann gewesen, nicht Maler.
»Was für einen Mann meinen Sie?«
»Eben den Maler.«
Sie zeigte zum Cottage hinüber. »Dort hatte er sein Atelier.«
»Hatte?«
»Er ist in letzter Zeit nie mehr gekommen. Andere Männer sind gekommen und haben Bilder abtransportiert. Seither ist es still dort drüben.«
Hatte dieser Stephen Shipley vielleicht ein Doppelleben geführt? Als Maler und als Fischer? Aber wenn jedermann diesen Stephen Shipley gekannt hatte, hätte er doch nicht unbeachtet sein Atelier aufsuchen können.
»Danke«, sagte Morgan und wandte sich zum Gehen.
»Stephen Shipley war ein Verräter!« sagte die Frau überraschend.
Es war das zweite Mal, daß Morgan eine ähnliche Charakterisierung hörte.
»Wie soll ich das verstehen?«
»Er war einer von uns. Und eines Tages ist er weggegangen. Hinauf nach Southampton oder noch weiter. Er betrieb Hochseefischerei. Und dann kam es zu dieser Tankerkatastrophe unten vor der französischen Küste. Seine Jagdgründe waren zum Teil von der Öl-

pest verseucht. Daraufhin wollte er nach Hastings zurückkommen. Mein Mann war Fischer. Er hat sein ganzes Leben an dieser Küste gefischt. Auch Shipleys Familie hat hier gefischt. Alle! Man kann nicht einfach gehen und dann zurückkommen wollen, wenn die Umstände nicht mehr danach sind.«
»Die Familie von Mark Anthoney?«
Sie nickte.
»Und warum ist er von hier weggegangen?«
»Es war ihm wohl zuwenig ertragreich hier. Er wollte nach dem Untergang seiner *Mark Anthoney* einen richtigen Trawler. Ein Schiff, das in einem Hafen ankern konnte. Er wollte absahnen.«
Sie hatte denselben Ausdruck gebraucht wie Phyllis, als sie die Pennymünzen kassieren wollte.
»Und wie kam er an diesen großen Trawler?« fragte Morgan weiter. »War er denn vermögend?«
»Ich weiß es nicht. Wahrscheinlich ist er zu Geld gekommen. Vielleicht hat er gewettet. Hastings war ihm nicht gut genug! Das ist es!«
Sie schüttelte ihre Schürze aus und wandte sich ab. Morgan versuchte, sie sanft am Arm zurückzuhalten. Sie wehrte ihn ab und verschwand im Haus. Morgan blieb verwirrt zurück. All diese widersprüchlichen Aussagen, die letztlich immer von Haß auf den toten Fischer Stephen Shipley geprägt waren.

18

Eine halbe Stunde vor Eröffnung der Vernissage mit Shipleys Werken stand Morgan vor der *Stratton Art Gallery*. In der Galerie war schon Licht eingeschaltet. Trinning tauchte immer wieder in der Tür seines *Office* auf, stakte an seinem Stock hektisch durch den Raum, gab seiner jungen Assistentin Anweisungen, zeigte auf den Tisch, der jetzt mit einem weißen Tuch bedeckt war und auf dem eine Batterie von Bierflaschen und kleine Pappteller mit Fischbrötchen aufgereiht waren.

Eine Viertelstunde vor dem offiziellen Beginn öffnete die junge Frau die Tür. Die ersten Besucher kamen die High Street herauf. Eine Limousine hielt vor der Galerie, ein schwarzgekleideter Mann mit einer etwas aus der Mode geratenen Hornbrille stieg aus, gefolgt von einem glatzköpfigen Begleiter in dunkelgrauem Anzug mit zu kurzen Ärmeln. Er hatte die Arme wie ein Cowboy vor dem Showdown angewinkelt und bewegte sich breitbeinig im Sog des Mannes, dessen Bodyguard er augenscheinlich war.

Morgan überquerte die Straße und bahnte sich einen Weg durch die Besucher. Er stand jetzt dicht hinter dem Mann in Schwarz, der, den Kopf leicht schräg, eines der großformatigen Schiffsbilder betrachtete, ein auf einem Fels gestrandetes Segelschiff, verkeilt, gefangen, ein Gewirr von Verstrebungen, die die Schiffswand vor dem tödlichen Druck der zusammenrückenden Riffe zu bewahren versuchten.

Trinning hinkte quer durch die sich langsam füllende Galerie.

»Wo ist der Künstler?« fragte der Mann. »Ich möchte ihn kennenlernen.«

»Der Künstler will anonym bleiben. Shipley ist ein Pseudonym«, sagte Trinning schnell. Er wirkte fast verlegen.

»Kann ich seinen Namen nicht trotzdem erfahren? Ich möchte ihn kontaktieren.«

Dann murmelte er einen Namen, den Morgan nicht verstehen konnte. Er sei vom Kultusministerium. Trinning verbeugte sich andeutungsweise.

»Ich weiß es nicht. Die Ausstellung wurde über einen Freund dieses Shipley vermittelt.«

»Und wer ist dieser Freund?« fragte der offizielle Besucher weiter.

»Auch das weiß ich nicht. Ich habe immer mit einer Frau telefoniert. Wahrscheinlich seine Sekretärin. Ich erhielt Fotos der Bilder zugeschickt. Ich fand sie interessant, besonders die neueren Werke. Wir wurden handelseinig, und zum genannten Termin wurden die Bilder geliefert.«

»Und an welche Adresse zahlen Sie?«

»Der Erlös des Bilderverkaufs geht an das Fischereimuseum in Hastings.«

»Weshalb denn das?« fragte der Mann, sichtlich irritiert.

»Ist das ein Verhör, Sir?« fragte Trinning mißtrauisch.

»Verzeihung, natürlich nicht. Pures Interesse. Es wäre ja möglich, daß wir uns in London gerne einmal mit diesem Maler treffen würden. Sein Werk ist außergewöhnlich.«

Trinning preßte die Lippen zusammen und entfernte sich wortlos.

Sophie stand jetzt in der Tür mit gezückter Kamera. Morgan drehte sich um und betrachtete die Bilder, während Trinning neue Gäste begrüßte. Die Serie der Schiffsbilder, diese Archen, diese apokalyptischen Überlebensvehikel, von ihrem Bau in der Vierung einer Kathedrale bis zum Kentern und Bersten auf Riffen und Gebirgszügen, war nicht datiert. In einem zweiten Raum hingen die frühen Werke: Frauenakte, zerwühlte leere Betten, zerknautschte Kissen, Untergrundbahnhöfe, Menschen, die wie durch eine Lichtschranke von einem düsteren Bereich in den anderen drängten, ein Dampfer mit drei Kaminen, eine schwarze Silhouette vor einem gelbgrauen Himmel, der aber eher impressionistisch und nicht in diesem hyperrealistischen Stil gemalt war wie die alten monströsen Holzschiffe. Beschwörungsrituale der Endlichkeit.

Morgan stand jetzt vor dem *Self Portrait*, 1995. Das also war Shipley, der Maler, der sich Shipley nannte. Das Bild zeigte einen blassen Mann mit langem, schmalem Gesicht und einer Narbe auf der Stirn, die aber unter der schwarzen Haarsträhne nur teilweise zu sehen war. Seine Lippen waren dünn, seine Mundwinkel waren nach unten gezogen. Es war in düsteren Tönen gemalt, Schwarz, Grau und gedämpftes Blau. Und im Gegensatz zu Shipleys anderen Bildern gab es hier keinen Lichteinfall, der das Ganze künstlich belebte. Shipleys Augen, die sich kaum von den düsteren Höhlen abhoben, schielten nicht, wie bei Selbstbildnissen üblich, was wohl bedeutete, daß der Maler nicht sein Spiegelbild als Vorlage benutzt hatte, sondern von einer Skizze ausgegangen war. Aber vielleicht handelte es sich ja gar nicht um ein Selbstbildnis, sondern dieses Bild stellte einen weiteren Versuch des Malers dar, seine Herkunft zu verschleiern.

»Das also ist Shipley?« fragte Morgan, als Trinning plötzlich neben ihm stand.

»Shipley, ja. Das ist der Shipley, den wir alle kannten. Der Fischer!«

Morgan schaute den Galeristen überrascht an.

»Also doch kein Selbstbildnis, sondern ein Porträt.«

»Der Maler Shipley hat es als Selbstbildnis deklariert.«

»Was wissen Sie, was wir alle nicht wissen?«

Trinning schwieg.

»Ich weiß, wo dieser Maler, der sich Shipley nannte, sein Atelier hatte oder noch hat«, sagte Morgan leise.

Trinning antwortete nicht. Aber er wollte offensichtlich auch nicht dem Gespräch ausweichen. Er stand, auf seinen Stock gestützt, da und schaute zu Boden.

»Wo?«

»In einer Seitengasse der All Saints Street.«

Trinning nickte.

»Möchten Sie es sehen?«

»Bitte.«

»Heute abend. Sagen wir um zehn Uhr?«

»Allein?«

»Und unauffällig.«

Trinning mischte sich wieder unter die Gäste, zog einen Zettel aus der Jackettasche und gab eine nichtssagende Einführung zu Shipleys Werk. Morgan sah Sophie im Gespräch mit dem Mann vom Kultusministerium. Sie schaute immer wieder zu Morgan herüber, und auch ihr Gesprächspartner wurde auf ihn aufmerksam. Als sich der Mann von Sophie verabschiedete und, gefolgt von seinem Bodyguard, auf die Straße hinaustrat und in die schwarze Limousine stieg, kam Sophie auf Morgan zu.

»Was ist mit diesem Shipley?« fragte sie. »Und was weißt du, was ich nicht weiß?«

»Shipley ist ein Pseudonym.«

»Wer steckt dahinter?«

Morgan verzog den Mund.

»Shipley ist ja nicht der erste Künstler, der seinen richtigen Namen nicht preisgibt. Dein Lieblingsdichter Celan hieß ja auch nicht so.«

Sie lächelte. Es war ein Lächeln, das von weit her kam. Es war das Lächeln, das zum Bild auf dem Zürichberg gehörte, kurz bevor sie sich bereit erklärt hatte, ihren Mann zu verlassen und mit Morgan zusammenzuziehen.

»Im Quell deiner Augen / leben die Garne der Fischer der Irrsee. / Im Quell deiner Augen / hält das Meer sein Versprechen«, rezitierte sie mit leiser Stimme.

Er kannte zwar die Fortsetzung, aber wollte sie ihr jetzt nicht liefern.

»Warum fährst du nicht fort, Pierre? Du kennst das Gedicht doch?«

»Celan! Wer denn sonst! Ich mag es nicht.«

»Schwärzer im Schwarz, bin ich nackter. / Abtrünnig erst bin ich treu…«, fuhr sie fort.
»Schweig!«
Er drehte sich brüsk um.
»Das richtige Zitat im richtigen Augenblick!«
Sophie paßte nicht in diese Umgebung. Sie war ihm fremd hier, nur manchmal erinnerte ihn eine Handbewegung, eine Nuance in ihrer Stimme an die Frau, die er geliebt hatte. Aber die Einzelteile wollten sich nicht mehr zu einem Ganzen fügen. Sie waren austauschbar geworden. Oder hatte das nur damit zu tun, daß er sich von ihr benutzt fühlte? Er sollte seinen Verrat wiedergutmachen, indem er für sie Schrittmacherdienste leistete.
»Was hältst du von den Bildern?« fragte Sophie nach einer Weile.
»Eindrucksvoll.«
»Du denkst, sie haben etwas mit deiner verstiegenen These zu tun? Mit dieser Kollision zwischen dem Tanker und dem Trawler?«
»Warum sollten sie?« sagte Morgan scheinbar gleichgültig.
Trinning eröffnete das Büfett. Die Besucher wirkten entspannt. Der Gesprächspegel stieg. Gläser klirrten. Morgan ließ Sophie stehen und ging zu Trinning, der, auf seinen Stock gestützt, neben dem Büfett stand.
»Ist es nicht eigenartig, daß der Name Shipley hier in Hastings solche Aggressionen auslöst und daß dieser Maler ausgerechnet hier diesen Namen als Pseudonym gewählt hat?« fragte Morgan.
Trinning sah Morgan irritiert an.

»Ein Zufall vielleicht. Der Mann malt Schiffe, also ist der Name Shipley nicht weit hergeholt. Im übrigen hat Shipley ja nicht immer Schiffe gemalt. Auf seinen früheren Bildern waren es andere Motive. Frauenakte und Theatersäle. U-Bahnschächte und Bahnhöfe. Sie haben die Bilder ja schon nebenan angeschaut.«
Plötzlich stand Sophie neben ihnen.
»Da paßt doch nichts zum anderen«, sagte sie. »Als würden verschiedene Maler ihre Werke ausstellen. Die Archen und die Untergrundbahnhöfe. Das paßt doch nicht zusammen.«
Trinning schlug mit seinem Stock mehrmals auf den Boden.
»Sie verstehen nichts von Kunst, Miss. Ich verbitte mir solche Bemerkungen. Ein Künstler hat ein Recht darauf, sich zu entwickeln.«
Sophie ließ Morgan und Trinning stehen und verschwand im hinteren Raum, wo Shipleys frühe Bilder ausgestellt waren. Morgan holte sich ein Bier und biß in ein Brötchen. Trinning prostete ihm zu. Sophie kam zurück.
»Dieser Shipley hat zwei Gesichter, Pierre.«
Morgan reagierte nicht auf ihre Bemerkung.
»Möchtest du ein Bier?« fragte er statt dessen.
Sie schüttelte den Kopf. Sie hatte ihre Kamera wieder gezückt und filmte die Galeriebesucher. Einige wandten sich ab, andere genossen es.
»Sind Sie von der Presse?« fragte Trinning.
Sophie nickte.
»Ich arbeite für einen deutschen Privatsender. Haben Sie etwas dagegen?«

»Ja. Sie haben mich nicht um Erlaubnis gefragt. Bitte, gehen Sie!«
Sophie schaute ihn ungläubig an, dann wanderte ihr Blick zu Morgan. Aber Morgan reagierte nicht.
»Der Herr kennt mich!« sagte Sophie und deutete auf Morgan.
»*Ich* kenne Sie nicht«, sagte Trinning. »Darauf kommt es an. Gehen Sie, oder ich werde die Polizei rufen.«
Sophie hatte jetzt wieder ihren Fernsehblick.
»Warum stellen Sie diese Bilder aus? Dieser Shipley ist doch überhaupt kein Neuerer.«
»Er ist ein großartiger Maler. Das ist Grund genug.«
Trinning wandte sich um, ging zur Tür und öffnete sie weit.
»Ich bitte Sie, jetzt zu gehen.«
Wieder schaute Sophie Morgan an. Auch diesmal reagierte er nicht.
»Feigling!« zischte Sophie und verließ die Galerie.
Morgan schaute ihr durch das Schaufenster nach. Draußen vor der Scheibe war sie ihm plötzlich wieder viel vertrauter. Ihre Art zu gehen, die Arme immer etwas angewinkelt und die Hände geöffnet, als wollte sie so das Gleichgewicht halten. Sophie war jetzt eine Figur aus einem Film, und er spielte die Rolle des verlassenen Liebhabers, der seiner Geliebten durch die spiegelnde Scheibe nachschaute. Mit Sophie hatte er nie die Realität gelebt, sondern nur immer Filmszenen nachgestellt, so, als würde ihnen auch in den intimsten Augenblicken jemand zuschauen.
Das Happy-End ist nur in der Fiktion möglich, dachte Morgan. Liebe ist eine Fiktion. Das, was man anstrebt,

dieses gute Ende, wird nur dann möglich, wenn man es vorausdenkt. Oder wenn man es wieder zurück holt.
Morgan nickte Trinning zu, zeigte auf das Zifferblatt seiner Armbanduhr und verließ die Galerie.

19

Die High Street war jetzt menschenleer. Morgan zögerte und schlug dann den Weg zur Strandpromenade ein. Er ging an einem zur Hälfte besetzten italienischen Restaurant, eingehüllt in eine penetrante Duftwolke von verbranntem Öl und schwarz gegrilltem Fisch, vorbei, weiter an einem vollbesetzten zypriotischen Lokal, dann an einem Take-away-Shop für *Fish and Chips* und entdeckte Sophie schließlich allein an einem Tischchen in einem indischen Restaurant.

Er schaute ihr zu, wie sie bestellte. Sie hielt die Menükarte steil aufgerichtet vor sich und deckte damit die untere Hälfte ihres Gesichts ab. Er sah ihre bernsteinfarbenen Augen, diesen unentschlossenen Gesichtsausdruck, den er früher immer ohne viel Worte wegzuwischen vermocht hatte, wenn er nach einem kurzen Blick auf die Karte ein Menü ausgewählt hatte. Und dann hatte sie erleichtert dasselbe bestellt wie er.

Auch diesmal schien sie sich nicht entscheiden zu können. Der Kellner wartete, spielte mit seinem Kugelschreiber, zupfte sein Jackett zurecht und zog sich dann mit einem kleinen Lächeln zurück.

»Magst du nicht dieses feuerrote Hühnchen?« fragte er.

Sie blickte überrascht auf. Sie lächelte. Dann nickte sie. Morgan setzte sich an den Tisch. Sie bestellten. Es war

wie früher. Die Verstimmung von vorhin war wie ausradiert. Der Tisch war klein. Wenn sie ihre Unterarme abstützten, berührten sich ihre Finger beinahe. Der Abstand zwischen ihren Fingerspitzen wurde immer kleiner. Morgan war auf unerklärliche Weise erregt. Es war dieselbe Erregung, die ihn damals auf der Buchmesse ergriffen hatte, als sie sich erwartungsvoll gegenübergesessen hatten. Er wiederholte im Zeitraffer noch einmal dieselbe Situation. Er sah ihr Zögern, dann ihr Lächeln.
Der Kellner kam mit einem Tablett, verbarrikadierte die Tischmitte mit einer Batterie von Schälchen und Tellerchen und unterbrach abrupt ihre Annäherungsversuche. Sie lachten beide. Die anderen Gäste drehten sich nach ihnen um. Sophie errötete wie ein junges Mädchen. Die Hühnerschenkel auf ihren Tellern glühten. Sie tranken Rotwein. Bordeaux. Die Saucen brannten in der Kehle und trieben Morgan die Tränen in die Augen.
»Dieser Shipley ist ein Fossil«, sagte sie endlich zwischen zwei Bissen. »Ein Schiff im Kirchenschiff! Was soll das? Ein antiquiertes Motiv. Aufgesetzt. Und dann am Schluß die Apokalypse.«
Morgan lächelte.
»Wie denn sonst läuft das Leben ab, Sophie? Die glanzvolle Heiratszeremonie in der Kirche. Das Scheitern und endlich das Ende.«
»Wenn es so ist, dann war es wohl besser, daß du im letzten Augenblick abgesprungen bist, du wackerer Eidgenosse!« sagte sie spöttisch.
Ihr Handy sirrte. Sie erschrak, wühlte so lange in ihrer

Handtasche, bis sich die Mailbox einschaltete. Sie wirkte verunsichert. Das Handy sirrte erneut. Sophie hatte es schon in der Hand, warf einen Blick auf Morgan, stand auf und trat auf die Straße hinaus. Morgan winkte den Kellner zu sich und verlangte die Rechnung. Sophie ging jetzt draußen auf und ab. Sie redete wenig. Sie hörte besorgt zu. Der Kellner gab Morgan die Rechnung. Morgan zahlte. Er ging an Sophie vorbei, winkte ihr kurz zu. Sie hob den linken Arm, als wollte sie Morgan zurückhalten, und ließ ihn dann resigniert wieder sinken.

Morgan machte einen Bogen, ging durch die West Street wieder in die Gegenrichtung und bog dann in die All Saints Street ein. Zehn Minuten später stand er am Eingang der schmalen Gasse, in der das verlassene Atelier lag. Es war erst halb zehn Uhr. Noch war es nicht dunkel. Als sich Morgan umdrehte, sah er den Schattenriß des Mädchens im nur spärlich erleuchteten Fensterausschnitt gegenüber. Sie hob die Hand zum Gruß. Morgan winkte zurück und ging das Sträßchen hinauf, vorbei am *Peace Queen Cottage*.

Er stellte sich in eine Nische zwischen zwei Häusern und horchte auf Trinnings Schritte, auf diesen eigenartigen Rhythmus, an dem er ihn erkennen würde: ein Paar Füße und ein Stock. Fünf Minuten mußte er warten, bis er diesen Dreiertakt hörte, immer näher, immer eindringlicher.

Trinning atmete schwer, als er bei Morgan ankam, der mittlerweile auf die Gasse hinausgetreten war. Sie nickten sich zu, Trinning holte einen Schlüssel aus seiner Jackettasche und öffnete das eiserne Tor, das in eine

Backsteinmauer eingelassen war. Als sich Morgan noch einmal umdrehte, sah er am Anfang der Gasse, im matten Licht einer altertümlichen Laterne, den Farbigen mit dem kahlgeschorenen Kopf stehen, der im Pub neben Trinning am Tisch gesessen hatte.
»Paul«, murmelte Trinning, der Morgans Irritation bemerkt zu haben schien. »Mein Adoptivsohn. Er ist ein guter Boxer. Ich habe manchmal einen Bodyguard nötig. Kommen Sie!«
Er ging voran, wartete und schloß hinter Morgan das Tor wieder ab. Sie standen in einem schmalen Hof, der mit buckligen Steinen gepflastert und von einer Laterne über der Holztür nur dürftig erleuchtet war. Die Köpfe der Steine bildeten skurrile Muster, wie Ornamente auf einer Grabstätte. Trinning öffnete die Holztür mit einem zweiten Schlüssel. Sie war voller Risse, an vielen Stellen war die blaue Farbe abgeblättert. Und dann standen sie in Shipleys Atelier.
Trinning machte Licht. Eine Reihe von Spots schnitten die Bilder, die an den Wänden hingen, aus der Düsternis heraus, beleuchteten das Jackett und die goldenen Epauletten einer französischen Generalsuniform aus dem Ersten Weltkrieg, die auf einem Bügel an einem Garderobenständer hing, das monströse Uhrwerk einer Kirchenglocke auf einem Steinsockel. Das Licht fiel aber auch immer wieder ins Leere, verharrte auf kahlen Stellen an den Wänden, dort, wo die Bilder gehangen hatten, die jetzt wohl in Trinnings Galerie ausgestellt waren.
Dieser Shipley schien ein besessener Sammler zu sein, jemand, der sich nicht von Gegenständen trennen

konnte. Morgan dachte an Sophie, die sich klaglos von Dingen trennte, wenn sie für sie keine Bedeutung mehr hatten. »Was ich innerhalb zweier Jahre nicht mehr in den Händen gehabt oder gern angeschaut habe, werfe ich weg«, hatte sie immer gesagt.

In der Mitte des riesigen Raumes, dessen Boden von einem verschossenen Perserteppich bedeckt war, stand ein Holzstuhl. Er stand mit dem Rücken zu einer leeren Staffelei, mit der Sitzfläche zur Eingangstür. Als hätte vor kurzem noch jemand dort gesessen und sich dann entfernt. Die Milchglasscheiben des Oberlichts wirkten wie erloschen. Die Längsseite des Raumes war mit schweren Vorhängen gegen außen abgeschottet.

Morgans Blick wurde von einem Aktbild angezogen, einem astralweißen Leib, der, unnatürlich verrenkt, zwischen leeren Bilderrahmen gefangen war. Auch wenn das Gesicht der Frau nicht in allen Einzelheiten ausgestaltet war, erkannte Morgan es sofort: Es war Phyllis. Er atmete tief ein. Trinning hatte die Ateliertür abgeschlossen und schien abzuwarten, bis Morgan sich von seinem Erstaunen erholt hatte.

»Hier hat Shipley also gearbeitet?« fragte er.

Trinning nickte.

»Und warum kennt niemand diesen Shipley, wenn er hier doch ein und aus gegangen ist?«

»Mister Morgan, offiziell bin ich der Mieter dieses Ateliers. Ich war oft hier, und manchmal habe ich Paul, meinen Adoptivsohn, hergeschickt. Das Atelier sollte bewohnt wirken. Shipley kam nur nachts, und er ging auch nachts wieder weg.«

Auf der Couch in der Ecke lagen Bücher, eine ver-

renkte Gliederpuppe, ein Harlekin und ein grellroter Kürbis: Stilleben mit Harlekin.
»Seit wann ist Shipley nicht mehr hiergewesen?«
Trinning humpelte zu dem einsamen Stuhl und setzte sich umständlich.
Auf einem alten Schreibtisch lagen unzählige Farbtuben, zerquetscht, verbogen, einige ohne Deckel, als seien sie vor kurzem noch benutzt worden. Darüber an der Wand ein Ausstellungsplakat mit demselben Akt, der sich in den Bilderrahmen verheddert hatte. *Still alive* hieß der Titel einer Ausstellung mit Werken von Shipley, die vor vier Jahren in Bournemouth zu sehen gewesen war. Morgan fragte sich, ob Shipley diesen Titel mit Absicht gewählt hatte. Noch am Leben. Überleben statt *Still life*, Stilleben.
»Shipley war noch vor kurzem hier, Mister Morgan.«
Morgan erstarrte.
»Sie sagten doch, Shipley sei tot. Oder Shipley gibt es nicht!«
»Shipley ist ein Pseudonym.«
Das Gespräch drehte sich im Kreis.
Der Gedanke überfiel Morgan ganz plötzlich. Daß er nicht vorher darauf gekommen war!
»*Sie* sind Shipley!« Morgan hatte seine Stimme erhoben und machte einen Schritt auf Trinning zu. »Ebenezer Trinning alias Shipley. Habe ich recht?«
Einen Augenblick lang schien Trinning zurückzuschrecken. Dann richtete er sich auf. Ein feines Lächeln lag auf seinem Gesicht. Ein Anflug von Stolz umspielte seine Lippen. Gleichzeitig aber hatte sein Gesichtsausdruck etwas Arrogantes.

»Ich bin ein Teil von Shipley«, sagte er endlich.
»Ein Teil? Wie soll ich das verstehen?«
»Mister Morgan, warum ist Ihnen nicht aufgefallen, daß die Bilder in der Ausstellung in Stil und Gestaltung unterschiedlich sind?«
»Es ist mir aufgefallen. Aber ich denke, jeder Mensch und somit auch jeder Künstler ändert sich in seinem Leben, schlüpft vorübergehend aus seiner Biographie, probiert andere Biographien aus und kehrt zuletzt wieder in seine ursprüngliche Hülle zurück. Aber dann ist er trotzdem ein anderer. Warum also nicht auch dieser Shipley?«
»Vielleicht bin ich ein Seelenverwandter von Shipley. Ich habe mein ganzes Leben lang gemalt. Aber ich war kein Neuerer. Ich malte konventionelle Akte, Fahnenmeere in Stil des französischen Fauvismus. Denken Sie an Derain und sein Trikoloremeer am *14. Juillet*. Dort!«
Er zeigte auf ein Bild, auf dem ein wirres Geflatter von blauweißroten Flaggen zu sehen war.
»Ich malte Theatersäle und Tanzszenen, die von Degas hätten stammen können, Landschaften im Stil von Cézanne.«
Er machte eine Pause, klopfte dann mit dem Stock dreimal, wie vor Beginn einer Theateraufführung, auf den Boden.
»Und dann habe ich eines Tages Shipley kennengelernt.«
»Shipley?«
»Nennen wir ihn Shipley. Er hat meine Bilder gesehen. Nein, er hat mich nicht einen Kopisten genannt, er hat

mir ganz einfach zu verstehen gegeben, daß ich nur als ein anderer, durch einen Identitätswechsel sozusagen, imstande sei, wirklich kreativ zu sein und als Künstler zu überleben. Und dann hat er mir seine Bilder gezeigt, die er nie ausgestellt hatte, weil er aus einem Grund, den ich damals nicht kannte, die Öffentlichkeit mied. Ich war erschüttert, als ich seine Untergrundbilder sah, seine U-Bahnschächte, die Rolltreppen, die nicht ins Tageslicht, sondern nur bis zu einem nächsten, künstlich beleuchteten Absatz führten. Er hat das Sterben seiner Mutter festgehalten, eine Folge von Situationsaufnahmen, Bild für Bild, bis zu dem Zeitpunkt, wo der Mund der Sterbenden nur noch wie ein aufgeklapptes Visier aussah. Die alte Frau hatte monströse Züge angenommen und war dann in einem letzten Bild völlig in sich zusammengefallen, eine leere Hülle wie bei einem geschlüpften Schmetterling. Es war grausam und berührend zugleich. Shipley hatte all das gemalt, was sich in den Zwischenbereichen des Lebens abspielt. Seine Porträts hatten etwas Maskenhaftes, zeigten nie den Menschen so, wie er ihm begegnet war. Er hatte, wo immer er war, sein Skizzenbuch bei sich. Er registrierte, machte Entwürfe und malte dann im Atelier das Bild.«

Morgan war betroffen. Die Art und Weise, wie Trinning Shipleys Bilder beschrieb, zeugte von Kunstverständnis und Einfühlsamkeit in das Werk eines Seelenverwandten, der anscheinend verschüttete Fähigkeiten in Trinning freigelegt hatte.

»Shipley hat mir den Zugang zur wahren Kunst eröffnet«, sagte Trinning, fast ein wenig zu pathetisch, als

wollte er Morgans unausgesprochene Gedanken bestätigen. »Dieser Akt dort drüben ist von mir!«
»Phyllis?«
Trinning zuckte zusammen.
»Sie haben sie wiedererkannt?«
»Ein paar Jahre her, nicht wahr?«
Trinning nickte bekümmert.
»Phyllis ist nur noch ein Wrack. Alles, was sie tut, tut sie nur noch gegen Geld. Sie hätte Ihnen Shipleys Biographie verkauft, alles, was sie über ihn weiß. Und sie weiß viel. Aber sie hätte ihr Wissen nicht nur Ihnen verkauft, Mister Morgan. Jedem.«
»Sie wurde von einem Unbekannten zusammengeschlagen. Eine Warnung?«
Trinning zuckte mit den Schultern.
»Ihr Adoptivsohn ist Boxer!«
»Nicht nur mein Adoptivsohn, Mister Morgan«, sagte Trinning schnell. »Boxen gehört in Hastings zu den bevorzugten Sportarten. Vergessen Sie's! Es mußte sein. Sie wird es überleben. Ich weiß sie in guten Händen.«
Trinning schloß die Augen.
»Sie kennen Phyllis gut?«
»Sie war *mein* Modell, Mister Morgan. Und eine Weile war sie Shipleys Geliebte.«
Trinning hatte sich mühsam erhoben und stapfte jetzt durch den Raum. Er blieb vor dem Plakat mit der Aktdarstellung stehen. Dann griff er in seine Jackettasche, holte ein Foto heraus und streckte es Morgan entgegen.
»Das war Phyllis. Eine Aufnahme von ihr als Modell.«
Trinning fuhr sich über die Augen.

Morgan erkannte den hölzernen Stuhl, der jetzt verlassen in der Mitte des Raumes stand. Eine nackte Frau saß darauf, den Rücken dem Betrachter zugekehrt. Ihr Rücken war schön, kräftig und segmentiert. Ihr rotblondes Haar fiel über ihre rechte Schulter. Sie hatte ihr Gesicht leicht nach links gedreht, so daß ihre Nase und die linke Wange nur ansatzweise zu sehen waren. Ihr ausladendes, sinnliches Gesäß ruhte auf einem purpurroten Tuch, das malerisch auf der Sitzfläche drapiert war. Phyllis. Es mußte Jahre her sein. Die Phyllis, die Morgan getroffen hatte, war aufgedunsen, ohne Konturen, schlampig. Diese Frau auf dem Foto aber hatte Klasse.

»Es ist mein Bild, Mister Morgan. Und Shipley hat dieser Ausstellung den Titel gegeben: *Still alive*. Es war seine erste Ausstellung. Und auch meine Bilder waren zu sehen. Einige meiner Bilder«, korrigierte sich Trinning. »Er hat seine U-Bahnschächte gezeigt. Das Dampfschiff. Die Bahnhöfe. Von mir waren die Akte und Theatersäle.«

»Und dann hat er nie mehr ausgestellt?«

Trinning schüttelte den Kopf.

»Nein. Er dürfe keine Spuren hinterlassen, hat er gesagt.«

»Hat er zu malen aufgehört?«

»Vorübergehend.«

»Warum?«

»Ich weiß es nicht.«

»Und er hat sich von Phyllis getrennt?«

»Sie waren nie wirklich ein Paar. Und Phyllis kannte auch seinen richtigen Namen nicht. Sie nannte ihn ›*Ar*-

tist‹. Sie mochte den Namen Shipley nicht. Wie die meisten Leute hier.«
Die Stille im Raum wurde plötzlich durch pochende Geräusche gestört. Es hatte zu regnen begonnen, und die Tropfen, die auf das Oberlicht fielen, verursachten sanfte, trommelnde Rhythmen.
Trinning setzte sich wieder auf den verlassenen Stuhl.
»Vor einem halben Jahr hat Shipley wieder zu malen begonnen. Aber er hat seinen Stil vollkommen geändert. Seine Handschrift war kaum wiederzuerkennen. Sie haben seine gestrandeten Archen gesehen. Die Archen, die im Kirchenschiff gebaut werden. Es war wie eine Art Besessenheit. Früher ist er vielleicht einmal im Monat in dieses Atelier gekommen, um zu malen. Plötzlich war er beinahe jeden Tag, jede Nacht hier. Er hat sich wie ein Verrückter in seine Arbeit gestürzt. Es waren immer dieselben Motive: Schiffe, von ihrem Bau bis zu ihrer Zerstörung, bis zum Untergang.«
Morgan schwieg. Er betrachtete noch immer das Foto mit der nackten Frau. Dann gab er es Trinning zurück.
»Haben Sie diese letzte Ausstellung in Ihrer Galerie initiiert?« fragte er.
»Es war Shipleys Idee. Er wollte, daß seine Arche-Bilder ausgestellt werden. Und seine frühen Bilder auch. Und dazu meine Bilder. Ich weiß nicht, weshalb.«
»Ihre Bilder und seine früheren Werke waren eine Art Camouflage, Mister Trinning. Er wollte sich nicht völlig preisgeben. Er wollte seine Spuren verwischen. Das sagten Sie doch selbst.«
Trinning hielt noch immer das Foto mit dem nackten Modell in der Hand.

»Phyllis hatte Klasse. Und dann begann sie zu trinken, als sich Shipley bei ihr nicht mehr blicken ließ.«
»Shipley?«
»Oder wer auch immer!«
»Sie kennen seinen wahren Namen nicht?«
Trinning schüttelte den Kopf. Sie schwiegen und lauschten den Regentropfen auf dem Oberlicht.
»Ich muß Shipley treffen«, sagte Morgan und horchte seiner Stimme nach. Sie hatte fremd geklungen.
Trinning nickte. Er ging zur Ateliertür, drehte den Schlüssel um, öffnete sie einen Spaltbreit, warf einen Blick hinaus und schloß sie dann wieder.
»Kennen Sie die Abbey von Battle?« fragte er.
»Battle? Ist das nicht der Ort, wo die Schlacht zwischen Wilhelm dem Eroberer und dem Heer der Angeln und Sachsen stattgefunden hat?«
Trinning nickte.
»1066. Diese Jahreszahl steht beinahe auf jeder Flagge hier in Hastings. Es ist ein historisches Datum.«
»Das heißt, ich treffe Shipley in Battle?«
»Vielleicht.«
»Und wie erkennt er mich?«
»Sie waren auf dem Friedhof von Ore, Mister Morgan. Dort hat er Sie gesehen.«
»Und woher wissen Sie, daß er dort war?«
»Dieses Foto habe ich heute per E-Mail bekommen.«
Morgan stand vor dem Familiengrab der Shipleys, mit gesenktem Kopf, die Hände gefaltet. Morgan konnte sich nicht daran erinnern, so dagestanden zu haben. Er las die Unterschrift. »1066 Battle. Abbey.«
»Wann?«

»Morgen, denke ich.«
»Um wieviel Uhr?«
Trinning lächelte. »Ich denke, die Uhrzeit steht da. 1066.«
»Sechs Minuten nach elf Uhr?«
»Shipleys Botschaften sind immer verschlüsselt. Gehen wir?« fragte Trinning.
Morgan schaute sich noch einmal um. Es fiel ihm schwer, das Atelier zu verlassen. Es hatte noch nicht alle seine Geheimnisse preisgegeben. Trinning oder Shipley, wer auch immer von beiden oder vielleicht ja auch beide zusammen, schien von einer Sammelwut besessen zu sein. Ein alter Reisekorb war unter einen der Tische geschoben worden. Auf dem Tisch standen zwei weiße Emailkrüge und eine alte Pfeffermühle. Und darüber an der Wand hing ein Wirtshausschild, auf dem ein martialisch blickender Mann mit einer Krone zu sehen war. *»The King's Head.«* Das Bild, das auf einer zweiten Staffelei, von einem Ofenrohr halb verdeckt, in der Ecke stand, fiel Morgan erst jetzt auf.
»Ein Bild von Shipley?« fragte er.
Trinning nickte, dann schüttelte er den Kopf.
»Ein Bild? Schauen Sie näher hin. Shipley hat ganz einfach nur eine Hausmauer gemalt. Mit allen Einzelheiten, Rissen, Fugen, Unkraut. Unvollendet. Ich glaube, es ist das letzte, was er gemalt hat.«
»Das einzige Mal, daß er die Vorhänge geöffnet hat?«
Trinning nickte und schaute Morgan erstaunt an.
»Sie sind ein guter Beobachter, Mister Morgan. Es ist wirklich die Mauer im Hof, die man bei geöffnetem Vorhang sehen könnte. Sie melden sich bei mir? Übri-

gens: Der Mann, der sich in der Ausstellung als Vertreter des Kultusministeriums ausgab, verstand nichts von Kunst.«

»Was wollen Sie damit sagen, Mister Trinning?«

»Er war nicht wegen der Bilder da, sondern wegen Shipley.«

»Und warum ist Shipley nicht zur Vernissage gekommen?«

Trinning ließ ein trauriges Lachen hören.

»Das fragen Sie noch? Der Name Shipley provoziert, und seit dem Überfall auf Phyllis noch mehr.«

»Shipley, Shipley, Shipley!« murmelte Morgan fast verzweifelt.

Vor dem Tor trennten sie sich. Morgan ging zur Strandpromenade hinunter. Trinning verschwand in Begleitung seines Adoptivsohns, der unvermittelt aus einem Hauseingang getreten war, in der Crown Lane. Als Morgan auf dem Weg zu seinem Hotel an der Phalanx von Spielsalons vorbeilief, glaubte er vor einem der Automaten Sophie gesehen zu haben. Aber er war sich nicht sicher. Er ging schnell weiter.

20

Bevor Morgan im Bahnhof von Hastings in den Zug nach Battle stieg, zu diesem historischen Ort, der die Geschichte Englands an einem einzigen Tag, am 14. Oktober 1066, auf einen Schlag verändert hatte, machte er mehrere Umwege. Er nahm ein Taxi, das mit ihm die Strandpromenade entlangfuhr und ihn dann wieder in der Stadt absetzte. Er tauchte in dem großen Warenhaus unter, das im Stil der amerikanischen Malls viele einzelne Läden unter einem großen Dach vereinigte. Dann verschwand er in der Buchhandlung, verließ sie auf der anderen Straßenseite und saß erst eine Minute vor Abfahrt im Zug nach Battle. Bis zum letzten Augenblick rechnete er damit, Sophie zu begegnen, und schreckte jedesmal auf, wenn draußen auf dem Gang ein Schatten auftauchte. Sein Erschrecken allerdings, das mußte er sich eingestehen, war eher ambivalent. Wäre sie gekommen, wäre er auch erleichtert gewesen.

Battle Railway Station war ein graues Gebäude, das eher einer Kirche ähnelte als einem Bahnhof. Es gab nur zwei Bahnsteige. »*Welcome to Battle*«, stand auf einer Tafel. Der Willkommensgruß galt ihm allein. Morgan war der einzige Fahrgast, der hier ausstieg.

Er schlenderte die Station Road hinauf, bog in die Lower Lake, dann in die Upper Lake ein und stand zehn Minuten später vor der mittelalterlichen Fassade der Battle Abbey. Die Stadt war nicht groß. Sie war zur Zeit des Baus der Abtei entstanden. Morgan fühlte sich wohl hier zwischen den Häusern, die noch aus dem 15. Jahrhundert stammten. Es war ein Gefühl von Nach-Hause-Kommen, das ihn beschlich, von Gemütlichkeit, Geborgenheit. Und ein bißchen war es wie in einem Historienfilm.

Er warf einen kurzen Blick auf den *Pilgrims Rest*, das noble Restaurant in der Nähe der Abbey, in dem er sich ursprünglich mit Phyllis zum Abendessen verabredet hatte, und schlenderte durch das Tor der Abtei in den Innenhof. Er schaute sich unauffällig um. Vielleicht erwartete ihn Shipley ja schon. Ein Mann, als normannischer Krieger verkleidet, diente den Touristen, die anders als er mit Bussen oder in Autos gekommen waren, als bevorzugtes Fotomotiv. Es war wie auf der Kleinen Scheidegg, als die Japaner sich mit dem Bernhardinerhund hatten fotografieren lassen. Das Kettenhemd klirrte leise, wenn er sich bewegte.

Morgan zögerte. Es war elf Uhr. Noch sechs Minuten, dachte er. Er beschloß, einen Blick ins Museum zu werfen, und stieg über die enge, steile Steintreppe in den ersten Stock des Turms hinauf. Die meisten Besucher hatten sich vor den kostbaren Tapisserien von Bayeux versammelt, auf denen die Schlacht von Hastings in ihren verschiedenen Phasen festgehalten war.

»Niemand weiß, wie die Schlacht wirklich abgelaufen ist. Jeder hat seine eigenen Bilder. Wie dieser Künstler hier, auf den sich die Historiker beziehen, wenn sie den Ablauf der Schlacht zu rekonstruieren versuchen«, hörte Morgan den jungen Führer, sicher ein Student der Kunstgeschichte, sagen. Er mußte unwillkürlich an den untergegangenen Tanker denken. Und an Martin Möller. An Phyllis. Und an Sophie.

»Der Mann hat recht«, hörte Morgan eine leise Stimme in gebrochenem Deutsch hinter sich sagen. »Bilder zeugen.«

Morgan wandte sich nicht um. Er wußte, daß Shipley hinter ihm stand. Und er wußte in diesem Augenblick auch, wie Shipley aussah. Er hatte ihn an der Stimme wiedererkannt. Es war die Stimme des Mannes, der an Morgans erstem Abend in Hastings mit einem kleinen Mädchen neben ihm auf der Bank am Schwanenteich gesessen hatte und bald darauf mit seinem Schwan in eine Kollision verwickelt worden und gekentert war.

»Wo?« fragte Morgan leise auf englisch, als er merkte, daß der Mann jetzt unmittelbar hinter ihm stand.

»An der Mount Street gibt es einen Pub: *The King's Head.*«

Shipley sprach jetzt Englisch.

Morgan nickte. Er erinnerte sich an das Wirtshausschild, das er im Atelier gesehen hatte.

»Gehen Sie in den Pub!«

Als sich Morgan umdrehte, war Shipley bereits verschwunden. Morgan absolvierte den restlichen Parcours durch das Museum und später durch den Park zusammen mit den anderen Touristen. Er ließ sich Zeit. Er wollte nicht auffallen. Nach einer halben Stunde erst verließ er das historische Territorium. Er fragte einen Mann, der wie ein Einheimischer aussah, wo der Market Square sei, und als der Mann die High Street hinaufzeigte, nickte Morgan und machte sich auf den Weg, wechselte von der High Street in die Mount Street, bis er an seinem Ziel angekommen war. Unschlüssig stand er vor *The King's Head* und betrachtete auf dem Schild über sich den König, der mit grimmigem Gesichtsausdruck in die Ferne schaute. Auf dem Balken, an dem das Schild angebracht war, strahlte ein goldener Hahn. Auf der anderen Straßenseite war ein einziges Auto geparkt. Ein Vauxhall. Morgan hatte geglaubt, daß diese Marke, die ein Onkel von ihm noch gefahren hatte, gar nicht mehr gebaut würde.

»Kommen Sie doch herein«, sagte eine junge Frau, die plötzlich in der Tür aufgetaucht war. Sie war rothaarig und hatte lustige Sommersprossen auf Stirn und Nase. Die schwere Holztür stand offen. Die Frau wirkte ein wenig verloren in der Öffnung. Ein scheppernder Musikakkord überfiel sie von hinten. Sie zuckte zusammen, dann lächelte sie und drehte sich um. Morgan folgte ihr in das düstere Lokal. Der Fußboden bestand aus blauen und weißen Quadraten, die sich Spitze an Spitze zu einem kompakten Ganzen zusammenfügten. Er war der einzige Gast. Es roch nach verschüttetem Bier. Die junge Frau blieb vor einer Tür stehen, die zu den Toiletten führte.

»Die Tür dort!« sagte sie und machte eine entsprechende Kopfbewegung.

Morgan ging an den beiden Toilettentüren vorbei auf eine dritte Tür zu, über der *Private* stand.

»Hier?«

Sie nickte. Morgan drückte die Klinke herunter und stand in einem fast dunklen Vorraum. Die Tür hinter ihm wurde sachte ins Schloß gedrückt. Morgan hörte das leise Ticken einer Standuhr. Ein Vorhang wurde beiseite geschoben. In dem Spalt stand ein Mann. Er trug über einem dunkelblauen Hemd eine ärmellose beige Weste, Jeans und weiße Turnschuhe. Er streckte Morgan die Hand entgegen. Er hatte kräftige Hände. Dann trat er beiseite und schob den Vorhang ganz zurück.

»Bitte!«

Morgan betrat einen Raum, der von einer kleinen Lampe mit grünem Schirm auf einem ausladenden Schreibtisch nur notdürftig erhellt wurde. Die schweren ockerfarbenen Vorhänge waren zugezogen. Zwei dunkelbraune Sessel aus genopptem Leder standen neben einem kleinen Glastischchen. Die Wände waren leer bis auf ein gerahmtes Foto hinter dem Schreibtisch, auf dem ein Inder und ein Europäer zu sehen waren, zwischen ihnen ein Elefant, der seinen Rüssel bedrohlich nach oben geschwenkt hatte. Das war nicht das Wohnzimmer eines Seemanns. Vielleicht war es das Zimmer eines Kolonialoffiziers? Oder ganz einfach nur eine Attrappe?

»Mister Shipley?«

Der Mann schüttelte den Kopf.

»Shipley? Ich bin nur ein Teil von Shipley.«

Diese Antwort hatte er schon von Trinning gehört.

»Trinning hat es genau gleich formuliert«, sagte Morgan zögernd.

Der Mann zeigte auf einen der Sessel. Morgan setzte

sich, den Blick auf die geschlossenen Vorhänge gerichtet.
»Ein Guinness?«
»Bitte.«
Der Mann, der nicht Shipley sein wollte, verschwand kurz in einem Nebenraum und kam mit zwei Bierflaschen und Gläsern zurück. Er schenkte stumm ein. Shipley setzte sich. Das Leder knarrte.
»Eine schöne Wohnung haben Sie«, sagte Morgan und ärgerte sich sofort, daß er auf so konventionelle Weise das Gespräch eröffnete.
»Ich wohne nicht hier, Mister Morgan.«
Morgan lächelte. Shipleys Antwort schien anzudeuten, daß er ihm vertraute.
»Ich habe keinen festen Wohnsitz. Ich habe mehr als ein Quartier. Eine Pension in Ashford, zum Beispiel. Oder in der Nähe von Ashford. Eine Einzimmerwohnung in London. Ein Zimmer bei einer alten Frau in Winchester. Oder Salisbury. Bemühen Sie sich nicht. Ein Ort ist so gut wie der andere. Und ein Name so gut wie der andere.«
»Es ist Ihnen wohl nichts daran gelegen, wenn ich Ihren Beruf errate?«
Shipley grinste.
»Maler. Kunstmaler, wenn Sie lieber wollen. Aber ich mag den Ausdruck nicht.«
»Ihre bevorzugten Motive sind Schiffe.«
Shipley hob sein Glas. Sie prosteten sich stumm zu. Dann setzten sie synchron die Gläser auf das Tischchen.
»Ich habe Ihren Artikel über das Tankerunglück vor

der bretonischen Küste gelesen, Mister Morgan. Ich meine den Artikel dieses Maurice Faber. Darf ich Sie beim Vornamen nennen?«

»Pierre.«

»Nennen Sie mich Fred.«

»Hat die Redaktion nicht dichtgehalten?« fragte Morgan.

»Wenn Sie mit Banknoten wedeln, finden Sie immer eine Lücke im System. Wie hermetisch es auch immer sein mag.«

Er lehnte sich zurück und schlug die Beine übereinander. Ein Zeichen, daß sich Morgan auf einen längeren Besuch einstellen sollte? Oder wollte er damit eine entspannte Atmosphäre andeuten?

»Und?« fragte Morgan.

»Ihre These stimmt. Es war keine zufällige Kollision. Es war überhaupt keine Kollision. Der Trawler kollidierte erst mit dem Tanker, als dieser vom Kurs abgekommen und auf ein Riff aufgelaufen war. Das heißt, die Kollision war beabsichtigt. Der Skipper wurde von einem Teil der Mannschaft ausgeschaltet. Die Version, daß die Besatzung des Tankers gerettet werden sollte, ist falsch. Die *Lucky Punch* hat den Tanker ganz einfach gerammt, um ihm den Todesstoß zu versetzen. Ein Trawler ist kein gewöhnliches Fischerboot. Die *Lucky Punch* wiegt über 2000 Tonnen. Das Schiff war perfekt ausgerüstet, Echolot und Kühlräume, um den Fang zu lagern. Normalerweise ist man mit einem solchen Schiff drei bis vier Wochen unterwegs.«

Shipley hatte schnell und ohne Morgan anzusehen gesprochen. Er hatte die Augen geschlossen. Seine hohe

Stirn war von Falten durchzogen. Aber es gab kein erkennbares Muster in diesem Faltengewirr. Weder war die Art, wie der Mann lächelte oder lachte, von diesem Gesicht abzulesen noch der Verlauf der Falten, wenn er verstimmt oder wütend war. Nur der schmale Mund und das kräftige Kinn, das durch den kurzgeschnittenen Bart in seiner aggressiven Form kaum gemildert wurde, ließen auf Verbissenheit und Energie schließen. Morgan spürte erst jetzt, daß er seine Hände in die Sessellehne verkrallt hatte.

»Warum ist der Name Shipley in Hastings so verhaßt?« fragte er.

Fred sah ihn lange an. Seine Augen waren grau und ausdruckslos.

»Sie waren auf dem Friedhof in Ore, Pierre. Sie haben das Familiengrab der Shipleys gesehen.«

»Stephen Shipley war der letzte Name auf dem Stein. Er ist vor einem halben Jahr gestorben.«

Fred hob abwehrend die Hände. Seine Stimme klang heiser.

»Er hat sich umgebracht. Er ist in einem Beiboot hinausgefahren. Ein paar Tage später ging er einer Fischercrew aus Hastings ins Netz.«

»Und warum hat er sich umgebracht?«

Fred leerte sein Glas und schenkte gleich nach.

»Wollen Sie die ganze Geschichte hören?«

»Ja. Nur warum wollen Sie mir all das erzählen? Sie kennen mich nicht.«

»Weil Sie diesen Artikel in diesem Magazin geschrieben haben und weil Sie erfahren sollen, wie alles wirklich abgelaufen ist. Ich brauche einen Zeugen. Einen

Mitwisser. Sie sind meine Überlebensgarantie. Und ich die Ihre.«

»Ich bin auch Journalist. Unterschätzen Sie meine Skrupellosigkeit nicht.«

»Sie würden einen Verrat nicht überleben, Pierre. Und Sie wären nicht der erste.« Fred lehnte sich lächelnd zurück und schlug auch die Beine wieder übereinander.

»Also?« fragte er.

Morgan nickte und trank sein Glas ebenfalls leer. Er merkte, daß seine Hand zitterte. Sein Gastgeber schien es auch gesehen zu haben. Er zog die Brauen hoch. Dann schenkte er nach.

»Stephen Shipley war Fischer in Hastings. Seine ganze Familie übte diesen Beruf aus. Die Shipleys waren angesehen. Das Unternehmen hatte Tradition.«

»Die *Mark Anthoney*?« fragte Morgan.

»Sie haben also im Museum von der Geschichte gehört? Es war das Schiff des Großvaters dieses Stephen Shipley. Mark Anthoney Shipley hat den Jahrhundertsturm überlebt. Und seine Leute auch. Er wurde so etwas wie ein Held. Ganz Hastings war stolz auf ihn. Wie gesagt, der Name Shipley hatte einen guten Klang. Und von diesem Ruf profitierte auch Stephen Shipley, Mark Anthoneys Enkel. Shipley hatte eine junge Geliebte, eine Art Stadtschönheit. Shipley war ein Schürzenjäger. Er machte der jungen Frau ein Kind, aber er dachte nicht daran, sie zu heiraten.«

Morgan tastete nach seinem Glas und nahm zwei, drei hastige Schlucke. Seine Handflächen waren feucht. Er wischte sie an den Hosenbeinen ab.

»Sie ging weg, brachte das Kind zur Welt. Sagen wir in London, wo sie in einem Hotel arbeitete. Zuerst als Zimmermädchen, dann am Empfang. Es spielt keine Rolle. Sie blieb alleinerziehende Mutter. Sie hatte Liebhaber, manchmal waren es Gäste des Hotels, vorübergehend lebte sie auch mit einem Opernsänger zusammen, aber im Grunde genommen sehnte sich Pearl nach Hastings zurück. Und nach diesem Stephen Shipley.«
»Pearl?« fragte Morgan. »Steht dieser Name nicht auf dem Grabstein? Pearl Shipley, geborene Richardson?«
Fred nickte.
»Sie haben ein gutes Gedächtnis, Pierre. Und den Blick für das Wesentliche. Pearl war erst 18, als sie Mutter wurde. 18 Jahre später kam Stephen Shipley nach London und bat sie, seine Frau zu werden. Und sie kehrte mit ihm nach Hastings zurück.«
»Und das Kind?«
»Ein Sohn. Er war mittlerweile erwachsen und diente bei der Royal Navy.«
Morgan lächelte.
»Der Sohn ist also Jahrgang 1960. Das heißt, er ist heute 43 Jahre alt. Ungefähr Ihr Alter, Fred. Kennen Sie ihn?«
»Wollen Sie die ganze Geschichte hören, Pierre? Oder wollen Sie schon jetzt zu spekulieren beginnen?«
»Fahren Sie fort!«
»Der Sohn machte bei der Navy Karriere. Er wurde oft für Sonderaufträge eingesetzt.«
»Spionage?« fragte Morgan.
»Nennen Sie es, wie Sie wollen. Jedenfalls arbeitete der Sohn für den Geheimdienst. Aber er brauchte in

dieser Funktion ja auch eine Tarnung, einen Tarnberuf.«
»Fischer?« fragte Morgan.
»Fischer. Ja. Unternehmer. Eines Tages war er Besitzer eines Trawlers. Trawler können Tausende von Seemeilen zurücklegen, bis sie, weit von ihrem Heimathafen entfernt, ihre Fischgründe anlaufen.«
Freds Augen leuchteten, als er von den vielfältigen Möglichkeiten eines Trawlers sprach.
»Der Trawler war also bloße Tarnung?« fragte Morgan. »Er diente gar nicht zum Fischfang?«
Fred stand auf, ging zum Fenster, schaute durch den Vorhangspalt hinaus und zog dann die Vorhänge wieder zu. Er drehte sich um und blieb vor dem ockerfarbenen Hintergrund stehen. Das Ganze wirkte etwas theatralisch. Aber er hatte wohl einfach die Kunst der Rollenwechsel verinnerlicht. Eine *déformation professionnelle*.
»Der Trawler war in Southampton registriert und wurde auf den Namen *Lucky Punch* umgetauft.«
Morgan lachte. »Boxersprache?«
»Wie Sie wollen. Schließlich hatte der Skipper des Trawlers früher einmal auch geboxt. Ein begabter Amateur.«
»Und wer war das?« fragte Morgan, obwohl er die Fortsetzung der Geschichte bereits ahnte.
»Stephen Shipley!« sagte Fred, so leise, daß Morgan ihn nicht verstanden hätte, hätte er die Antwort nicht gekannt.
»Stephen Shipley?«
Fred nickte.

»Der Sohn war also der offizielle Besitzer. Und der inoffizielle?« fragte Morgan überflüssigerweise.
»Pierre – was soll das? Wollen Sie den Namen einer einzelnen Person hören oder einer Institution? Von mir aus: Spionageabwehr. Security Service. Früher hieß er MI 5. Das ist meine Firma.«
Fred zermalmte den Namen seiner Firma, wie er sie nannte, zwischen den Zähnen. Eine Dienststelle, die sich mit Spionageabwehr beschäftigte, war kein offizielles Thema.
»Überwachungsaufgaben?« fragte Morgan.
»Ein Trawler ist, wie Sie sagen, eine gute Tarnung.«
»Shipley ist also von Hastings weggegangen. Weshalb? Seine ganze Familie hat in Hastings vom Fischfang gelebt. Er war kein Hochseefischer.«
»Fragen Sie einen Fußballer, wie es ist, plötzlich für mehr Geld und in einer oberen Liga zu spielen. Stephen Shipley war ein Verführer, aber er war auch verführbar. Er hat sich in diesen Trawler verliebt. Hinzu kam, daß seine Frau, die Mutter seines Sohnes, unmittelbar vorher gestorben war und ihn nichts mehr in Hastings hielt.«
Morgan nickte. Freds emotionsloser Kommentar überraschte ihn. Aber er war nun einmal ein Mann, dem die Verstellung zur zweiten Natur geworden war.
»Und Shipley war erpreßbar?«
Fred schaute Morgan erstaunt an. Er ließ sich wieder in seinen Sessel fallen.
»Shipley hatte dem Sohn gegenüber Schuldgefühle. Wegen seiner Mutter. Und wegen der vielen Liebschaften, die er auch nach seiner Heirat noch gehabt hatte.

Und sein Sohn nutzte das aus, ohne daß sein Vater wußte, wozu er benutzt wurde. Abgesehen davon hatte der Alte während des Zweiten Weltkriegs auf einem Trawler gedient, der zum Minensuchboot umgerüstet worden war.«

Fred benutzte noch immer die dritte Person, wenn er von sich und seinem Vater sprach.

»Noch größer als die Kunst des Erfindens ist die Kunst des Vergessens«, sagte Morgan.

Fred hob überrascht den Blick, dann wischte er den Satz mit einer heftigen Handbewegung beiseite.

»Nennen Sie mich Richardson, wenn Sie wollen. Ein Name ist so gut wie der andere. Fred Richardson, wenn es Ihnen so lieber ist.«

»Und jetzt ist die Geschichte also zu Ende?« fragte Morgan.

»Beinahe. Einen Teil der Geschichte kennen Sie ja selbst.«

»Als Shipley Hastings verließ und in Southampton Skipper auf der *Lucky Punch* wurde, galt er bei seinen Freunden und Kollegen als Verräter?«

Richardson nickte.

»Wer hat die Mannschaft zusammengestellt?«

Richardson preßte die Lippen zusammen.

»Mein Dienst, zusammen mit der CIA«, sagte er endlich.

»Zur Mannschaft gehörten auch zwei Saudis und ein Grieche?«

Richardson schaute Morgan erstaunt an. Aber dann schwieg er.

»Sie waren der inoffizielle Kommandant an Bord?«

»Es gab da noch einen Amerikaner, Lawton, den mir die CIA aufs Auge gedrückt hatte. Einen Computerfachmann. Offiziell war er als Journalist an Bord, der einen Artikel für die Zeitschrift *Ships monthly* verfassen sollte.«

»Wie lautete Ihr Auftrag, Fred?« fragte Morgan.

»Überwachung des liberianischen Tankers *Marianne*, der für einen französischen Konzern unterwegs war. Wir hatten Informationen, daß er eventuell seine Fracht falsch deklariert hatte: elektronisches Material für Terroristen anstatt Rohöl. Es war von Terrorismusverdacht die Rede. Deshalb schalteten sich die Amerikaner ein. Offiziell war die *Lucky Punch* unterwegs zu ihren Fischgründen.«

Richardson machte eine Pause. Erregt stand er auf, fuhr sich mit der Hand über die Stirn und legte dabei seine Narbe frei.

»Sie wissen ja, was die Abkürzung GPS bedeutet«, sagte er.

Morgan lächelte.

»Maurice Faber hat schließlich recherchiert. GPS ist ein Navigationssystem, das über Satellit funktioniert: *Global Positioning System Overview*. Eine Entwicklung des US-Verteidigungsministeriums für den militärischen Einsatz. Allerdings bedienen sich neben unzähligen zivilen Anwendern auch die Zivilschiffahrt dieses Systems. Schon Ende des letzten Jahrtausends haben die Amerikaner verfälschte Satellitensignale übertragen, um feindliche Schiffe und Flugzeuge zu verwirren. Diese Verfälschungen sind abrufbereit und können bei Bedarf jederzeit wieder eingesetzt werden. Schließlich

liegen alle Bodenstationen des GPS auf amerikanischem Gebiet und werden von der Army überwacht. Und da mischt ja wohl auch die CIA mit.«
Morgan war aufgestanden, hatte seine Stimme erhoben, als hielte er ein Referat. Erst als er Richardsons erstaunten Blick sah, setzte er sich wieder.
»Haben Sie noch Fragen, Pierre?«
»Wie ist das abgelaufen an Bord der *Lucky Punch*?«
Richardson lehnte sich zurück und schloß die Augen. Er schien die Bilder von damals abzurufen.
»Für Lawton ist auf dem Vorderdeck des Trawlers eine Art Unterstand errichtet worden. Seine Leute haben drei Kisten an Bord gebracht und dort verstaut.«
»Was war in den Kisten?«
Richardson zuckte mit den Schultern.
»Woher soll ich das wissen, Pierre? Jeder hatte seine Aufgabe an Bord.«
»Gab es eine Antenne?«
Richardson nickte. »Lawton tat so, als hätte er keine Geheimnisse vor uns.«
Eins paßte zum anderen. Richardson war offensichtlich kein Computerspezialist.
»Sie verstehen wenig von Computern?«
»Das Nötigste. Ich hatte andere Aufgaben.«
»Könnten Sie sich vorstellen, daß Sie gerade deshalb auf dem Trawler eingesetzt wurden?«
Richardson sah Morgan überrascht an. Offensichtlich war ihm der Gedanke unangenehm, eine Rolle in einem Spiel gespielt zu haben, dessen Regeln andere aufgestellt hatten.
»Möglich«, sagte er endlich zögernd.

»Ein Rechner, ein Signalgenerator, ein Sender. Mehr braucht man nicht.«

Richardson nickte.

»Dann sind wir dem Tanker entgegengefahren und haben, nachdem wir ihn gekreuzt hatten, gewendet und sind ihm gefolgt. Die Sichtverhältnisse waren prekär. Und dann ist Lawton in seinem Unterstand verschwunden.«

»Und bald darauf ist der Tanker vom Kurs abgekommen, nicht wahr«, fuhr Morgan fort. »Und dann ist er aufgelaufen.«

»Wollen Sie damit sagen, daß man das *Positioning System* lokal kurzfristig stillegen wollte, um ein einziges Schiff vom Kurs abzubringen? Daß man eine sozusagen individuelle Störmethode ausprobiert hat? Das würde doch die halbe Welt merken.«

Morgan winkte ab.

»Nicht, wenn die Sache so aufgezogen wurde wie in diesem Fall. Der Trawler befand sich gewissermaßen in Sichtweite des Tankers.«

Richardson nickte stumm.

»Ich habe recherchiert, Fred. Es gibt immer wieder Ausstellungen, wo einem großen Publikum demonstriert wird, wie das GPS funktioniert. Und weil in diesen Fällen die Abläufe ja nur simuliert werden können, läuft dieses Testprogramm auch nicht über die GPS-Satelliten, sondern die Daten werden über einen Sender geliefert.«

»Und?« fragte Richardson mit gepreßter Stimme.

»Lawton ist Wissenschaftler von Haus aus. Computerspezialist. Er ist imstande, die aktuelle Position des

Tankers zu berechnen. Er hat die *Marianne* mit falschen Daten bestrahlt und so vom Kurs abgebracht. Über Richtstrahl.«

Richardson stand jetzt mit dem Rücken zu Morgan vor dem geschlossenen Vorhang.

»Mein Vater hat versucht, mit der Besatzung des Tankers direkten Kontakt aufzunehmen. Über den internationalen Signal-Code. Mittels Flaggen. Vergeblich.«

»Und?«

»Zu spät. Da war das Riff. Die Folgen kennen Sie.«

»Hat der Tanker denn sofort Öl verloren?«

Richardson drehte sich langsam um, biß sich auf die Lippen. Dann schüttelte er den Kopf.

»Nein. Darum hat die *Lucky Punch* die *Marianne* ja gerammt. Lawton hat den Befehl ausgegeben.«

»Und Sie haben das zugelassen?« fragte Morgan nach einer langen Pause zögernd.

»Zugelassen? Es sah so aus, als ob die *Lucky Punch* der *Marianne* Hilfe leisten wollte. Aber dann kam es zur Kollision. Mein Vater wurde auf der Brücke von einem Teil der Besatzung ausgeschaltet.«

Es war still. Draußen vor dem geschlossenen Fenster ging jemand vorbei. Eine Frau. Morgan horchte den Schritten nach.

»Die Ölkatastrophe war verheerend. Ich habe die toten Strände gesehen, die Verzweiflung der Fischer. Es war grauenhaft«, murmelte Richardson.

Sein Gesicht wirkte versteinert. Nur seine Narbe glühte. Er packte die beiden leeren Bierflaschen mit einer Hand. Das Geräusch, das die aneinanderprallenden Flaschen verursachten, war grell und durchdringend. Morgan zuckte zusammen. Richardson verschwand und kam mit zwei neuen Flaschen zurück. Er warf eine der Flaschen in Morgans Richtung, der sie geschickt auffing. Richardson schien mit dieser Geste andeuten zu wollen, daß Formalitäten jetzt keine Rolle mehr spielten.

»Ihr Vater fühlte sich verantwortlich? Er war ja schließlich Fischer mit Haut und Haar.«

Richardson füllte sein Glas. Er gab keine Antwort.

Morgan wartete eine Zeitlang, bevor er sagte: »Ihr Vater kehrte nach Hastings zurück? Aber er wurde nicht wie ein verlorener Sohn aufgenommen, sondern als Verräter gebrandmarkt, obwohl seine Kollegen ja nicht wußten, daß er an der Tankerkatastrophe mitschuldig war?«

»Das Ende kennen Sie, Pierre.«

Richardson leerte sein Glas in einem Zug und schenkte sich gleich nach.

»Und Sie, Fred?«

»Ich versuchte, die Kommandobrücke zu erreichen. Aber da stand ein bewaffneter Mann. Der Grieche. Und hinter mir stand Lawton. Ich warf mich auf den Mann vor mir. Lawton schoß. Er traf den Griechen. Ich drehte mich um. Lawton rannte backbords. Ich folgte ihm. Vor der Reling stürzte ich mich auf ihn. Er schoß. Ich ging über Bord. Ich begann zu schwimmen. Ich wollte dem Ölteppich entkommen, der sich ausbreitete. Trümmerteile trieben auf mich zu. Ich versuchte, mich daran festzuklammern. Aber diese scheinbaren Rettungsinseln sackten immer wieder weg. Ich sah einen Mann in einer gelben Schwimmweste an mir vorbeitreiben. Ich winkte, schrie. Der Mann war tot. Ich wollte überleben.«

Richardson hatte diese chaotischen Bilder noch einmal beschworen. Er saß da, mit geschlossenen Augen.

»Und dann sind Sie untergetaucht?«

Richardson stellte sein Glas diesmal sanft auf das Tischchen.

»Ja. Es war unmöglich, mich mit meinem Dienst in Verbindung zu setzen. Ich wurde die Bilder nicht los. Ich bin nach Frankreich gereist. Mit einem gefälschten Paß. Ich habe ja ohnehin mehrere Pässe.« Er machte eine Pause, dann öffnete er die Augen wieder. »Sie haben die Küste nach der Katastrophe nicht gesehen«, fügte er hinzu.

»Ich habe Bilder gesehen«, sagte Morgan.

»Bilder!« Richardson lachte laut heraus. »Bilder! Die Realität ist viel schlimmer, Pierre. Eine Ölpest ist schlimmer als ein Erdbeben oder ein Hurrikan. Eine Ölpest ist die Zerstörung der Welt in Zeitlupe. Sie ist wie das langsame Ansteigen der Sintflut. Unaufhaltsam. Eine Ölpest kann man nicht erfinden. Und man kann sie nicht vergessen. Toter Strand. Nur toter Strand.«

»Ich war auch dort, Fred. Später«, sagte Morgan nach einer Pause leise. »Aber die Bilder sind schlimmer als die Realität. Weil sie nur einen Ausschnitt zeigen. Das Entsetzliche löst sich in der unendlichen Schleife des verwüsteten Strandes auf. Es versandet im wahrsten Sinne des Wortes. Die Apokalypse in der Fiktion ist entsetzlicher.«

Er stand auf. Er hätte Richardson gern ein Wort des

Trostes gesagt, aber er fand keine passenden Worte. Er blieb unschlüssig mitten im Raum stehen, dann ging er zum Fenster und blickte durch den Vorhangspalt. Vor dem Eingang zum *King's Head* stand Sophie. Sie hielt ihre kleine Kamera in der rechten Hand, bereit, jeden ins Visier zu nehmen, der den Pub verließ.

»Beschreiben Sie mir den Amerikaner, der mit Ihnen auf der *Lucky Punch* war.«

Richardson war nun auch aufgestanden und ging mit großen Schritten im Zimmer auf und ab.

»Das Hervorstechendste waren seine Augen. Als seien sie von einer gallertartigen Schutzschicht überzogen, die man nicht durchdringen konnte. Der Mann hat Hinterglasaugen. Mir fallen immer nur Vergleiche aus der Malerei ein.«

»Er hatte schmale Lippen, nehme ich an.«

Sophie liebte keine vollippigen Männer.

Richardson nickte.

»Das einzige, was diesen eiskalten Mann irgendwie menschlich machte, war sein hektischer Umgang mit Zigaretten. Diese Ungeduld, mit der er sie anzündete, dann die kurzen asthmatischen Züge. Und dann dieses grausame Lächeln, wenn er sie schon nach dem fünften Zug mit zwei Fingern knickte und mit einem zynischen Abschiedsgruß wegwarf. *Bye-bye, baby.*«

Morgan hielt Richardsons Beschreibung kaum aus. Er trat wieder ans Fenster und schaute durch die Vorhangspalte auf die Straße hinaus. Sophie stand noch immer dort und fixierte den Eingang der Bar.

»Wir sind jetzt Freunde, Pierre. Die Frau dort draußen gehört nicht zu uns.«

Morgan erstarrte. Er drehte sich nach Richardson um. Aber sein Platz war leer. Er hatte die Schreibtischlampe gelöscht.

21

Als Morgan in der Tür des Pubs auftauchte, ließ Sophie ihre Kamera sinken.

»Mit wem hast du dich hier getroffen?« fragte sie.

»Getroffen?«

»Du warst im Pub. Das heißt, der Pub war leer, und plötzlich kommst du raus.«

»Ich habe ganz hinten gesessen. Oder ich war auf der Toilette.«

Die junge Frau mit den Sommersprossen, die ihn zur Tür begleitet hatte, legte Morgan die Hand auf die Schulter.

»Danke, daß Sie bei uns waren«, sagte sie lauter als nötig.

In diesem Augenblick startete der Vauxhall auf der anderen Straßenseite und bog in die High Street ein. Morgan erkannte Richardsons Silhouette.

»Los, Pierre, pack aus!« sagte Sophie. »Was hast du erfahren?«

»Nicht hier.«

Sie schaute ihn zweifelnd an und hakte sich dann bei ihm ein.

»Gut, fahren wir zurück nach Hastings. Es gibt da ein paar Überraschungen für dich.«

Er blieb abrupt stehen, spreizte seinen rechten Arm vom Körper ab, um sich von ihr zu befreien.

»Ist dein Rachefeldzug in die entscheidende Phase getreten?« fragte er spöttisch.
Sie gab keine Antwort. Sie gingen stumm nebeneinander zum Bahnhof. Der Zug nach Hastings fuhr erst in zwanzig Minuten. Sie waren die einzigen Fahrgäste. Sie stapften über die Überführung auf die andere Seite der Gleise. Sie saßen wie Kirchgänger aus alten Zeiten auf einer Bank mit zu kurzer Sitzfläche und starrer hoher Rückenlehne beieinander, die Hände auf den Oberschenkeln. Ab und zu fegte ein Windstoß über die Schienen und wirbelte rostroten Staub auf. Sie schwiegen. Ein einziges verlorenes Lachen vom Bahnhofsgebäude her durchbrach kurz die Stille. Später kam ein junger Mann mit kurzgeschorenen Haaren und durchhängendem Hosenboden und setzte sich neben ihnen auf die Bank. Er starrte auf die Schienen und kaute seinen Kaugummi im Rhythmus einer unhörbaren Melodie, die auch an der Bewegung seiner Zeigefinger abzulesen war.
Wäre da nicht die elektronische Anzeigentafel gewesen, auf der die Ankunftszeit des Zuges, die fahrplanmäßige und die erwartete, in perlenden Zahlenreihen vorbeigewandert wäre, hätte Morgan sich wie außerhalb von Raum und Zeit gewähnt. Doch je länger er auf diese Anzeigetafel starrte, desto verwirrter wurde er. Die Zahlen, die die fahrplanmäßige Ankunft signalisierten, blieben zwar konstant: 16.37, doch dort, wo das Wort *Expected* stand, wechselten die Zeiten unablässig: 16.48, 16.44, 16.49, 16.51 ... Das Verwirrspiel dauerte an. Der Zug hatte bereits zehn Minuten Verspätung, und noch immer bot die Tafel neue An-

kunftszeiten an. Der junge Mann kaute jetzt stur vor sich hin. Sophie saß mit geschlossenen Augen da und bewegte stumm die Lippen, als betete sie.
Als der Zug endlich einfuhr, erloschen die verwirrenden Zahlen. Morgan war erleichtert. Neben Sophie zu sitzen und zu schweigen war nur schwer auszuhalten gewesen. Aber auch sie schien froh zu sein, sich aus dieser aus den Fugen geratenen Zeit retten zu können. Sie waren allein im Abteil. Sophie schaute krampfhaft in die Landschaft hinaus.
»Also?« fragte sie, ohne sich Morgan zuzuwenden.
»Shipley ist ein Pseudonym.«
»Ach!«
Ihre Reaktion klang spöttisch.
»Vielleicht versteckt sich auch nur der Galerist hinter diesem Namen.«
»Dann wäre der Fall also erledigt.«
»Wie meinst du das?« fragte er.
Sie antwortete nicht. Morgan spürte, wie ihm Sophie immer mehr abhanden kam. Als sie in Hastings eintrafen, winkte sie ein Taxi herbei.
»In die All Saints Street«, sagte sie, ohne Morgan zu fragen.
»Zur Galerie? Ich habe die Ausstellung doch bereits gesehen, Sophie.«
Er mußte sich zu einem sachlichen Ton zwingen.
»Die Ausstellung?« fragte sie. »Was von der Ausstellung übriggeblieben ist, meinst du.«
Morgan fragte nicht weiter. Er setzte sich neben sie. Das Taxi fuhr los, und er wußte, daß sich etwas Schreckliches abgespielt haben mußte.

Es hatte gebrannt in der Galerie. Das weiße Holz der Türen und der Schaufensterrahmen war geschwärzt. Die große Scheibe war geborsten. Der Gehweg vor der Galerie war abgesperrt. Ein Polizeibeamter stand im Eingang. Im Innern war der Boden mit Scherben und zerfetzten Leinwänden übersät. Morgan entdeckte den halbverkohlten Rumpf einer gestrandeten Arche, geborstene Riffe, auf denen nur noch ein Stück des Kiels zu sehen war, die traurigen Trümmer eines Kirchenschiffs.

»Wer war das?« fragte er, ohne Sophie anzusehen.

»Wie soll ich das wissen? Jemand soll gestern nacht einen Brandsatz durch die Scheibe geworfen haben.«

»Und wo ist Trinning?«

»Trinning?«

»Der Galeriebesitzer!«

Sie stand jetzt nahe hinter ihm. Er spürte ihre Brust an seinem Oberarm. Aber er wußte nicht, ob sie ihn absichtlich berührte oder ob es ihr einfach gleichgültig war, daß er sie spürte, weil er ihr nichts mehr bedeutete.

»Trinning war während des Anschlags in der Galerie.«

Sie trat einen Schritt zurück. War ihr erst jetzt aufgefallen, daß ihre Brust ihn berührt hatte? Oder hatte sie seine Reaktion abgewartet?

Morgan schaute sie entsetzt an. Sophie hatte die Lippen zusammengepreßt.

»Ist Trinning verletzt worden?«

»Der Krankenwagen hat ihn abtransportiert.«

»Und woher weißt du das?«

»Ich war in der Nähe, unten auf der Strandpromenade, als es passierte. Ich habe die Explosion gehört und bin hergelaufen«, fügte sie hinzu.
»Was hast du sonst noch gesehen?«
Sie schaute ihn an und lächelte. Zum erstenmal seit langem war es wieder dieses vertraute Lächeln.
»Für mich ist ja nur das wirklich, was ich im Sucher meiner Kamera sehe.«
Ein Möwenschwarm fiel vom Himmel und löste sich im Sturz auf.
»Ich mag Hafenstädte«, sagte Morgan.
»Hastings ist keine Hafenstadt. In Hastings kann man sich nicht geborgen fühlen. In Hastings kann man nur stranden.«
»Schön gesagt.«
Einen Augenblick lang hatte Morgan vergessen, wo er war. Es war wie früher. Zusammen in einer fremden Stadt. Zusammen essen. Zusammen herumschlendern. Zusammen schlafen.
»Möchtest du sehen, was ich gefilmt habe?«
Er sah sie überrascht an.
»Warum du? Warum nicht ich?«
»Was meinst du?«
»Warum willst du mich informieren, nicht umgekehrt?«
»Wer sagt denn, daß ich dich informieren will?«
Sie strich ihm mit dem Zeigefinger über den Nasenrücken. Diese Berührung verunsicherte ihn erneut. Einerseits war es ein Ausdruck von Zärtlichkeit, andererseits hatte ihn auch seine Mutter oft so berührt. Und damit hatte sie ihm immer zu verstehen gegeben, daß

sie ihm überlegen war und mehr wußte als er. Daß er noch vieles zu lernen habe.

»Wo?« fragte er.

»Im Hotelzimmer.«

»Und wo ist dieses Hotelzimmer?«

»In deinem Hotel, Pierre.«

Entweder hatte sie ein Zimmer im selben Hotel gebucht wie er, oder sie hatte wirklich sein Zimmer gemeint und wollte nicht preisgeben, wo sie selbst abgestiegen war. Er fragte nicht. Er faßte sie an der Hand, und zusammen gingen sie zur Strandpromenade hinunter auf der Suche nach einem Taxi.

22

Die Hotellounge war leer. Hinten in der Bar saß, mit dem Rücken zur Tür, ein einsamer Gast.

»Holst du den Schlüssel?« fragte sie.

»Meinen oder deinen?« fragte er erstaunt.

»Unsern.«

Er ging zur Rezeption, während sie den Umweg durch die Bar nahm und ihn im Flur vor dem Treppenabsatz erwartete. Wieder überkam Morgan dieses Déjà-vu-Gefühl. So hatten sich ihre Begegnungen abgespielt. Manchmal hatte sie auch im Hotelzimmer bereits auf ihn gewartet. Aber damals waren sie mehr als Verbündete.

Als Morgan die Zimmertür aufschloß, fiel ihm als erstes das Videogerät auf, das neben dem Fernseher auf der Schreibplatte stand.

»Wie kommt das Gerät in mein Zimmer?«

Eigentlich war die Frage überflüssig. Sophie hatte das wohl veranlaßt. Sie war schon dabei, ihre DVD-Kamera an das Videogerät anzuschließen.

»Heimkino?« fragte er.

Er war unruhig, weil er nicht wußte, was sie vorhatte. Machte sie auf Nostalgie, oder wollte sie ihn mit Bildern konfrontieren, die ihn aus der Fassung brachten? Die ihm Informationen entlockten, auf die sie schon lange wartete?

»Mach es dir doch bequem«, sagte sie.
Sie zeigte aufs Bett. Er zögerte. Würde sie sich neben ihn legen? Beide auf einem Bett? Würde sie jetzt die Kissen nach oben in den Rücken und Nacken schieben? Ihre bevorzugte Fernsehposition, den Kopf an seiner rechten Schulter?
Morgan zog einen Stuhl zu sich her und setzte sich.
Sophie schaute ihn verwundert an, aber sie kommentierte es nicht weiter.
»Und?« fragte er scheinbar beiläufig.
Er erinnerte sich plötzlich an seine Kindheit, als er seine Eltern und die Verwandten genötigt hatte, sich auf die wie im Kino arrangierten Eßzimmerstühle vor ein an der Wand befestigtes Leintuch zu setzen, auf das er dann gegen ein bescheidenes Eintrittsgeld die Märchenbilder aus seiner Laterna magica projiziert hatte: *Rotkäppchen und der Wolf, Eisenhans* und das *Märchen von einem, der auszog, das Fürchten zu lernen.*
Der Bildschirm wurde hell. Sophie hantierte an ihrer Kamera. Ein Stück Himmel wurde sichtbar. Das Bild schwenkte nach unten, glitt über die faserige Trennlinie des Horizonts, nahm vorübergehend ein rotes Fischerboot gefangen, das sich aber nach rechts über den Bildrand hinaus rettete.
Sophie ließ das Bild einfrieren.
»Hierüber werden die Titel eingeblendet«, sagte Sophie. Sie hockte im Yogasitz auf dem Boden, mit dem Rücken gegen das Bett.
»Wie lautet der Titel?« fragte Morgan.
»*Nature morte*. Tote Natur.«
Er wußte nicht, ob sie ihn verunsichern wollte, oder ob

sie es wirklich so meinte: die wörtliche Übersetzung, nicht die sinngemäße.
»*Nature morte* bedeutet *Stilleben.*«
»Denkst du, ich wüßte das nicht? Hast du vergessen, durch wie viele Museen du mich geschleppt hast?«
»Ich dachte, es hätte dir Freude gemacht.«
»Damals«, sagte sie schnell und taute das Bild auf dem Monitor auf.
»*Toter Strand* wäre ein passenderer Titel.«
Sie antwortete nicht.
Ein Mann ging am Strand entlang. Er war nur von hinten zu sehen. Er trug einen beigen Anorak. Ein Fotoapparat, an einer schwarzen Kordel befestigt, baumelte an seiner Seite. Jetzt blieb der Mann stehen und hob den Apparat. Die Filmkamera, die ihn beobachtete, zoomte auf ihn zu. Der Mann füllte jetzt das ganze Bild. Vor ihm lag das Meer, drängten sich die Wellen ans Ufer, wo Möwen über die Fischreste hergefallen waren, die die Fischer am Morgen bei ihrer Rückkehr am Strand zurückgelassen hatten. Und dann bückte sich der Mann und hob eine dunkelbraune Bierflasche auf, die das Meer angeschwemmt hatte.
»Hier wäre Platz für einen Kommentar«, sagte Sophie.
»Und wie würde der Kommentar lauten?«
»Hastings im Juni 2003. Der bekannte Auslandskorrespondent und Publizist Pierre Morgan auf Recherche. Ein halbes Jahr zuvor ist ein liberianischer Tanker vor der bretonischen Küste gekentert und geborsten. Die Folgen der Ölkatastrophe waren verheerend. Was sucht Morgan in England, am intakten Strand von Hastings?«

Die Kamera zog auf und schwenkte auf ein schwarzes Fischerboot, das von einem gelben, rostigen Raupenfahrzeug auf den Strand gezogen wurde. Ein Mädchen in einem roten Kleid und mit einer Puppe im Arm saß auf einem wirren Haufen von Fischernetzen und schaute zu. *»RX 88«*, war mit weißen Buchstaben auf den Bug des Schiffes gemalt. Ein Mann in einem leichten dunkelgrünen Pullover tauchte hinter dem Boot auf, blieb stehen, bückte sich, hob einen Stein auf und warf ihn ins Wasser. Ein kleiner schwarzer Hund schoß hinter dem Fischerboot hervor und rannte bellend zum Ufer. Das Mädchen stand auf und lachte. Der Hund kehrte naß, aber ohne Beute zurück und schüttelte sich neben dem Mädchen. Das Mädchen lief weg und ließ dabei die Puppe fallen. Der Hund packte sie, aber der Mann entriß sie ihm gleich wieder, lief dem Mädchen nach und gab ihm die Puppe zurück. Dann drehte er sich um und schaute direkt in die Kamera. Er schob sich eine Haarsträhne aus der Stirn. Darunter wurde eine rote Narbe sichtbar.
Sophie fror das Bild ein. Der Mann stand mit halbgeöffnetem Mund da, die Hand auf Mundhöhe, die Augen etwas zusammengekniffen.
»Kennst du den Mann?«
Morgan schüttelte den Kopf.
»Ein Fischer?«
»Das ist der Mann, der auf dem Trawler war, als er mit dem Tanker kollidierte.«
Morgan schwieg.
»Keine Reaktion?«
»Und woher willst du das wissen?« fragte er.

»Ich kenne jemanden, der dabei war. Und dieser Person habe ich den Filmausschnitt ebenfalls gezeigt. Also?«
Er zuckte die Achseln. »Also was?«
»Es ist doch kein Zufall, daß der Mann gleichzeitig mit dir am Strand war.«
»Es *ist* ein Zufall, Sophie. Ich habe den Mann nicht gesehen.«
»Was hast du denn am Strand gesucht?«
»In diesem Augenblick, in dem du mich gefilmt hast, habe ich nichts Bestimmtes gesucht. Und als ich diesen Filmausschnitt betrachtet habe, sah ich einen mir fremden Mann. Es war wie der Beginn eines Spielfilms. Sein Titel: *Toter Strand*. Ein Mann steht am Strand. Vielleicht hofft er, daß er eine Flaschenpost findet. Und wirklich. Eine braune, zugekorkte Bierflasche wird in diesem Augenblick angeschwemmt. Eine solche Szene ist nur im Film möglich. Der Mann öffnet die Flasche mit einem Taschenmesser. Die Flasche ist leer. In einem schlechten Film hätte er eine Nachricht darin gefunden.«
»Und in einem guten Film ist also die Flasche leer. Dann macht ja die Szene keinen Sinn.«
»Natürlich macht sie einen Sinn. Der Zuschauer spürt, daß der Mann auf eine Nachricht wartet. Von wem? Natürlich von einer Frau. Die Flaschenpost ist eine Metapher. Sie steht für Sehnsucht, für Liebe. Für Trennungsschmerz.«
Sophie schwieg, schneuzte sich und faltete ihr Papiertaschentuch umständlich zusammen.
»Das ist kein Spielfilm«, sagte sie. »Und der Mann, der

dem Kind die Puppe zurückgegeben hat, war nicht zufällig dort.«

»Aber Sophie, er hat dem Kind die Puppe zurückgegeben. Das zeigt doch, daß er Mitleid kennt. Und daß er den Hund, der die Puppe gepackt hat, nicht geschlagen hat, weist darauf hin, daß er nicht gefühllos ist. Mehr braucht man bei einer ersten Einstellung nicht. Der Mann ist kein Fischer. Er geht anders als die Leute hier. Er ist ein Fremder. Das heißt, so ganz fremd ist er nicht, denn er kennt das kleine Mädchen mit dem roten Kleid, und das Mädchen kennt ihn. Aber er scheint nicht der Vater des Mädchens zu sein. Die Spontaneität, mit der er dem Hund die Puppe entrissen hat, deutet auf ein anderes Verhältnis zu diesem Kind hin. Vielleicht ist er der Patenonkel. Oder vielleicht darf er in der Rolle des Patenonkels das Kind besuchen, ist aber in Wirklichkeit der Vater des Kindes.«

»Deine Phantasie möchte ich haben«, sagte sie spöttisch. »Trivialer geht es wohl nicht.«

»Jetzt müßte der Mann, den wir am Anfang am Strand gesehen haben, sich plötzlich umdrehen und die Person entdecken, die oben bei den düsteren Holzhäusern steht und ihn filmt.«

Morgan sah Sophie erwartungsvoll an und wartete auf ihre Reaktion.

»Hat er sie gesehen?«

Sophie schien erschrocken.

»Ja«, sagte Morgan schnell.

Er sagte nicht die Wahrheit, aber sie sprachen ja jetzt über einen Film und nicht über die Realität.

»Und was ist in diesem Augenblick in dem Mann vorgegangen?« fragte sie nach einer langen Pause.
»Er dachte an die Flaschenpost«, sagte Morgan.
»Wie?«
»Die Frau, die ihn in ihrem Sucher hatte, hat ihn im wahrsten Sinne des Wortes gesucht. Eine zeitgemäße Form von Flaschenpost. Sie war da, als er sich nach ihr sehnte. Und sie hat ihn gesucht. Und in dem Augenblick, als er sich umdrehte und sie entdeckte, die Kamera im Anschlag, wußte er, daß sie ihn gefunden hatte.«
»Deine Phantasie möchte ich haben«, sagte sie zum zweitenmal.
Sophie drückte auf den Knopf. Der Film lief weiter.
Der Protagonist saß auf einer Bank, oben bei den Bowlingwiesen, und schaute den weißgekleideten Spielerinnen und Spielern zu, die ihre schwarzen Kugeln mit den bunten Augen über den Rasen rollen ließen. Neben ihm saß eine blonde Frau in einer durchsichtigen rosafarbenen Bluse. Später sah man die Frau auf ihren hohen Absätzen am Clubhaus vorbeistaksen. Sie hatte jetzt einen schwarzen Schal um die Schultern geschlungen. Die Chronologie der Ereignisse wurde auf den Kopf gestellt. Der Mann stand plötzlich vor dem Eingang zum Fischereimuseum. Er zögerte, verschwand dann in der Tür. In einer nächsten Sequenz saß er auf einer Bank vor dem künstlichen See und schaute den Plastikschwänen zu, die sanft ihre Runden zogen.
Morgan war erleichtert, als der Film abbrach, bevor es zur Kollision der beiden Schwäne gekommen war.
»Und jetzt folgt die Apokalypse: Das Meer wird

schwarz. Die Seevögel strampeln sich in der teigigen Masse zu Tode. Ölklumpen werden angeschwemmt, tote Fische, Meeresgetier«, sagte er leise.

»Ich habe eine andere Version der Apokalypse«, antwortete Sophie.

Sie schaute kurz auf, machte sich wieder an ihrer Kamera zu schaffen und lehnte sich dann gegen das Bett.

Morgan sah jetzt schwarzen Rauch, Flammen, Menschen, die durch das Bild liefen. Die Kamera schwenkte auf einen einzelnen Mann, der etwas abseits stand, und zoomte auf dessen Tätowierung am Unterarm. Dann wurde das Bild schwarz. Die nächste Einstellung zeigte zwei Feuerwehrleute, die einen Mann stützten. Es war Trinning. Sein Anzug war verkohlt. Sein Gesicht blutverschmiert. Er schrie. Er riß sich von den beiden Männern los und stürzte wieder ins Feuer. Die beiden Männer folgten ihm. Die Kamera änderte die Einstellung nicht. Die beiden Feuerwehrmänner tauchten schemenhaft wieder auf, wurden erneut von einer Rauchwolke verschluckt und kämpften sich endlich ins Freie. Einer der beiden hatte ein Bild unter dem Arm, der andere trug den bewußtlosen Trinning über der Schulter. Der erste Feuerwehrmann stellte das Bild auf den Boden. Die Kamera zoomte auf das Bild zu. Der alabasterweiße Leib der Frau war an der Brust und an den Oberarmen schwarz geworden. Ihr Körper krümmte sich scheinbar vor Schmerz. Trinning hatte sein kostbarstes Bild retten wollen: Phyllis.

Die nächste Kameraeinstellung zeigte die Rückseite des Krankenwagens. Trinning wurde auf einer Trage ins Wageninnere geschoben. Ein Mann in weißer Jacke schloß die beiden Türen. Die Kamera schwenkte noch einmal die Reihen der Gaffer ab, dann fuhr sie nach oben, zeigte ein Stück Himmel und eine einzelne Möwe, die durch den Ausschnitt flog.

»Die Zerstörung der Kunst? Ist das die Apokalypse?«

»Zuerst kommt das Überleben der Menschen und dann das Überleben der Kunst.«

»Und jetzt die Schlußtitel?«

Ihm war übel, aber er zwang sich dazu, ruhig zu bleiben.

»Eine mögliche Einstellung für die Schlußtitel«, antwortete Sophie. »Der Film ist ja noch nicht zu Ende. Und er ist noch nicht feingeschnitten. Es gibt noch mehr Material, das ich dir nicht gezeigt habe.«

»Die Apokalypse ist also noch aufgeschoben?«

Morgan stand auf, trat ans Fenster und schaute hinaus. Unten auf dem Hotelparkplatz stieg ein junges Paar in ein rotes Auto. Von rechts ragte der wuchtige Ast einer Eiche ins Bild. Der Himmel dahinter war blaß, farblos.

»Hast du im Film jemanden erkannt?« fragte Sophie.

Morgan schüttelte den Kopf.

»Der Protagonist des Streifens kam mir bekannt vor. ›Ich war ein Teil des Bildes‹, hat der irakische Informationsminister gesagt. Erinnerst du dich? Es ist alles wie im Kino. Ich bin Teil des Protagonisten, aber letztlich ist er mir fremd. Und etwas ist auffallend: Der Mann trifft immer erst an den sogenannten Schauplätzen ein, wenn die Handlung bereits vorbei ist. Er trifft nur immer auf Spuren der eigentlichen Akteure. Er ist immer zu spät. Und dann muß er erfinden, was sich abgespielt haben könnte. Er ist eben nur Teil dieses Bildes.«

»Journalismus ist nicht Literatur.«

»Ich spiele in diesem Film nicht mit, Sophie.«

»Das ist ja noch nicht der ganze Film. Ich komme mit einem Kamerateam zurück, und dann drehen wir an den verschiedenen Schauplätzen nach. Ich mache Interviews, auch mit dir, und meine eigenen Aufnahmen werden in den Film hineingeschnitten. Du wirst staunen. Das ist dann die Realität.«

»Deine Fassung der Realität.«

Sie zog das Kabel aus dem Videogerät. Dann steckte sie ihre Kamera in den Rucksack. Es sah nach Aufbruch aus.

»Über die Schlußeinstellung wirst du staunen.«

»Und wie sieht die aus?«

»Der bekannte Auslandskorrespondent und Publizist Pierre Morgan gibt ein Statement ab.«

»Und was sagt er in diesem Statement?«

»Er kommt auf den Tankerunfall vom vergangenen November zurück. Und er vertritt jetzt die offizielle These.«

»Ein Terroranschlag?«

»Ja.«

Sie wickelte das Kabel um die Finger ihrer linken Hand, streifte die Rolle ab und steckte sie ebenfalls in den Rucksack. Morgan schaute das Bett an.

»Jemand möchte mit dir reden«, sagte sie.

»Wer?«

»Ein Mann. Er wartet in der Bar auf dich.«

»Hat das nicht Zeit?«
Jetzt schaute sie das Bett an. Sie hob den rechten Arm und ließ ihn wieder sinken. Eine hilflose Geste, dachte Morgan. Aber vielleicht auch eine resignierte Geste.
»Der Mann, der auf dich wartet, war mein Freund.«
»War?«
Sie ging zum Fenster und schaute hinaus. Er wartete umsonst auf eine Antwort.
»Schließt du ab, wenn du hinausgehst?« fragte er und warf den Zimmerschlüssel aufs Bett.

23

Morgan stand im Eingang zur Bar. »Bar« war vielleicht nicht die korrekte Bezeichnung. Im Hintergrund stand der Tresen, in der Mitte des Raums ein Billardtisch parallel dazu. Und sonst gab es da noch ein paar Stühle und Tischchen.

Morgan setzte sich neben den Mann am Tresen.

»Ich weiß, wer Sie sind«, sagte er, ohne ihn anzuschauen.

»Trinken Sie einen Whisky?« fragte der.

»Ja.«

»Pure?«

»*On the rocks*«, sagte Morgan mit einem zweideutigen Lächeln. »Sie haben ja eine Schwäche für Felsen, Riffe oder Klippen.«

Der Mann musterte Morgan teilnahmslos. Er hatte wirklich einen gallertartigen Blick.

»Sprechen Sie Deutsch?« fragte Morgan.

»Kaum.«

»Sophie spricht Englisch.«

Morgan überlegte, daß Englisch sich als Liebessprache wohl besser eignete als Deutsch. In allen großen Liebesfilmen wurde Englisch gesprochen. Aber Sophie, so redegewandt sie war, in der Liebe waren ihr die Worte immer ausgegangen. Vielleicht nicht auf englisch.

»Wir sprechen von Shipley, nicht von Sophie«, sagte der andere.
Der Mann, der mit Sophie geschlafen hatte, zündete sich eine Zigarette an, zog zwei-, dreimal daran und knickte sie dann auf dem Aschenbecherrand ab. Eine rituelle Handlung. Hatten Sophie und der Amerikaner ähnliche Liebesrituale gepflegt wie Sophie und er damals? Es gibt da ja nicht viele Variationsmöglichkeiten, dachte Morgan. Sein Nachfolger hatte sicher ebenfalls das eigenartige Arrangement von Muttermalen zwischen Sophies Brüsten gesehen, hatte diese dunklen Punkte einzeln geküßt und gesagt, was sie bei ihm für Assoziationen auslösten. Ein Sternbild. Der Große Wagen. Oder nur der Polarstern?
Der Amerikaner lehnte sich vor. Er grinste und schaute Morgan ins Gesicht. Er hatte zwar schmale Lippen, wie Sophie es liebte, aber eine breite, etwas krumme Nase. Und er hatte kräftige Hände.
»Ich heiße Tim.«
Morgan hob sein Glas. Die Eisstücke klirrten leise. Er trank und setzte das Glas wieder ab, ohne Tim zugeprostet zu haben.
»Ich weiß. Tim Lawton. Sie sind Texaner!«
Der Amerikaner ballte kurz seine Fäuste, entspannte sich aber wieder.
»Sie heißen Maurice Faber?«
»Mein Name ist Pierre Morgan.«
»Was bedeuten schon Namen?«
»Sie sind Mitarbeiter des CERN. Und Sie haben einen Lehrstuhl in Dallas. Aber ich denke, Ihr Beruf als Wissenschaftler ist bloße Tarnung?«

»Morgan heißt Faber?« fragte Lawton spöttisch.
»CERN heißt CIA?« antwortete Morgan. »Es gibt den Fall Lawton. Eine brisante Story. Ein französischer Tanker unter liberianischer Flagge läuft auf ein Riff. Und dann erledigt ein von der CIA gecharterter Trawler den Rest. Gründe gibt es ja bekanntlich genug. Lesen Sie den Artikel dieses Faber. Aber jetzt weiß man mehr als damals. Jetzt gibt es Beweise.«
Lawton wandte sich ab, ging zum Billardtisch, holte sich ein Queue und warf wahllos eine paar Kugeln auf die grüne Spielfläche. Er präparierte die Queuespitze mit der Kreide, zauberte zusätzlich eine rote Kugel gleichsam aus dem Ärmel und legte sie vor sich auf den Filz.
»Sie wissen darüber Bescheid, wie man die Abläufe des GPS simulieren kann, Lawton.«
Morgan stand dicht hinter dem Amerikaner, der zu erstarren schien.
»Wenn man den Tanker mit falschen Daten bestrahlt ...«
Lawton beugte sich vor, atmete tief ein, dann wieder aus, hob den Kopf, und dann stieß er zu, katapultierte die rote Kugel mitten in den wirren Haufen der anderen, sprengte diese mehrfarbige Einheit. Dann legte er das Queue auf den Rand des Spielfeldes.
»Es kommt darauf an, daß man nicht im falschen Augenblick am falschen Ort steht, Morgan. Oder umgekehrt: Einer steht im entscheidenden Augenblick am richtigen Ort. Und dann haben die andern das Nachsehen.«
Lawton lehnte am Billardtisch. Er grinste.

»Sie stehen also am richtigen Ort?« fragte Morgan.
»Ja. Wo Sie sind, bin ich richtig.«
Lawton angelte sich zwei Kugeln vom Tisch und hielt sie in den offenen Händen, als wollte er sie wiegen. Ein Zerrbild der Gerechtigkeit, dachte Morgan.
»Sie sind auf der Fährte eines gewissen Shipley, nicht wahr?« nahm Lawton den Faden wieder auf.
»Sie meinen den Maler?«
»Wie auch immer. Der Mann ist tot, Morgan. Er ist im Krankenhaus seinen Verletzungen erlegen. Verbrennungen dritten Grades.«
»Vom wem reden Sie?« fragte Morgan erschrocken.
»Vom Galeriebesitzer.«
»Trinning?«
»Wir müssen uns auf einen Namen einigen, Morgan. Trinning hat die Bilder gemalt, die er unter dem Namen Shipley ausgestellt hat. ›Ich bin Shipley!‹ Das waren seine letzten Worte.«
Lawton legte die Billardkugeln wieder auf den Tisch, zündete sich eine Zigarette an und zerbrach sie auch gleich wieder in zwei Teile.
»Bye-bye, baby!«
»Trinning hat nicht alle ausgestellten Bilder gemalt«, sagte Morgan endlich. »Es waren zwei Maler am Werk. Und Sie wissen auch, wen ich noch meine.«
Lawton ließ ein dünnes Lachen hören.
»Damals nach der Kollision des Tankers *Marianne* mit dem englischen Trawler wurde ein Besatzungsmitglied des Trawlers vermißt.«
»Warum dieses Versteckspiel, Morgan? Sie haben den Mann gefunden. Deshalb sind wir beide hier. Nennen

wir ihn bei seinem bürgerlichen Namen: Richardson. Er hat Ihren Artikel gelesen, in dem Sie Ihre absurden Thesen über die Tankerkatastrophe verbreitet haben. Und mit der Einladung zu dieser Vernissage hat er Sie nach Hastings gelockt.«

Morgan wunderte sich über die Offenheit, mit der Lawton die Geschichte abhandelte. Er mußte einen Grund haben.

»Sie waren ebenfalls an Bord des Trawlers, Tim. Sie haben den Kurs der *Marianne* beeinflußt und letztlich die Kollision herbeigeführt.«

Lawton lachte laut heraus.

»Und wer will das beweisen?« fragte er.

»Richardson. Ihr britischer Kollege. Der Mann, der die Bilder mit den gekenterten Archen gemalt hat.«

Lawton hob abwehrend die Hände.

»Ein Mann der Royal Navy. Ja, er war auf besagtem Trawler, als es zur Tankerkatastrophe kam. Er hat überlebt. Das haben wir erst später erfahren. Richardson hat dieses Pseudonym nur benutzt, um uns zu verwirren. Das Verwirrspiel war ein Teil seines Berufs und seines Lebens. Der Mann war nicht zu fassen. Aber jetzt haben wir ihn identifiziert. In einem Film.«

»In Sophies Film?« fragte Morgan schnell dazwischen.

Lawton ging nicht darauf ein. »Seit dieser fatalen Kollision litt Richardson an Schuldgefühlen. Der Mann hat verschiedene Ärzte aufgesucht. Und Psychologen. Wir haben mit diesen Leuten gesprochen. Wir haben die Krankengeschichte gelesen.«

»Wir?«

»Unsere britischen Kollegen selbstverständlich. Aber

sie haben uns informiert. Wir haben seine Bilder analysieren lassen.«
»Seine Kunst war das Ventil zum Überleben.«
»Überleben?« fragte Lawton gedehnt. »Shipley alias Richardson ist tot. Selbstmord. Er hat sich bei Eastbourne von den Klippen gestürzt. *Devil's Chimney*.«
Morgan erschrak. War Richardson wirklich so verzweifelt gewesen. Hatte er sich in Battle nur verstellt?
»Hat man denn seine Leiche gefunden?«
»Noch nicht. Das Meer dort gibt Leichen nicht einfach so frei. Ein Sturz ins Bodenlose. Aber er hat einen Abschiedsbrief hinterlassen. An seine Tochter. Er war es, der die Bombe in Trinnings Galerie geworfen hat. Er wollte sein Lebenswerk und das seines Kopisten zerstören.«
Lawton hatte sich wieder eine Zigarette angezündet. Er schaute in sein Glas, wenn er redete.
»Und warum erzählen Sie mir all das?« fragte Morgan.
Lawton gab keine Antwort auf diese Frage. Er räusperte sich, als wollte er zu einer langen Rede ansetzen. Dann schüttelte er den Kopf. Er bestellte noch einen Whisky. Es war mindestens sein dritter. Pure.
»Damit wäre der Fall wohl erledigt«, sagte Morgan mit einem dünnen Lächeln.
»So ist es!«
»Damit wäre eigentlich nicht nur der Fall erledigt, sondern auch der Fall Sophie.«
»Sophie ist kein Fall, Morgan! Sie können jetzt Ihren Rückflug buchen. Gatwick – Genf/Cointrin.«
»Sie vergessen etwas: Könnte es sein, daß Martin Möller von einem Ihrer Leute getötet worden ist?«

»Möller? Nie gehört.«

»Er hieß wohl nicht Möller mit richtigem Namen. Er war Sicherheitsbeamter beim CERN. Vielleicht ist er Ihnen ja einmal über den Weg gelaufen. Oder in die Quere gekommen. Piet?«

Lawton wirkte einen Augenblick lang verwirrt.

»Und Anschel?« fragte Morgan weiter. Er durfte Lawton jetzt keine Zeit zum Nachdenken lassen. »Sagt Ihnen der Name Anschel etwas? Offiziell ein Mann der Terrorfahndung.«

Lawton grinste.

»Jetzt erinnere ich mich. Sophie hat einmal den Namen Möller erwähnt. Und vielleicht hat sie auch von Möllers Verdacht gesprochen, der besagten Anschel für einen Doppelagenten hielt. Eine brisante Geschichte, hat Sophie gesagt. Sie kennen das ja. In solchen Augenblicken ist sie wie verwandelt. Wenn Sie eine Story wittert, hat sie etwas Blutrünstiges.«

Morgan hätte den Mann schlagen mögen. Diese Demonstration von Intimität.

Lawton griff scheinbar beiläufig in die Innentasche seines Jacketts und streckte Morgan einen kleinen Zeitungsausschnitt entgegen.

Morgan ergriff ihn mit spitzen Fingern und las. Sein Atem stockte.

»Und warum sollte es sich bei der Leiche im Hamburger Hafen um Anschel handeln?« fragte Morgan endlich.

»Sophie hat Erkundigungen eingezogen. Schließlich ist es ja ihre Geschichte. Sie hat ihn auf dem Gewissen.«

Morgan ballte die Fäuste.
»Was wollen Sie, Morgan? Unser Gewerbe lebt vom Verrat.«
»Wessen Gewerbe meinen Sie, Lawton? Wir gehören nicht ins gleiche Lager. Sie haben Sophie instrumentalisiert. Sophie ist doch nicht so beschränkt, daß sie es nicht gemerkt hat.«
Lawton lachte laut heraus.
In diesem Augenblick tauchte Sophie in der Tür der Bar auf und verschwand auch schon wieder, bevor Morgan mit ihr hätte reden können. Auf wessen Seite stand sie? Spielte sie in Lawtons Team mit, oder hatte sie sich abgesetzt? Oder spielte sie ihr eigenes Spiel? Und sie beide, Lawton und er, waren ihre Werkzeuge?
»Wer hat Anschel umgebracht?« fragte Morgan endlich.
»Niemand. Es war Selbstmord. Als seine Tarnung als Doppelagent aufgeflogen war, blieb ihm keine andere Wahl, als sich umzubringen.«
»Er war Ihr Verbindungsmann, nehme ich an.«
»Wie auch immer. Er ist tot.«
»Vielleicht hat er ja auch einen Abschiedsbrief hinterlassen. Und dann?«
Lawton antwortete nicht. Er wirkte mit einemmal verändert. Ein Zug von Resignation war von seinen Mundwinkeln ablesbar.
»Ach, Morgan. Was kümmert es mich? Was kümmern mich Sophies Liebespraktiken? Was kümmern mich ihre Liebesschwüre?«
Morgan packte Lawton am Arm.
»Sie lügen. Sophie und Liebesschwüre. Sie bauen eine

Legende auf, die ich jederzeit zerstören kann. Ich kenne Sophie besser und länger als Sie.«

Lawton schüttelte Morgans Hand ab.

»Vielleicht hat sie sich ja verändert. Vielleicht hat ein anderer Mann Seiten in ihr freigelegt, die seinem Vorgänger verborgen geblieben sind.«

Er ging wieder zum Billardtisch, griff nach dem Queue, als würde er zum Stoß ansetzen, und dann schlug er plötzlich das Queue mit solcher Wucht auf die Tischkante, daß es in zwei Teile zerbrach. Den geborstenen Griff in der Hand, wandte er sich Morgan wieder zu.

»Was wollen Sie, Morgan? Sophie ist doch nicht das vordringlichste Problem. Zufällig hat uns das Schicksal dieselbe Frau angeschwemmt. Die ganze Welt ist doch nur ein einziges Experimentierfeld. Und es geht letztlich nur darum, sich darin nicht als manipulierbares Teilchen zu sehen.«

Lawton hatte leise gesprochen und eigentlich mehr zu sich als zu einem Zuhörer. Wie damals Voland im CERN. Die beiden kamen ja gewissermaßen aus derselben Schule.

»Es gibt eine Realität hinter der Realität, der wir ausgeliefert sind, Morgan. Wir kommen den Antworten auf grundsätzliche Fragen immer näher. Aber die ultimative Antwort steht noch immer aus.«

Jetzt benutzte Lawton dieselben Worte wie Voland damals. Nur interpretierte er sie vielleicht anders. Aber wie?

»Wollen Sie die ultimative Antwort wissen, Morgan?« fragte Lawton. Die abgebrochene Spitze des Queues zeigte auf seinen Bauch.

»Bitte«, sagte Morgan scheinbar gleichgültig.
»Die Apokalypse!«
Lawton drehte sich um. Eine junge Frau, die Stirn mit einem weißen Schal drapiert, stand mit einem Billardqueue in der Hand neben dem Tisch. Ein grauhaariger Mann mit einer braunen Cordhose und vorn weit aufklaffendem weißem Hemd küßte sie auf den Nacken und bewaffnete sich dann ebenfalls mit einem Queue. Sie stupste ihn mit der Spitze liebevoll an. Ein zweites Mal. Ein drittes Mal. Zuerst auf der Brust, dann am Bauch, dann zwischen den Beinen. Er stupste zurück. Zwischen ihre Brüste. Dann tiefer. Sie kicherte. Er gluckste. Balzende Vögel, dachte Morgan. Und er versuchte, sich an die Spiele mit Sophie zu erinnern. Solche Spiele, mindestens in der Öffentlichkeit, hatten nicht zu ihrem Repertoire gehört.
»Hauen Sie ab, Morgan!«
»Und wenn ich nicht abfliege?« fragte Morgan und zwang sich, seinen Blick von dem Paar zu lösen.
»Es ändert nichts.«
»Stoff genug für eine brisante Geschichte. Shipley alias Richardson ist nicht tot. Und ich lebe auch noch, Lawton. Und Sophie lebt. Ich will Ihrem Ende beiwohnen, Lawton. Wir alle drei.«
»Sie bewegen nichts, ob Sie bleiben oder gehen. Ob Sie schweigen oder schreiben. Weil Ihre Wahrheit niemanden interessiert. Die Wahrheit haben immer die andern parat.«
Sophie tauchte am Eingang zur Bar auf. Ihre Augen wanderten ruhelos zwischen Morgan und Lawton hin und her.

Der Mann am Billardtisch präparierte mit der Kreide andächtig die Lederkuppe seines Queues. Die junge Frau ließ ihre Zungenspitze von links nach rechts wandern. Er beugte sich vor, das Ende seines Stabes nahm in seiner Achselhöhle Anlauf, vibrierte, zögerte, zitterte und stieß dann zu. Eine weiße Kugel touchierte mit einem trockenen Klacklaut eine rote Kugel, prallte mit einem dumpfen Glucksen von der Bande ab und quirlte sich in das schwarze Loch in der rechten oberen Ecke des Tisches. Der Mann richtete sich auf. Er zeigte ein Siegerlächeln. Oder das Lächeln des erfolgreichen Beischläfers.
Morgan ging am Billardtisch des ungleichen Paares vorbei. Die Frau mit dem weißen Stirnband beugte sich weit vor über die grüne Fläche, das eine Bein angewinkelt, so daß der Absatz ihres Schuhes ihr Gesäß berührte, das andere formvollendet durchgestreckt. Er sah ihren rosafarbenen Slip unter dem kurzen Rock. Er ging nach kurzem Zögern weiter und hakte sich bei Sophie unter, die dort noch immer unbeweglich stand, und zog sie mit sich fort zum Hotelausgang.
»Sie wurden am Telefon verlangt, Mister Morgan«, sagte die Frau an der Rezeption.
»Von wem?«
»Der Herr nannte keinen Namen. Er sagte nur, daß Sie sich für ein Bild eines bestimmten Malers interessieren.«
»Shipley?« fragte Morgan.
»Shipley!«
»Und soll ich zurückrufen?«
»Er melde sich wieder, hat er gesagt.«

24

Sie gingen nebeneinander her. Es dauerte eine Weile, bis sie ihren alten, gemeinsamen Schrittrhythmus wiedergefunden hatten. Ein halbvoller Mond tauchte hinter einer Wolke auf und warf sein fahles Licht auf den Bowlingrasen des *White Rock Bowling Club* zu ihren Füßen.

»Schau, der Mond verscheint sich«, sagte er leise.

»Wie bitte? Verscheint sich? Was meinst du damit?« Morgans Lachen klang traurig.

»Ich meine: Sein Licht ist verschwendet. Wir können nichts mehr mit ihm anfangen.«

Sie blieb stehen und schaute ihn an. Es war ein Blick, der von weit her kam. So hatte sie ihn früher manchmal angeschaut. Sie zog ihn auf die Bank. Er sah sich um. Der Platz war leer. Im Clubhaus brannte kein Licht mehr.

»Der Mond scheint, Pierre«, flüsterte sie.

Der Mond verschwand wieder.

»Er hat geschienen.«

Sie küßte ihn auf den Mund. Er ließ es geschehen. Ihre Hand fand eine Lücke in seinem Hemd. Mit dem Zeigefinger beschrieb sie einen kleinen Kreis auf seiner Haut. Jetzt küßte er sie auf das rechte Auge und zwang sich dazu, sich nicht vorzustellen, wie die Szene auf einen Zuschauer wirken mochte.

»Wir können jetzt nicht ins Hotel zurück«, sagte Sophie.
»Wegen Tim Lawton?«
»Ja.«
»Was willst du damit sagen?« fragte er zögernd.
Eine Frau und ein Mann lieben sich auf einer Parkbank. Das war so lange ein Bild, das er sich gern vorstellte, bis es beim Umarmen und beim Küssen blieb. Er erinnerte sich an Wengen, als er mit Möller zusammen auf dem Staubbachbänkli gesessen hatte. Eine Bank ist kein Liebesnest, dachte er.
»Flieg zurück! Bitte!« flüsterte sie.
»Und damit ist alles erledigt?«
»Ich drehe den Film zu Ende. Ohne dich!«
»Und mein Schlußstatement?«
»Das können wir in Genf nachdrehen.«
»Und was sage ich dann?«
»Was du möchtest, Pierre.«
»Es gibt einen Satz in Thrillern, wenn sich zwei Menschen in ihrer Rache nicht einigen können. Kennst du den Satz: *Der Mann gehört mir?*«
»Wer spricht in diesem Augenblick denn von Rache, Pierre? Aber dein Satz ist zutreffend: Der Mann gehört mir! Du!«
Sie öffnete seinen Gürtel. Sein Abwehrreflex ließ sie einen kurzen Augenblick zögern. Dann war die kleine Verwunderung in ihren Augen verschwunden. Jetzt schaute sie spöttisch. Er hatte ihren Spott nie ertragen. Seine Hand deckte ihre rechte Brust zu. Er schloß die Augen. Es war über zwanzig Jahre her, daß er auf einer Parkbank Liebe gemacht hatte. Die Hosenbeine in den

Kniekehlen. Das rauhe, gesplitterte Holz der Parkbank am blanken Hintern. Die Verzweiflung, die in ihrem Versuch lag, ihn in Besitz zu nehmen, rührte ihn. Aber gleichzeitig fühlte er sich ausgeliefert. Lawton hatte ihm gedroht.

Und Lawton war es auch, der diese letzte unwürdige Begegnung zwischen Sophie und ihm überhaupt ermöglichte. Vielleicht hatte er es sogar so gewollt. Vielleicht stand er ja oben am Zaun und schaute auf die beiden Figuren hinab, die sein Spiel mitspielten.

Lawton liebte Sophie nicht. Und Sophie liebte Lawton nicht. Das wußte Morgan in diesem Augenblick. Aber er war sich nicht sicher, ob Sophie ihn liebte. Er gab nach, ließ sich gehen. Sophie seufzte, scheinbar erleichtert. Und er vergaß für einen langen Augenblick, wie diese Liebesszene auf einen Zuschauer wirken würde. Er rührte sich nicht von der Stelle, auch nicht, als Sophie bereits zum Hotel zurückgegangen war.

»Lawton lügt«, hatte sie zum Abschied gesagt. Kein Wort mehr. Keine Hoffnung auf ein Wiedersehen. Es war wie der Schlußpunkt unter einer geschäftlichen Vereinbarung gewesen. Oder der Schlußpunkt einer Liebe?

Er hatte vergeblich versucht, sie zurückzuhalten. Er saß noch immer auf der Parkbank wie ein Gefangener. Er stand auf, zog seine Hose hoch und ging am Clubhaus vorbei und dann über die Treppe hinunter zur Strandpromenade. Dort stand er lange mit dem Rükken zum Meer. Es war wie eine vage Hoffnung und eine Erinnerung, die ihn veranlaßten, dort zu stehen. Als Junge hatte er einmal, frisch verliebt und nach ei-

ner ersten scheuen Begegnung, einen ganzen Vormittag an der Straßenbahnhaltestelle auf ein Mädchen gewartet, mit dem er am Abend zuvor im Theater Händchen gehalten hatte, überzeugt, daß sie kommen und ihre und seine Sehnsucht erfüllen würde. Sie war nicht gekommen. Sie war überhaupt nie mehr gekommen.
Morgan versuchte, auf dem Handy Voland anzurufen. Ohne Erfolg. Er sprach hastig auf die Combox. Dann kappte er die Verbindung. Er versuchte, sich den Gesichtsausdruck seines Freundes vorzustellen, wenn er die wahre Identität seines amerikanischen Mitarbeiters Lawton erfuhr. Er ging zur Straße zurück, die zum Hotel führte. Ein silbergrauer BMW hielt neben ihm. Das Fenster auf der Beifahrerseite war offen.
»Steigen Sie ein! Schnell!«
Morgan stieg ein, und das Auto fädelte sich wieder in den nächtlichen Verkehr ein.
»Sie haben die Marke gewechselt?« sagte Morgan anstelle einer Begrüßung.
»Unfreiwillig.«
Sie fuhren am Strand entlang. Richardson schaute immer wieder in den Rückspiegel. Zweimal wurden sie überholt. Richardson drehte den Kopf in Richtung des anderen Autos. Auf der Mittelkonsole lag eine Pistole, die Morgan anfangs gar nicht beachtet hatte.
»Wohin?«
»Irgendwohin, wo wir unbeobachtet sind.«
»Man hat Ihren Tod gemeldet«, sagte Morgan endlich. Sie hatten bereits eine Viertelstunde schweigend nebeneinandergesessen. Richardson fuhr jetzt landeinwärts.

»Wer?«
»Lawton. Der Mann, der damals auf dem Trawler...«
»Ich weiß!« sagte Richardson barsch. »Und wie bin ich gestorben?«
»Sie haben sich bei Eastbourne von den Klippen gestürzt. Am *Beachy Head.* Die weißen Klippen sind ja ein Anziehungspunkt für Selbstmörder.«
Richardson lachte in sich hinein. »Ein beeindruckendes Ende: *The Devil's Chimney*!«
Morgan kannte diesen Schornstein des Teufels, diesen Klippenvorsprung, der wie ein Zeigefinger über den Ozean aufragte.
»Sie hätten an Depressionen gelitten.«
Richardson nickte stumm.
»Sie haben einen Abschiedsbrief hinterlassen.«
Richardson trat hart auf die Bremse, dann lenkte er den Wagen in einen Seitenweg, der durch ein kleines Wäldchen führte. Er drehte den Zündschlüssel und lehnte sich zurück.
»Wem?«
»Ihrer Tochter Pearl.«
Richardson stöhnte leise.
»Nein. Nein!«
Er hob beschwörend die Hände.
»Ist Phyllis die Mutter?«
»Ja.«
»Wo ist Ihre Tochter jetzt?«
»Bei einer Tante in London.«
»Und nun?«
»Was wohl, Pierre?«
»Rache?«

»Es ist ja auch Ihr Todesurteil, Pierre!«
»Ich weiß. Aber nicht, bevor ich die Sache an die Öffentlichkeit gebracht habe.«
»Sie wollen also einen zweiten Artikel schreiben?«
Morgan antwortete nicht. Er sah durch die Windschutzscheibe den halben Mond am Himmel auftauchen. Eine Weile behauptete er eine kleine Lücke zwischen zwei Wolkenfetzen.
Morgan dachte an die Liebesszene auf der Parkbank zurück. Und plötzlich fühlte er sich gut, als könnte er sich aus der Rolle des Zuschauers hinausmanövrieren. Als hätte er etwas zurückgeholt, was ihm im Verlauf der Jahre abhanden gekommen war.
Richardson atmete tief aus und lehnte sich zurück. Seine Hände lagen, vom Mond beschienen, wie zwei Leichenhände auf seinen Oberschenkeln. Wieder verschwand der Mond hinter einer Wolke, und Richardsons Leichenhände erloschen.
»Das kann es noch nicht gewesen sein!« sagte er endlich und wandte sich Morgan zu.
»Was?«
»Morgen weiß ich mehr.«
»Morgen?«
Richardson nickte.
»Wo?«
»In Battle.«
»Im Pub?«
»In *Pilgrims Rest* – es gibt dort einen Salon im ersten Stock.«
»Eine letzte Frage, Fred: Hast du die Galerie in Brand gesetzt?«

Richardson schaute Morgan entsetzt an.
»Wie kannst du eine solche Frage stellen, Pierre? Ich wäre vielleicht nach alldem imstande, alles zu vernichten, außer meinen Bildern und meinem Kind. Meine Kunst überlebt mich. Nicht umgekehrt.«
Richardson legte seine Hand auf Morgans Unterarm und drückte ihn kurz.
»Ich fahre dich zurück.«
Richardson schien in Gedanken versunken zu sein und achtete nicht mehr auf mögliche Verfolger. Und Morgan wußte nicht, ob er hoffen sollte, daß Sophie ihn in seinem Zimmer erwartete, oder ob es ihm lieber wäre, wenn sie schon weggegangen war.

25

Sophie war vor ihm aufgestanden. Sie kam aus dem Badezimmer, als er noch immer auf dem Rücken, die Hände hinter dem Kopf, bewegungslos dalag. Er wußte nicht, ob er ihr die offizielle Version seiner Abreise mitteilen oder sie zu seiner Komplizin machen sollte.

Sophie hatte sich ein weißes Badetuch über die Schultern geworfen. Es bedeckte sie nur bis knapp unterhalb ihrer Scham.

»Was bedeutet eine Liebesnacht?« fragte er.

»Soviel wie ein schneller Akt auf der Parkbank«, sagte sie.

Er setzte sich auf und zog die Decke bis zum Kinn hoch. Sie schaute auf seine nackten Füße, die darunter hervorschauten, und lächelte.

»Lawton wäre doch eine Alternative gewesen.«

»Alternative wozu?«

»Als Partner für eine Liebesnacht. Oder zum schnellen Akt auf einer Parkbank.«

»Was willst du noch hören?«

Sie drehte sich um, warf das Badetuch aufs Bett und begann, sich anzuziehen. Er schaute ihr dabei zu. Sie bevorzugte noch immer weiße Unterwäsche. Morgan befreite sich von der Bettdecke.

»Wo ist er?«

Sie drehte kurz den Kopf und schaute ihn über die linke Schulter an.
»Warum willst du das wissen?«
»Lawton hat das Tankerunglück auf dem Gewissen, Sophie.«
Sie wandte sich wieder ab und hakte ruhig die Ösen des Büstenhalters ein.
»Du bist nicht überrascht?«
Sie schlüpfte in die Ärmel ihrer Bluse und knöpfte sie langsam zu.
»Flieg zurück, Pierre!«
Sie drehte sich abrupt um, die rechte Hand am zweitobersten Knopf der Bluse.
»Er hat dich instrumentalisiert. Er hat dich nicht geliebt.«
Sie zog die Hose an. Dann setzte sie sich auf die Bettkante.
»Wer wen?«
»Weißt du, wo er jetzt ist?«
»Ich kann ihn auf dem Handy erreichen.«
»Versuch es, bitte.«
Sophie zögerte, dann tippte sie Lawtons Nummer ein.
»Tim?«
Sie zuckte zusammen. Dann lauschte sie. Dann legte sie auf.
»Wo ist er?«
Sie lachte.
»Er war wütend, daß ich ihn angerufen habe.«
»Hast du Hintergrundgeräusche gehört?«
»Eine Schiffssirene. Ganz nah.«
Morgan dachte nach.

»Ein Hafen. Aber welcher?«
Sie zuckte die Schultern.
»Hast du noch andere Filmaufnahmen gemacht?« fragte er.
Sie nickte, stand auf, öffnete ihren kleinen Lederrucksack und holte ihre Kamera heraus.
»Aber diese Bilder sind noch nicht kopiert.«
Sie setzte sich neben Morgan und hielt ihm dann die Kamera hin. Er schaute durch den Suchermonitor. Im Bildausschnitt tauchte Lawton auf. Er saß neben einer Frau auf einer Bank an der East Parade. Die beiden waren nur von hinten zu sehen. Sie wechselten ein paar Worte. Die Frau gab ihm eine Plastiktüte. Lawton nickte. Dann verschwand die Frau aus dem Bild, nachdem sie kurz Lawtons Schulter berührt hatte. Die Szene brach ab. Der Monitor erlosch.
»Auf dem Filmausschnitt mit den Bildern des Anschlags auf Trinnings Galerie, den ich dir gezeigt habe, hatte ein Polizeibeamter eine Plastiktüte in der Hand. Er hat sie einem Zivilbeamten gegeben.«
»Und?«
»Ich habe eine Quelle bei der Polizei aufgetan, Pierre. In der Plastiktüte war vermutlich der Brandsatz, der in die Galerie geschleudert worden ist.«
»Gehört diese Filmszene zu deiner Reportage mit dem Mann am Strand, dem zweiten Mann beim Fischerboot und dem Mädchen mit dem roten Rock?« fragte Morgan zögernd.
»Ja. Dieser Mann, der sich mit der Frau an der East Promenade getroffen hat, ist die dritte Figur im Plot.«
Morgan schwieg.

»Hältst du an deiner These fest?« fragte Sophie. »An der amerikanischen Verschwörungstheorie? Auch wenn dieser mysteriöse Shipley alias Richardson, dem du auf der Spur warst, jetzt tot ist? Und auch der Galerist, sein Alter ego?«

»Nein!« fuhr Morgan dazwischen. »Der Mann, den Tim Lawton totgesagt hat und dem er einen Selbstmord untergeschoben hat, lebt.«

Morgan wußte nicht, warum er diesmal den Namen Tim Lawton so unbefangen hatte aussprechen können.

»Was sagst du?«

Sophie schaute ihn entsetzt an.

»Ich habe mit dem Mann gesprochen. Mit Shipley oder Richardson oder wem auch immer. Gestern nacht. Bevor ich zu dir zurückkam.«

Er griff nach ihrer Hand.

»Was bedeutet eine Liebesnacht?« fragte er zum zweitenmal.

»Das Recht auf ein neues Rendezvous.«

Sie bückte sich und schlüpfte in die Schuhe. In dunkelblaue Pumps, vorne breit und etwas kantig.

»Sophie!«

»Ja?«

»Zeig mir noch einmal den Filmausschnitt!«

»Warum?«

»Die Frau, die mit Lawton auf der Parkbank gesessen hat, trug dieselben Schuhe wie du.«

»Und? Denkst du etwa, ich war die Frau auf der Bank?«

Sie stand vor ihm, die Kamera in der Hand, und hatte wieder ihren Fernsehblick.

»Nein«, sagte er. »Ich weiß doch, wie du gehst. Aber diese Schuhe haben sich in meinem Gedächtnis festgehakt. In Hamburg. Nach diesem Anschlag. Als ich zu mir kam, sah ich nur Schuhe. Leute standen um mich herum. Und jemand war dabei mit solchen Schuhen.«
Sophie hielt ihm die Kamera hin. Morgan schaute sich noch einmal den kurzen Ausschnitt an. Dann nickte er.
»Ich erinnere mich. Die Frau in Hamburg ging genauso. Und dann in Wengen. Ich denke, sie hat Möller auf dem Gewissen.«
Sophie zog ihre Jacke an, nahm stumm die Kamera und schwang ihren kleinen Rucksack über die Schulter.
»Sophie, dieser Tim Lawton war damals auf dem britischen Trawler, als es zur Kollision kam.«
Sophie nickte kaum merklich.
»Und Richardson mit ihm.«
»Und Lawton ...«, sagte sie gedehnt und horchte beinahe verwundert dem Namen nach.
Morgan drückte sie an sich, bis sie sich sanft befreite. Er ging ins Badezimmer. Als er zurückkam, war Sophie weg. Er rief Voland an.
»Neuigkeiten von Lawton?«
»Lawton ist noch nicht aus seinem Urlaub zurückgekehrt.«
»Lawton ist hier. In Hastings.«
Es war still in der Leitung.
»Bist du noch da?« fragte Morgan drängend.
»Ja.«
»Ich habe das Fax bei mir, das du mir vor meinem Abflug geschickt hast.«

»Dann ist es ja gut.«
Es war wieder still in der Leitung. Aber Voland hatte nicht aufgelegt. Morgan hörte seinen Atem.
»Du erhältst noch heute eine Mail von mir. Druck sie aus und schließ sie in einem Banksafe ein. Und dann lösche die Nachricht.«
»Was für eine Mail?« fragte Voland. Er wirkte beunruhigt.
»Maurice Fabers zweiten Artikel: *Wie es wirklich war!*«
Voland legte auf.

26

Morgan saß unter einem Sonnenschirm im Garten von *Pilgrims Rest*. Über den Rand der *Times* vom Vortag beobachtete er die Leute, die zum Eingang der Abbey strömten. Er wartete auf Richardson.
»Hallo.«
Morgan schaute erstaunt auf. Der Mann, der vor seinem Tisch stand, trug einen dunklen Anzug. Seine Augen waren blau, auffällig blau. Morgan erkannte ihn sofort wieder, auch wenn er beim letztenmal ein etwas veraltetes Brillenmodell getragen hatte.
Es war der Mann vom Kultusministerium. Die Kellnerin kam und wollte die Bestellung aufnehmen. Der neue Gast scheuchte sie weg.
»Später«, sagte er.
Morgan schaute der Kellnerin nach, die mit durchgedrücktem Kreuz davonstakste.
»Wir gehen nach oben. Ich habe den Salon reserviert.«
»Ich habe eigentlich nicht Sie erwartet, Mister ...?«
»Williams. Ich weiß. Sie sind mit Richardson verabredet. Er ist verhindert.«
Morgan wurde hellhörig.
»Ich dachte, Sie sind vom Kultusministerium?« fragte er.
Der Mann verzog sein Gesicht zu einer Grimasse.

»Ein Ministerium ist so gut wie das andere.«
»Geheimdienst also?«
»Kommen Sie!«
Morgan stand auf, rückte umständlich seinen Stuhl zurecht, überlegte, ob er einfach weggehen sollte, entschloß sich dann aber, dem Mann zu folgen, der bereits im Eingang von *Pilgrims Rest* verschwunden war. Morgan traf ihn im Salon wieder. Er stand, mit dem Rücken zur Tür, am Fenster. Als Morgan eintrat, wandte er sich langsam um. Er zeigte stumm auf einen Ledersessel. Morgan setzte sich auf den Rand. Es wollte ihm nicht gelingen, in diese scheinbar entspannte Herrenzimmeratmosphäre einzutauchen, die ihn an seinen Großvater, an steife weiße Hemdkragen, an Zigarrenrauch und gedämpftes Stimmengemurmel erinnerte. Als wären immer nur Geheimnisse ausgetauscht worden. Und nur manchmal hatte ein kehliges Lachen die eingenebelte Stimmung gesprengt, eine Zote war durch den Raum geschwirrt, und dann war es schon wieder still gewesen bis auf das diskrete, kaum hörbare Schmatzen, wenn die Männer an ihren Zigarren gezogen hatten.
»Eine Herrenzimmeratmosphäre«, lächelte Morgan. »Es fehlen eigentlich nur noch die teuren Zigarren.«
»Mister Morgan, der Besuch in der Galerie war schon zuviel. Warum sind Sie nicht abgereist?«
Williams setzte sich vorsichtig in einen zerbrechlich wirkenden Sessel, der in der Ecke stand. Aber er fühlte sich offensichtlich nicht wohl, wenn er saß. Er schnellte wieder hoch, trat ans Fenster und schaute hinaus.
»Was wissen Sie, Mister Morgan?«

Williams hatte eine Zigarre aus einer Stanniolhülle gepellt. Er betrachtete sie geradezu liebevoll, kappte ihr Mundstück und steckte sie zwischen die Lippen, die dabei fast obszön anschwollen.

»Ich weiß, wer Shipley ist. Und ich weiß, daß Trinning zum Teil Shipley ist und daß auch Richardson zum Teil Shipley ist. Und daß Shipley – welcher auch immer – tot ist. Genügt Ihnen das?«

Williams zog heftig an seiner Zigarre und stieß eine gewaltige Rauchwolke aus, die sich langsam im Raum verteilte.

»Mister Morgan«, sagte er mit Nachdruck, »es gibt keinen Grund, von der These abzuweichen, daß die Tankerkollision im vergangenen November durch Terroristen herbeigeführt worden ist.«

»Richardson ist anderer Meinung, Mister Williams. Warum versuchen Sie, die Wahrheit zu unterdrücken? Richardson ist doch Ihr Mann. Paßt diese Version nicht in das Konzept Ihrer Regierung?«

»Fundamentalismus und Terrorismus sind die größten Feinde der zivilisierten Welt. Auch England muß vor diesem Feind geschützt werden. Eine Wiederholung der Tankerkatastrophe oder ähnliche Anschläge müssen mit allen Mitteln verhindert werden.«

Morgan lachte in sich hinein.

»Sie zitieren Ihren Premier, nicht wahr?«

»Es ist auch meine Meinung, Mister Morgan.«

»Der Staat im Staat ist also derselben Meinung wie die Regierung. Das trifft sich ja gut.«

Morgan wußte, daß er Williams provozierte.

»Eine abgedroschene Formulierung, Mister Morgan.

Der Geheimdienst ist nicht der Staat im Staat. Der Geheimdienst ist für den Staat da.«
»Und der Geheimdienst schweigt, wenn die Regierung gewisse Dokumente absichtlich falsch interpretiert? Sie sind doch Engländer, Mister Williams. Der Ausdruck *sexed up* stammt aus Ihrem Vokabular. Und aus dem Ihrer amerikanischen Waffenbrüder. Die Regierung spielt gewisse Informationen hoch, und der Geheimdienst schweigt. Und Informationen des Geheimdienstes, die nicht in das Konzept der Regierung passen, werden unterdrückt. Welche Rolle spielen Sie in diesem Fall, Mister Williams?«
Williams stand wieder regungslos am Fenster. Nur die Rauchwolken, die über seinem Kopf ins Zimmer drängten, zeugten von seiner Erregung.
»Es gibt so etwas wie ein Informationsmanagement, Mister Morgan«, sagte Williams nach einer langen Pause und schaute den sich auflösenden Rauchkringeln nach. »Ein einziges Fernsehbild mit Symbolcharakter hat unter Umständen verheerende Wirkung.«
»Zum Beispiel Särge von amerikanischen Soldaten, die im deutschen Ramstein aus den Transportflugzeugen geladen werden, bevor sie in die USA transportiert werden? Bei Nacht und Nebel. Unter dem Vorwand, die Angehörigen zu schützen. Ein Akt der Pietät.«
Williams' Handy meldete sich mit einer Melodie aus *The Singing Detective*. Morgan unterdrückte ein Lachen. Williams lauschte angestrengt. Dann zündete er sich umständlich die erloschene Zigarre wieder an und setzte sich auf eine Récamiere neben dem Fenster. Er wirkte auf diesem fragilen Möbelstück, das in der Ma-

lerei für liegende halbnackte Schönheiten reserviert war, deplaziert. Die Situation hatte etwas Künstliches, und Williams ließ vielleicht deshalb den Rauch seiner Zigarre kokett in kunstvollen Kringeln entweichen und schaute ihnen mit beinahe verzücktem Gesichtsausdruck nach. Dann sah er auf die Uhr.

»Ein russischer Tanker, die *Geroi Tschernomorija*, ist unterwegs von St. Petersburg nach Singapur.«

»Und?« fragte Morgan. »Warum erzählen Sie mir das?«

Welches Spiel spielte Williams? Spielte er den Naiven, um herauszufinden, was Morgan wußte, wie gut er sich in letzter Zeit bei Reedereien, Gesprächen mit Hafenbehörden oder bei Mannschaftsmitgliedern von Tankern oder Trawlern informiert hatte und was für Schlüsse er aus dieser Information gezogen hatte? Oder wollte er ihn einfach vereinnahmen, ihn scheinbar zu seinem Komplizen machen?

»Mister Morgan, strapazieren Sie Ihren Part nicht«, sagte Williams drohend.

»Ich habe meinen nächsten Artikel bereits geschrieben, Mister Williams. Und er liegt sicher in einem Safe. Nur ein Freund hat Zugang. Und das ist ein guter und zuverlässiger Freund. Eine Überlebensgarantie.«

Morgan versuchte, überzeugend zu wirken. Williams schien irritiert. Dann zwang er sich zu einem Lächeln.

»Gut geblufft.«

Morgan verzog keine Miene. Williams zerquetschte wütend seine Zigarre in einem silbernen Aschenbecher. Wieder stand er am Fenster, den Rücken Morgan zugewandt.

»Wir haben Informationen erhalten, daß der russische Tanker die englische Küste ansteuern soll.«
»CIA-Informationen?«
»Das steht hier nicht zur Debatte. Es geht darum, den Russen im Auge zu behalten. Und das werden wir tun. Wir können uns ein überstürztes Eingreifen nicht leisten. Schließlich handelt es sich um einen NATO-Partner.«
»Noch einmal dasselbe Spiel und dasselbe Gespann?« fragte Morgan verwundert. »Woher haben Sie diese Informationen?«
»Von der Navy. Unsere amerikanischen Kollegen haben die Informationen bestätigt. An Bord sind Marokkaner, ein Saudi, ein Iraner, die auf der Liste der Terrorismusverdächtigen aufgeführt sind.«
»Fürchten Sie eine zweite, verbesserte Auflage der Apokalypse vom vergangenen November?«
Williams drehte sich langsam um. Er hob abwehrend den rechten Arm wie ein Verkehrspolizist.
»Wissen Sie, warum ich Sie sehen wollte, Mister Morgan?« fragte er.
Morgan schwieg.
»Nach dem Tankerunfall hielten wir Richardson für tot. Und das war für alle Beteiligten gut so. Der Kapitän der *Lucky Punch*, der alte Shipley, hat kurz nach der Katastrophe Selbstmord begangen. Der einzige Mann, der immer mit ihm auslief, hat die Kollision nicht überlebt.«
»Ich denke, er wurde erschossen.«
Williams zündete sich umständlich eine zweite Zigarre an und schloß die Augen. Der Zigarrenkopf glühte.

»Der Mann wurde aus Versehen erschossen. Als unsere Leute die Terroristen zu überwältigen versuchten.«

»Die Männer haben ausgesagt?«

Williams nickte vage.

»Und dann stellten Sie plötzlich fest, daß Richardson noch am Leben war.«

»Es gab keine Beweise für seinen Tod. Der Mann, der mit Richardsons Papieren an der französischen Küste angeschwemmt wurde, gehörte zur Besatzung des Tankers.«

»Aber diese Information haben Sie unterdrückt.«

Williams durchmaß mit langen Schritten den Raum, schleuderte jedesmal, wenn er bei der Wand angekommen war, wie ein Raubtier im Zoo seinen Kopf in den Nacken, drehte sich um die eigene Achse und wechselte die Richtung. Immer wieder.

»Der Artikel dieses Maurice Faber hat die ganze Angelegenheit hochgekocht, Mister Morgan.«

»Und?«

»Sie sind größenwahnsinnig, Morgan. Ein einzelner Mann provoziert die halbe Welt. Das konnten wir nicht einfach so geschehen lassen.«

»Anschel?«

»Nie gehört.« Williams grinste.

»Es gibt also so etwas wie Solidarität unter den Geheimdiensten?«

»Anschel ist tot. Im Hafen von Hamburg ertrunken.«

Morgan ging nicht auf diese Bemerkung ein.

»Ein tunesischer Blumenverkäufer versuchte, mich in Hamburg umzubringen. Daraufhin hat Anschel den tunesischen Blumenverkäufer erschossen, der wahrscheinlich ein bezahlter *Agent provocateur* war. Es ging allein darum, die Terrorismusthese zu stützen. Und jetzt ist Anschel ertrunken. Vielleicht aus denselben Gründen, aus denen der Tunesier erschossen wurde. Er wurde nicht mehr gebraucht, und er wußte zuviel.«

Williams hob wieder abwehrend die Hände.

»Letztlich haben Sie, Mister Morgan, all diese Morde auf dem Gewissen. Und es wäre nicht noch zu weiteren Morden gekommen, wenn Sie nicht plötzlich in Hastings aufgetaucht wären. Als mir die Einladung zur Ausstellung zugespielt wurde, war ich sicher, daß Richardson noch am Leben war. Aber ich äußerte meinen Verdacht niemandem gegenüber. Erst als es die Ausstellung gab, habe ich Kunstexperten eingeweiht. Ich habe eines der Arche-Bilder gekauft und analysieren lassen. Ein antiquiertes, archaisches Motiv. Die Bilder, die er damals in Bournemouth ausgestellt hat, gefielen mir besser.«

»Antiquiert? Die Apokalypse hat kein Verfallsdatum«, murmelte Morgan.

Williams hörte nicht zu.

»Wir haben das Bild auf Pinselstrich, Farbgebung, Raumaufteilung untersucht. Es war Richardsons Handschrift. Es gab keinen Zweifel.«

Morgan dachte an seinen Artikel. Auch ihm war es nicht gelungen, seine wahre Identität zu verschleiern. Ein Name war so gut wie jeder andere. Ob Shipley oder Trinning oder Richardson, Morgan oder Faber.

»Und das bedeutete für Sie, daß es einen Mann gab, der wußte, wie sich alles abgespielt hat. Und der offensichtlich auch bereit war, diese Wahrheit öffentlich zu machen.«

Williams nickte und legte seine Zigarre auf den Rand des Aschenbechers. Dann setzte er sich erneut auf die Récamiere, schnellte aber gleich wieder hoch, weil er sich nicht in diese subalterne Position begeben wollte, und nahm seinen alten Platz am Fenster ein, im Gegenlicht, so daß seine Gesichtszüge nicht klar zu erkennen waren.

»Weiter!« sagte er.

»Sie trauten Richardson nicht, aber Sie konnten ihn nicht finden. Und so haben Sie sich wieder mit den Amerikanern zusammengetan. Lawton war Ihr neuer Mann. Und ich war der Mann, der Sie zu Richardson führen sollte. Und Sophie Wagner war mit von der Partie, weil sie eine heiße Story witterte. Und weil Sie über unsere Beziehung informiert waren. Und weil Sie hofften, daß mich meine Vergangenheit mit Sophie einholen würde.«

»Sie hat Sie ja eingeholt«, brummte Williams, öffnete das Fenster und lehnte sich hinaus. Als müßte er Morgans Worten freie Bahn verschaffen.

»Und dann war Trinning an der Reihe, und getürkte Gutachten von Psychologen stützten die These von Richardsons Depression. Daß er von den Klippen bei Eastbourne springen würde, war die geniale Idee. Es würde Monate dauern, bis man die Leiche finden würde. Der letzte Zeuge war eliminiert. Und der Mantel der Zeit würde alles zudecken.«

Williams schloß das Fenster und wandte sich Morgan zu.

»Zu spät, Mister Morgan. Richardson lebt. Es war nicht Richardson, der von den Klippen gesprungen ist. Irgendein Japaner. Ich habe Richardson getroffen. Und der einzige Mensch, dem sich Richardson seit der Tankerkatastrophe anvertraut hat, ist auch noch am Leben: Sie, Mister Morgan. Und diesmal sind Sie mit von der Partie. Wir werden Sie mit Bildern verwöhnen, Mister Morgan. Dann ist es an Ihnen, Ihren Artikel von damals zu korrigieren.«
»*Embedded journalism* nennt man das wohl, nicht wahr?« fragte Morgan spöttisch.
Er stand auf. Er streckte sich. Seine Glieder waren ganz steif geworden, so hatte er sich auf der Kante seines Sessels verkrampft.
»Wohin kann ich Sie fahren?« fragte Williams, kam auf Morgan zu und blieb dicht vor ihm stehen.
»Fahren Sie mich nach Hastings.«
Williams nickte stumm und ging zur Tür.

27

Richardson und Morgan fuhren im schwarzen Vauxhall die Küste entlang. Einmal hatte sich Morgans Handy gemeldet. Aber Richardson hatte ihm mit einer Handbewegung zu verstehen gegeben, daß jetzt keine Kontakte erwünscht seien.

»Ich komme gerade aus einer Herrenzimmeratmosphäre, Fred«, sagte Morgan. »Ich habe einen Mann getroffen, der sich als dein Vorgesetzter ausgegeben hat. Williams.«

»Ich weiß. Ich habe ihn getroffen. Ich habe ja euer Zusammentreffen veranlaßt. Dasselbe Spiel soll noch einmal gespielt werden.«

Morgan schaute Richardson fragend an.

»Dasselbe Spiel? Was meinst du damit?«

»Lawton und ich. Ein Trawler. Ein Tanker. Diesmal ein russischer. Und diesmal befindet sich das sogenannte Operationsgebiet auf der westlichen Seite des Kanals.«

»Die *Geroi Tschernomorija*, ich weiß. Warum spielst du mit, Fred? War einmal nicht genug?«

»Dasselbe Spiel spielt keiner zweimal.«

Ein Helikopter tauchte in geringer Höhe hinter dem Hügel auf, legte sich in die Kurve und flog eine Weile parallel zur Straße neben ihnen her. Richardson warf einen schnellen Blick nach oben, dann konzentrierte er sich wieder auf die Straße.

»Williams' Eskorte?« fragte Morgan.
Richardson nickte.
»Warum? Traut er dir nicht, oder ...?«
»... oder ist das unser Geleitschutz?« fuhr Richardson fort.
»Brauchen wir denn Geleitschutz?«
»Williams hat dich nicht umsonst eingeweiht, Pierre. Du wirst einen Logenplatz haben. Du wirst eine perfekte Inszenierung genießen können.«
»Wie meinst du das?«
»Vielleicht ist die Besatzung des russischen Tankers eingeweiht. Sie spielen mit, und du wirst Zeuge eines vereitelten Terroranschlags. Und dann? Was schreibst du?«
Wieder dachte Morgan an den Versuch der amerikanischen Truppen im Irak, Frontreporter an ihren Aktionen scheinbar teilnehmen zu lassen. Nur fanden die entscheidenden Aktionen immer woanders statt.
Richardson bog von der Straße ab und fuhr auf einen Gasthof zu: *Angel's Face*.
»Ich gehe schnell telefonieren«, sagte er.
»Ich habe doch ein Handy. Und ich denke, du auch.«
»Ich will von einem neutralen Apparat aus anrufen. Bis gleich.«
Morgan holte sein Handy heraus und hörte die Nachricht auf der Combox ab. Es war Volands Stimme. Aber sie klang irgendwie fremd. Er redete vom Wetter in Genf und vom schleppenden Fortgang der Forschungen. Und daß die Frau eines gewissen Herrn L. früher Judokämpferin gewesen sei und mit Mädchenname Peggy Brown geheißen habe.

Als Morgan sein Handy einsteckte und sich dabei halb umdrehte, sah er auf dem Rücksitz einen Rucksack liegen. Sophies Rucksack! Er griff in dem Augenblick danach, als Richardson zurückkam. Dieser nahm ihm den Rucksack ruhig wieder ab und setzte sich hinter das Lenkrad. Er startete nicht.

»Wo ist Sophie?« fragte Morgan drohend.

»Ich werde es herausfinden.«

»Warum liegt ihr Rucksack in deinem Auto?«

»Ich werde es herausfinden«, sagte Richardson zum zweitenmal.

Ihn beschäftigte offensichtlich etwas ganz anderes. Oder wollte er Morgans Frage nur ausweichen?

»Ist was? Wo ist sie?« fragte Morgan drängend.

»Ich verstehe das nicht. Lawton ist bereits an Bord. Aber auf einem anderen Trawler. Auf der *Lumbering Elephant*. Ursprünglich war die *Lucky Punch* für die Aktion vorgesehen.«

»Die *Lucky Punch*?« fragte Morgan erstaunt. »Der Trawler, der die *Marianne* gerammt hat?«

»Williams' Leute haben sie wieder in Ordnung gebracht.«

»Williams hat doch eigentlich keinen Grund, dich wieder einzusetzen. Du bist ein Risikofaktor seit damals. Und offiziell bist du tot.«

»Eben. Ich bin nur offiziell tot, Pierre. Und was immer auch geschieht, als Augenzeuge bin ich deshalb für Williams und seine amerikanischen Kollegen kein Risikofaktor.«

»Aber du bist ein Störfaktor, Fred.«

»Ich weiß, aber ich will herausfinden, was meine Kollegen hier und ihre amerikanischen Freunde wirklich vorhaben. Was du sehen wirst, deckt sich bestimmt nicht mit dem, was ich sehen werde. Ich habe noch eine Rechnung offen. Ich will die Wahrheit, Pierre«, sagte er etwas zu pathetisch. »Und du bist meine Überlebensgarantie.«

»Er kann uns beide eliminieren. Endgültig.«

Richardson schüttelte den Kopf.

»Williams ist nicht dumm. Er weiß ja auch, daß die Schlange mehr als nur zwei Köpfe hat. Dein Freund Voland zum Beispiel. Vielleicht auch Sophie.«

Morgan zuckte zusammen. Hatte Sophie wirklich die Seite gewechselt? Liebesakte waren wohl noch kein Beweis dafür. Und Voland wollte als Wissenschafter überleben.

»Williams ist erpreßbar, Pierre«, fuhr Richardson fort. »Er mußte mich einsetzen, ob er wollte oder nicht. Er kann die Amerikaner nicht allein operieren lassen. Die Aktion findet schließlich in britischen Hoheitsgewässern statt. Mord ist nicht immer die effizienteste Methode.«

»Lawton soll also den russischen Tanker in einen Hafen eskortieren? Mit derselben Methode wie damals? Indem er das GPS unterläuft?«

»Das ist seine offizielle Mission. Aber diesmal bin ich auf alles vorbereitet.«

»Kennst du Lawtons Biographie?« fragte Morgan endlich nach einer langen Pause.

Richardson schaute Morgan überrascht an.

»Was soll das heißen?«

»Vielleicht hat Lawton einen anderen Plan. Ich habe

Informationen über ihn, Fred«, sagte Morgan leise, als fürchtete er, Richardsons Kreise zu stören.

Richardson wurde aufmerksam.

»Warum sagst du mir das erst jetzt?«

»Er ist verheiratet. Mit einer ehemaligen Judokämpferin, die später in Dallas, wo er noch immer eine Professur hat, seine Assistentin war.«

»Peggy Brown?«

Morgan nickte.

»Und Lawton ist dann zur CIA gewechselt. Und vorher?«

Morgan griff in seine Brusttasche und hielt Richardson Volands Fax mit den Informationen über Lawtons Biographie hin.

»Verstehst du Deutsch?«

»Leidlich. Gib her.«

Er überflog das Papier.

»Hast du das Fax kopiert?«

Morgan nickte. Richardson faltete das Papier zusammen und steckte es ein.

»Verdammt«, murmelte er.

Er hatte seine Stirn auf das Lenkrad gelegt und schien nachzudenken. Er hob den Kopf erst wieder, als sie Helikoptergeräusche hörten. Der Hubschrauber, der abgedreht hatte, kehrte zurück.

»Fred!« sagte Morgan drängend.

Richardson startete den Wagen.

»Willst du nicht in Sophies Rucksack nachschauen? Vielleicht ist da ja auch ihre Kamera …«

Richardson stieß einen Fluch aus, bremste, angelte nach dem Rucksack und öffnete ihn.

»Kannst du die Kamera bedienen?« fragte er.
»Gib her.«
»Beschreib mir, was du siehst, während ich fahre. Wir dürfen keine Zeit verlieren.«
Morgan probierte mehrere Positionen aus, bis sich endlich ein Bild im Suchermonitor zeigte.
»Ja?«
»Ja. Peggy Brown am Fishing Beach. Sie trägt ein hellblaues T-Shirt mit einer Comic-Figur auf dem Rücken. Mickey Mouse oder so was. Ich kenne mich da nicht aus.«
»Eine Frau am Strand. Das reicht«, sagte Richardson beinahe grob.
»Hinter einem Schiff taucht ein bulliger Mann auf. Er umarmt Peggy.«
»Ein Fischer. Er ist über Fünfzig.«
Morgan schaute Richardson überrascht an.
»Möglich. Jetzt zoomt die Kamera auf die beiden zu.«
»Das ist kein Kino, Pierre. Ich will nicht wissen, wie sich die Kamera bewegt. Ich will wissen, was du siehst.«
»Ich sehe doch nur, was die Kamera sieht.«
»Eben. Und was sieht sie jetzt?«
»Eine Tätowierung auf dem Unterarm des Mannes.«
»Was für eine Tätowierung?«
»Das Bild ist nicht scharf genug.«
»Mark Anthoney«, murmelte Richardson.
»Woher weißt du das?«
Richardson zuckte die Achseln.
»Gibbs! Er war früher mit meinem Vater draußen. Und er war dabei, als die *Mark Anthoney* im Sturm kenterte. Weiter!«

»Peggy redet auf ihn ein. Er nickt. Er zeigt zu den Fischerbooten hinüber.«
Der Monitor wurde dunkel.
»Die Frau trägt einen Rucksack. Und Gummihandschuhe.«
»Das kann ich nicht erkennen in dieser Einstellung. Der Mann deckt die Frau ab. Jetzt gehen sie nebeneinander den Strand entlang. Sie bleiben vor einem Schiff stehen, das einen schwarzgestrichenen Bauch hat und blaue Planken.«
Wieder machte Morgan eine Pause. Er reinigte den Sucher hastig mit einem Taschentuch. Er schwitzte.
»Seitlich am Steuerhaus ist ein grellroter Rettungsring befestigt«, sagte Richardson.
Morgan ließ das Bild einfrieren. Jetzt sah er den Rettungsring und am Bug auch den Namen des Schiffes: *Mark Anthoney 2*.
»Der Mann legt eine Leiter ans Boot. Er klettert an Deck. Peggy Brown folgt ihm. Sie schaut sich um. Er verschwindet im Steuerhaus. Sie stellt ihren Rucksack auf das Deck …«
Richardson hatte die Augen geschlossen, als er das alles beschrieb. Morgan schüttelte irritiert den Kopf. Dann ließ er die Kamera wieder laufen.
»Die Frau geht zum Bug des Fischerbootes und setzt sich neben den stählernen Arm einer Seilwinde. Sie sieht aus wie …«
»Keine Ausschmückungen, Pierre. Bleib bei der Sache. Das hier ist nicht Literatur. Also: Der Mann taucht mit einer Seilwinde unter dem Arm aus dem Steuerhaus auf.«

»Er geht ebenfalls zum Bug, dreht den Arm des kleinen Krans gegen die Schiffsmitte und rollt eine Plane aus. Er wirft sie mit Schwung über den stählernen Arm des Krans«, fuhr Morgan fort.
Richardson packte Morgans Arm. Er versuchte, ihm die Kamera zu entreißen. Das Auto kam ins Schleudern. Richardson fing es wieder auf.
»Hör schon auf! Du redest und redest, und ich soll dir glauben. Ich traue doch nur meinen eigenen Augen.«
Richardson hielt das Lenkrad mit beiden Händen umklammert. Seine Knöchel schimmerten weiß.
»Du warst ja nicht dabei. Warum traust du den Bildern nicht?«
Richardson ließ das Lenkrad los und versuchte erneut, Morgan die kleine Kamera zu entreißen.
»Warum läßt du mich nicht?« fragte Morgan wütend. Er stieß Richardson zurück. Richardson gab Gas. Das Auto schoß mit einem Satz vorwärts. Morgan umklammerte die Kamera.
»Peggy hilft dem Mann, die Enden der Segeltuchplane seitlich zu befestigen, so daß ein Zelt entsteht. Der Mann geht von Bord und auf eines der gelben Raupenfahrzeuge zu. Er befestigt eine Art Schleppseil am Bug der *Mark Anthoney 2*, setzt sich ans Steuer des Raupenfahrzeugs, wirft den Motor an und zieht das Boot zum Strand hinunter.«
Morgan starrte auf den Sucher. Er lauschte Richardsons Bericht, aber Bild und Bericht paßten nicht zusammen.
»Hör auf, Fred, das stimmt nicht! Die Kamera hat

einen Schwenk von 180 Grad gemacht. Da steht ein Mann mit einer Pistole in der Hand.«
»Aufhören!« schrie Richardson.
»Du bist es, Fred.«
»Zu früh. Ich hätte warten sollen.«
»Du warst Augenzeuge.«
Richardson bremste, fuhr an den linken Straßenrand, holte ein Funkgerät aus dem Handschuhfach, öffnete die Tür und stieg aus. Er war blaß. Seine Bewegungen waren fahrig. Aber als er wieder einstieg, hatte er seine Ruhe zurückgewonnen. Der Helikopter drehte wieder ab und flog westwärts davon.
»Und?« fragte Morgan.
»Vor einem guten halben Jahr bin ich auch auf dieser Strecke nach Portsmouth gefahren. Bei der Tankstelle da vorn hat Lawton auf mich gewartet. Und dann sind wir mit der *Lucky Punch* ausgelaufen.«
Richardson startete den Wagen erneut. Sie näherten sich Portsmouth. Richardson fuhr jetzt langsamer. Es hatte zu regnen begonnen.
»Schlechtes Wetter für Williams«, brummte er.
»Wie meinst du das?«
»Seine Helikopter müssen unter den Wolken fliegen.«
Morgan schaute auf Richardsons Hände, die das Lenkrad immer noch fester als nötig umklammert hielten.
»Was führt er im Schilde?«
»Jeder rettet jetzt seine eigene Haut«, sagte Richardson sibyllinisch.
Sie fuhren auf das Hafengelände. Richardson zeigte einen Ausweis. Alles lief wie in einem Stummfilm ab. Richardson parkte seinen Vauxhall. Es regnete stärker.

Richardson setzte eine Wollmütze auf und verschwand in einem flachen Backsteingebäude, ohne sich weiter um Morgan zu kümmern. Der Helikopter flog jetzt in geringer Höhe über das Hafengelände. Richardson kam zurück.

»Ein US-Tanker befindet sich auf der Höhe der Isle of Wight. Die *Big Country.*«

»Und?«

»Williams hat davon nichts gesagt. Obwohl er ja über alle Schiffsbewegungen in britischen Hoheitsgewässern informiert sein sollte.«

Morgan überlegte fieberhaft.

»Lies das Fax, das ich dir gegeben habe. Dort findest du vielleicht die Antwort auf diese Frage.«

Richardson riß das Fax aus seiner Jackettasche und überflog es nochmals.

»Wir wissen wohl jetzt, wer diese Peggy Brown ist. Lawtons Frau. Sie weiß mit dem Messer umzugehen, Fred. Und wahrscheinlich arbeitet auch sie für die CIA.«

»Eine Figur in Lawtons Spiel«, sagte Richardson nachdenklich.

»Aber welches Endspiel hat er vor?«

Richardson zögerte, dann schwieg er.

»Warum hast du mir nicht gesagt, daß du Sophie entführt hast?« fragte Morgan.

Richardson schüttelte den Kopf.

»Entführt? In Sicherheit gebracht.«

Morgan sah ihn zweifelnd an.

»Du wirst am Hafeneingang abgeholt«, sagte Richardson.

»Von wem?«
»Von Williams. Oder von einem seiner Männer.«
»Wo ist Sophie?«
»Sophie ist in einem der Holzhäuser beim Fischmarkt eingeschlossen. Ich habe Trinnings Adoptivsohn in Hastings angerufen. Er ist inzwischen bei ihr.«
»Ich hole sie dort raus.«
»Dazu gibt dir Williams keine Chance mehr, Pierre. Er wird dich befragen. Du sagst alles, was du weißt. Daß Peggy Brown mit der *Mark Anthoney 2* ausgelaufen ist. Und daß Lawton auch schon draußen ist. Und alles, was du weißt, weißt du von Sophie.«
Richardson packte Morgan ungeschickt an den Schultern und drückte ihn an sich.
»Ich melde mich, Pierre.«
Er legte den Zeigefinger an den Mützenrand und wandte sich schnell um.
Am Pier lag die *Lucky Punch*. Wie neu.

28

Morgan starrte auf das brennende Wrack der *Lumbering Elephant*. Er schüttelte den Kopf. Immer wieder. Williams war blaß, aber wirkte zufrieden. Er schob eine Zigarre in den Mund und zündete sie an. Diesmal verzichtete er auf alle Rituale. Er paffte vor sich hin. Der Monitor erlosch. Die *Lumbering Elephant* versank in der Tiefe des Bildschirms.

Eine schweigsame Frau hatte in einem dunkelgrünen Rover vor dem Hafeneingang auf Morgan gewartet. Sie waren westwärts gefahren, hatten Brighton passiert, wo die Frau die Straße nach Newhaven gewählt hatte. Auf dem Vorplatz eines alten Hauses, das mit seinen geschlossenen Fensterläden einen unbewohnten Eindruck machte, auf dessen Dach aber eine mehrfingrige Antenne angebracht war, hatte sie gehalten. Auf dem Vorplatz parkten mehrere Autos.

Die Frau hatte Morgan direkt in Williams' Büro geführt, dem man die Geschichte des Hauses nicht mehr ansah. An der Wand hingen Seekarten und Faxe. Ein einziges Bild schmückte den Raum: *Church Nave* von Fred Shipley, eine der vielen Fassungen, bei der das hölzerne Schiff weit oben in der Vierung einer alten Kathedrale hing und nur von unten zu sehen war.

Williams lehnte sich in seinem Schreibtischstuhl zurück, die Hände hinter dem Kopf gefaltet.

»Ohne unser Eingreifen wäre es zur Katastrophe gekommen, Mister Morgan. Die Royal Air Force hat Maßarbeit geleistet.«

»Was meinen Sie mit Katastrophe?«

»Die *Lumbering Elephant* wurde mittschiffs getroffen und ist in Brand geraten. Da hat keiner an Bord überlebt.«

»*Well done*«, sagte Morgan zynisch.

»Wir hatten keine andere Wahl, Mister Morgan. Sie waren doch Zeuge. Und die Amerikaner werden es uns danken. Die *Big Country* befindet sich wieder auf ihrem angestammten Kurs.«

»Dann ist ja alles gut«, murmelte Morgan. »Das heißt, Lawton ist tot.«

»Anzunehmen. Wir werden es bald wissen.«

»Und Richardson?«

»Ich fürchte …«

Williams vollendete den Satz nicht. Er schwieg.

Morgan versuchte, alle Bilder, die er in den vergangenen zwei Stunden auf drei Monitoren abwechslungsweise gesehen hatte, in eine Chronologie zu bringen. Graues Wasser, Wellen mit weißen scharfen Kämmen, die sich brachen, überschlugen. Ein Fischerboot mit grellrotem Rettungsring. Ein Helikopter, aus dem sich ein Seil wie ein Stück Darm, an dem ein Mann hing, aus den Eingeweiden löste. Feuerblitze. Ein zweiter Hubschrauber. Eine Frau, die über Bord des Kutters sprang, dann zwischen den Kämmen wieder auftauchte und erneut in einem Wellental versank. Ihr Kopf ein Spielball der Wellen, die den Körper der Frau endlich gegen die Bordwand schleuderten. Und danach war der

Kopf nicht mehr aufgetaucht. Dann ein schneller Zoom auf den Namen des Schiffes, der seitlich am Bug aufgemalt war: *Mark Anthoney 2*. Und Morgan wußte jetzt, daß Möllers Mörderin tot war. Peggy Brown war ertrunken.

Williams reichte Morgan das Fax mit Lawtons Biographie.

»Hätten Sie mich früher über Lawtons Biographie informiert, wäre es nicht so weit gekommen.«

»Es ist wohl an Ihnen und Ihren amerikanischen Kollegen, über die Biographie Ihrer Mitarbeiter informiert zu sein.«

Der Bug der *Big Country* hatte beinahe den ganzen mittleren Bildschirm ausgefüllt. Beim Namen des amerikanischen Tankers hatte Morgan an Westernfilme denken müssen, an Texas, an den amerikanischen Präsidenten, an seinen Vize, an den Ölkonzern Haliburton, an die fatale Verquickung von Wirtschaft und Politik, und er erinnerte sich an das Foto, das Voland in Lawtons Büro entdeckt hatte. Die *Big Country* befand sich auf Heimatkurs.

»Der Rachefeldzug eines einzelnen. Damit haben Sie nicht gerechnet, nicht wahr, Mister Williams? Und Ihre Kollegen auch nicht.«

»Lawton war ein Mann der CIA. Es bestand kein Grund, ihm zu mißtrauen.«

»Richardson hat es gewußt. Er hat Sie informiert.«

Williams schüttelte den Kopf.

»Richardson war an Bord der *Lumbering Elephant*. Er hat nichts unternommen, die Katastrophe zu verhindern.«

»Hatten Sie keinen Funkkontakt mit ihm?«
Williams schüttelte den Kopf.
Morgan versuchte, die Bilder lebendig werden zu lassen, die er gesehen hatte. Die schummrigen Umrisse der *Geroi Tschernomorija*. Ein Geisterschiff, das Kurs auf den Kanal genommen hatte. Nur einmal war die Aufnahme deutlich gewesen, und Morgan hatte den Namen des Tankers lesen können. Vier kyrillische Buchstaben fehlten.
Morgan hatte Williams von Sophies Filmaufnahmen berichtet, vom Auslaufen der *Mark Anthoney* 2 mit Peggy Brown an Bord. Es hatte endlos gedauert, bis Williams reagiert hatte. Daß Peggy Brown einen Störsender an Bord hatte und von Lawton instruiert worden war, war anscheinend für Williams erst klar, als die Kameras in den Helikoptern die seltsamen Aufbauten im Bug der *Mark Anthoney* 2 eingefangen hatten.
»Die *Mark Anthoney* 2 nimmt Kurs auf den russischen Tanker!« hatte Williams gerufen und war hinausgestürzt. Alle drei Monitore schalteten sich gleichzeitig aus. Als Williams endlich zurückkam, wirkte er erleichtert.
Ob denn auch Lawton geortet worden sei? hatte Morgan gefragt.
»Natürlich.« Williams hatte Morgan dabei nicht angesehen.
In diesem Augenblick war der mittlere Monitor wieder zum Leben erwacht. Die unverkennbaren Umrisse eines Trawlers hoben sich scherenschnittartig vom hellen Horizont ab. Zahlen tanzten in wilden Reigen auf dem Bildschirm. Dann legte sich ein Koordinatennetz

über das Bild, schwarze Balken wanderten von oben nach unten, und dann erwachte ein zweiter Monitor zum Leben. Die *Big Country* aus der Vogelperspektive. Das Bild wurde unscharf. Auf dem Bildschirm schneite es. Der dritte Monitor zeigte noch einmal den russischen Tanker. Und dann erlosch auch er. Die Bildauswahl, die Morgan gezeigt wurde, wirkte zufällig, hatte keine Chronologie.

»Das Ziel der Aktion war es doch wohl, Mister Williams, daß Lawton auf der *Lumbering Elephant* den russischen Tanker von seinem Kurs abbringt, wie beim letztenmal die *Marianne*, und ihn in einen englischen Hafen eskortiert. Aufgrund des Verdachts, daß sich an Bord Terroristen befinden könnten.«

Williams nickte.

»Es bestand aber die Gefahr, daß der russische Tanker mit der *Big Country* hätte kollidieren können.«

»Wer konnte schon damit rechnen, daß Lawton seinen Auftrag dazu benutzte, sich am amerikanischen Staat zu rächen?« sagte Williams, mehr zu sich als zu Morgan gewandt. »Daß er genau das, was wir zu verhindern versucht haben, durchgeführt hat?«

Eins paßt letztlich zum andern, dachte Morgan. Peggy Brown hatte mit der *Mark Anthoney* 2 den russischen Tanker angepeilt, mit falschen Daten beschossen und versucht, ihn auf einen neuen Kurs zu dirigieren. Während Lawton von der *Lumbering Elephant* aus die *Big Country* von ihrem eigentlichen Kurs wegdirigiert hatte, mit der Absicht, eine Kollision mit der *Geroi Tschernomorija* herbeizuführen. Lawtons Rache am amerikanischen Staat.

»Ich kann wohl jetzt gehen?« fragte Morgan und stand auf.
Williams nickte.
»Sie können gehen, Mister Morgan.«
»Ich kann also auch darüber schreiben, Mister Williams.«
Williams zog eine Schublade auf und langte hinein. Er stellte eine Flasche Gin und zwei Gläser auf den Schreibtisch, holte die Zigarrenschachtel aus der Jakkettasche, wählte sorgsam eine neue Zigarre aus, rollte sie zwischen Daumen und Mittelfinger sanft hin und her, hielt sie ans Ohr, kappte die Spitze mit einem silbernen Knipser und zündete sie dann genußvoll an. Das vertraute Ritual.
»Sie können über das schreiben, was Sie auf den Bildschirmen gesehen haben. Aber Sie haben ja nur einen Teil der Bilder gesehen. Und deshalb wäre es schlechter Journalismus, sich auf diese paar Bilder zu stützen. *Cheers!*«
Williams hob sein Glas.
Morgan schüttelte den Kopf.
»Die Bilder werden einen Mechanismus in Gang setzen, Mister Williams. Vielleicht ein kleines Watergate. Wer sagt Ihnen, daß die Bilder sich nicht verselbständigen?«
»Sie haben keine Bilder, Morgan. Sie haben nur Worte. Und die reichen nicht aus. Worte zeugen nicht! Die richtigen Bilder haben wir. Wollen Sie sie noch einmal sehen? Die *Big Country*? Die brennende *Lumbering Elephant*? Die geenterte *Mark Anthoney 2*? Bitte!«
»*Embedded journalism.*«

»Schweigen Sie!«
»Es kümmert Sie nicht, daß Richardson tot ist? Daß Sie ihn auf dem Trawler zusammen mit Lawton abgeschossen haben?« fragte Morgan nach einer beinahe unerträglich langen Pause.
Williams hatte die Zigarre zwischen die Zähne geklemmt. Er sah jetzt eher aus wie ein Fußballtrainer aus der Provinz.
»Ich sagte doch schon: Wir hatten keine andere Wahl. Wir mußten Richardson opfern. Wir haben eine Ölkatastrophe verhindert.«
»Richardsons Tod kommt Ihnen gelegen, Mister Williams, nicht wahr? Lawtons Tod genügte nicht.«
»Wir haben die Katastrophe verhindert, Mister Morgan. Darauf kommt es an«, wiederholte Williams.
Er hielt sein Glas schräg, der Gin tropfte auf den Teppich. Er merkte es nicht.
»Es war die Tat eines einzelnen. Rache. Rache am amerikanischen Staat ...«
»Am amerikanischen Präsidenten, am Sohn des Mannes, der damals die Gelder für das dem CERN entsprechende Großprojekt in Texas gesperrt und für den Golfkrieg verwendet hat. Und damit Lawtons wissenschaftliche Karriere zerstört hat ...«
Morgan hatte Williams unterbrochen.
»Das konnten wir nicht wissen, Mister Morgan.«
Williams hob wie abwehrend die Hände.
»Sie haben Ihren amerikanischen Freunden einen großen Dienst erwiesen, Mister Williams. Und Ihren Landsleuten auch. Der Anschlag auf die *Big Country* wurde vereitelt. Und die Ölkatastrophe, die diesmal

England betroffen hätte, wurde verhindert. Sie sind ein Held, Mister Williams.«
Williams schwitzte. Die Zigarre hing jetzt wie tot in seinem rechten Mundwinkel. Der Aschenzylinder fiel auf den Boden. Er merkte es nicht.
»Und wie wollen Sie den Angriff Ihrer Flugzeuge auf einen scheinbar harmlosen Trawler rechtfertigen? Bringen Sie Lawton ins Spiel? Den abtrünnigen CIA-Agenten?«
»Lawton? Wer kennt schon den Namen Lawton? Was wollen Sie, Morgan? Es gibt keinen Lawton. An Bord der *Lumbering Elephant* haben sich Terroristen befunden, die sich die *Big Country* als Anschlagsziel ausgesucht hatten. Das ist die offizielle Version.«
»Verhalte dich immer so, als wüßtest du, was du tust?«
»Bitte?« fragte Williams irritiert.
»Ach nichts. Ich zitiere nur den amerikanischen Vizepräsidenten. Der Mann glaubt an eine tragische Vision der Welt. Ich denke, da gehen Sie mit ihm einig.«
Williams stand auf, ein Zeichen für Morgan, daß er entlassen war.
»Es gibt unheilige Allianzen, nicht wahr?« fragte Morgan nach einer langen Pause mit leiser Stimme.
Williams fiel keine Antwort ein.
»Nicht wahr?« sagte Morgan noch einmal. Er wartete.
»Auf Wiedersehen, Mister Morgan.«
Williams streckte ihm die Hand entgegen.
»Und?« fragte Morgan. »Keine Auflagen?«
»Eine Empfehlung, Mister Morgan. Was auch immer Sie schreiben, die Bilder, die wir haben, sprechen gegen Sie. Und vergessen Sie nicht, Sie sind von einer an-

deren These ausgegangen. Sie waren nie dort, wo die Post wirklich abging. Sie waren immer nur Zuschauer. Und manchmal waren Sie ja auch ein kleiner Statist in diesem Film. Aber Sie wissen nicht, wie es sich in Wirklichkeit abgespielt hat. Schreiben Sie einen Roman. Fiction ist noch immer eine Alternative zur Schreibe, die sich mit sogenannten Tatsachen befaßt.«

Die Tür ging auf. Die Fahrerin stand da.

»Die Dame bringt Sie nach Eastbourne, Mister Morgan. Sie werden dort erwartet.«

Williams' Handy meldete sich.

»Ja? – Nein!«

Williams wurde bleich. Seine Hand umklammerte das Handy, als wollte er es zerquetschen.

»Richardson lebt. Er war nicht auf der *Lumbering Elephant*. Er war auf der *Lucky Punch*.«

29

Sie saßen nebeneinander auf der Bank und schauten auf das trübe Meer. Vor einer Stunde hatte Voland angerufen. Morgan hatte ihm alles erzählt, beinahe alles, bis auf die Geschichte mit Sophie.

»Die Apokalypse ist aufgeschoben.«

Voland hatte daraufhin gehüstelt und aufgelegt.

Es hatte fast aufgehört zu regnen. Mit dem nachlassenden Regen hatte sich der Strandweg wieder bevölkert. Es waren vorwiegend alte und gebrechliche Leute, die sich an ihnen vorbeischleppten. Eine Frau, deren rechtes Bein durch eine stählerne Schiene fixiert war, schob einen in sich zusammengesunkenen Mann im Rollstuhl über die Straße und kippte ihn am Rand des Bordsteins so heftig nach hinten, daß sein ganzer Körper durchgeschüttelt wurde. Jetzt schob sie ihn auf dem Strandweg weiter. Der Mann war wieder in sich zusammengesunken. Die Frau hielt an und zeigte aufs Meer.

»Ich weiß nicht, ob mir diese Art von Alter und Eheleben gefällt«, sagte Sophie leise.

Morgan grinste vor sich hin.

»Was für eine verlockende Perspektive: ein Lebensabend in Eastbourne, umgeben von Alten und Gebrechlichen.«

»Aber es rührt dich doch an, oder nicht?« fragte Sophie.

»Anrühren? Das ist doch nichts als ein elendes Bild. Da könnte man sich ja ebensogut von den Klippen stürzen.«

Morgan legte Sophie den Arm um die Schulter. Sie saßen da wie ein altes Ehepaar. Sie schauten einer Gruppe von Frauen nach, die einen hinkenden Mann in ihre Mitte genommen hatten.

»Da! Ein überlebender Mann.«

Sophie lachte. Morgans Handy sirrte.

»Wo? *The Devil's Chimney*? Ja. Ich komme.« Er machte eine Pause. »Wir kommen.«

»Wer hat angerufen?« fragte Sophie.

»Richardson.«

Morgan stand auf. Er zitterte. Sophie schaute ihn besorgt an.

»Was ist mit ihm?«

»Er steht oben auf der Klippe.«

»Er will springen?« fragte Sophie.

Die scheinbare Teilnahmslosigkeit, mit der sie die Frage gestellt hatte, traf Morgan im Innersten.

»Er hat deinen Film, Sophie.«

Sie sprang auf.

»Nein!«

»Komm!«

»Was willst du tun?«

»Handeln, Sophie. Das Leben ist ein einziger Deal.«

Sie liefen über die Straße auf der Suche nach einem Taxi. Und dann fuhren sie los. Es war eine stumme Fahrt hinauf zu den Todesklippen von Eastbourne.

Es war ja alles gesagt. Beinahe alles. Seitdem Morgan erfahren hatte, daß Richardson gar nicht an Bord der

Lumbering Elephant gewesen war, sondern mit der *Lucky Punch* die Verfolgung von Lawton aufgenommen hatte und von dort aus wahrscheinlich Williams informierte und so die Katastrophe verhinderte, hatte er vergeblich auf ein Lebenszeichen von Richardson gewartet. Und jetzt sollte Richardson, der Überlebende, oben auf der Klippe stehen? Bereit zum Sprung in die Tiefe?

Die Dämmerung war hereingebrochen. Ein starker Westwind war aufgekommen. Wolkenfetzen wurden über den erlöschenden Himmel getrieben. Sie hasteten unten am Fuß des Hügelrückens an einer Tafel vorbei. »*Peace Path Walk to Beachy Head Lighthouse Viewpoint*«, stand darauf.

Friedenspfad statt Kriegspfad, dachte Morgan.

»Ich laufe los, Sophie. Komm nach!«

»Mein Film!« schrie Sophie und versuchte, ihn zurückzuhalten.

Morgan begann zu rennen, lief keuchend den langgezogenen Hügel hinauf. Als er kurz stehenblieb, um Atem zu holen, und sich dabei umwandte, stand Sophie noch immer unten am Fuße des Abhangs. Wie gelähmt.

Er sah Richardson als Schattenriß oben am Rand der Klippen stehen, mit dem Rücken zu Morgan. Ein Bild wie aus einem Film. Wie in Ingmar Bergmans Film *Das siebente Siegel*, den er als junger Mann gesehen hatte.

»Fred!« schrie Morgan. Er war vielleicht noch zehn Meter von Richardson entfernt.

Richardson bewegte sich nicht. Er hatte die Arme seitlich angewinkelt, als wollte er sie zum Fliegen brauchen. Sophies Rucksack lag neben ihm im Gras.

»Bleib stehen, Pierre«, sagte Richardson.

»Warum hast du mich denn angerufen?« fragte Morgan.

»Ich habe mir das Sterbeszenario anders vorgestellt, Pierre. Vielleicht wie ein Tourist, der sich mit dem Sightseeing-Bus hierherfahren läßt, hinaufsteigt, vom Rand der Klippen hinunterschaut, um das Gruseln zu lernen. Dann kehrt er zurück nach Eastbourne und verkriecht sich in seinem Hotelbett. Wenn man diese Perspektive auf ein warmes Bett nicht hat, ist alles anders, Pierre.«

Rechter Hand blinkten die Lichter des Leuchtturms. Richardson steckte seine Hände in die Jackentasche.

»Warum hast du mich angerufen?« fragte Morgan leise.

»Es gibt einen Satz, Pierre, den ich nicht vergessen werde, wie ich vieles nicht vergessen kann. Da hast ihn mal zitiert.«

»Ich weiß ...«

»... ›Noch größer als die Kunst des Erfindens ist die Kunst des Vergessens.‹ Ich habe England vor einer Ölkatastrophe bewahrt. Und die Amerikaner vor dem Verlust eines Tankers. Aber zuvor hat sich mein Vater umgebracht, ist Trinning gestorben, und Frankreichs Küste wurde von einer Ölpest heimgesucht.«

»Du konntest es nicht verhindern, Fred«, murmelte Morgan und drehte sich kurz um. Sophie kam erst jetzt langsam den Hügel herauf.

»Die Bilder sind es. Sie kommen immer wieder. Sie

suchen mich heim. Der tote Strand. Mein Vater. Trinning.«
Er wandte sich um.
»Auslöschen, Pierre. Auslöschen. Es dauert nur fünf Sekunden, und dann ist es vorbei.«
»Williams wäre es recht, wenn du springen würdest.«
»Nicht nur Williams«, sagte Richardson.
»Wo ist Sophies Film?« fragte Morgan und trat einen Schritt näher, ohne daß es Richardson zu merken schien.
»Hier, in ihrem Rucksack.« Er bückte sich.
»Da unten, in deinem Rücken, ist eine echte Shipley-Szenerie, Fred. Felsen, Riffe, auf denen die Schiffe auflaufen, stranden, sich verkeilen. Diese Bilder gibt es, Fred. Es sind deine Bilder. Du bist sie ja schon losgeworden.«
Richardson drehte sich erneut um und machte einen Schritt auf den Abgrund zu. Er hatte jetzt Sophies Rucksack in der Hand.
»Meine Bilder gibt es nicht mehr, Fred. Sie sind verbrannt. In Trinnings Galerie. Sie waren die Zeugen. Jetzt gibt es sie nicht mehr.«
»Mal neue Bilder, Fred!«
Richardson betrachtete abwesend Sophies Rucksack in seiner Hand.
»Ich mag diesen Film nicht, den Sophie gedreht hat, Pierre. Und ich möchte nicht, das jemand diese Bilder zu Gesicht bekommt. Es sind die falschen Bilder.«
Morgan erschrak. Er schaute sich um. Sophie war inzwischen fast auf halber Höhe angekommen und winkte.

»Ein Deal, Fred«, sagte er schnell und legte seine Hand auf Richardsons Schulter.
Richardson erstarrte.
»Was für ein Deal?«
»Der Film gegen dein Leben.«
»Wie meinst du das? Du willst, daß ich den Film zurücklasse? Nein. Wenn ich springe, springe ich mit dem Film.«
Morgan zögerte. Er nahm seine Hand von Richardsons Schulter. Jetzt war Sophie nur noch zehn Meter von ihnen entfernt.
»Wirf den Film runter, Fred! Schnell! Nur den Film! Auf diesem Film habe ich ein Kind im roten Kleid gesehen. Dein Kind, Fred. Pearl! Filmbilder. Aber du hast diese Bilder nie gelebt. Oder nur in kurzen Augenblicken.«
Richardson wandte sich langsam um.
»Es ist der Film der Frau, die du liebst«, sagte er.
»Denk an deine Tochter, Fred!« rief Morgan beschwörend.
Richardson warf Sophies Rucksack mit Schwung über die Klippe. Beide horchten angestrengt auf ein erlösendes Geräusch. Aber sie hörten keinen Aufschlag. Nichts. Totenstille. Der Wind hatte sich gelegt.
Sophie stand jetzt dicht neben Morgan. Er spürte ihren Ellbogen an seiner Hüfte.
»Sie haben meinen Rucksack über die Klippen geworfen, Mister Richardson.« Sophies Stimme zitterte vor Erregung.
»Ihren Film, Sophie. Ja!«
»Nein!«

Sie wollte sich auf Richardson stürzen. Morgan hielt sie zurück. Sie wehrte sich gegen seine brutale Umarmung.
»Ich will meinen Film zurück!« schrie sie.
»Der Film ist nicht das Leben«, flüsterte ihr Morgan ins Ohr.
Er spürte, wie ihr Widerstand nachließ. Sie begann zu weinen. Zum erstenmal, seit er sie kannte, weinte sie. Einmal hob sie den Kopf. Er sah ihren verschwommenen Blick. Die Spuren der Wimperntusche.
Und dann spürte er Richardsons Hand auf seiner Schulter.
»Ich brauche jetzt einen Drink«, sagte Richardson, wandte sich ab und ging den Hügel langsam hinab.
»Ich will meinen Film zurück«, sagte Sophie noch einmal. Es war wie ein Echo auf ihren letzten Satz, das von weit her gebrochen zurückkam.
Sie schauten Richardson nach, der auf die erleuchteten Fenster des *Beachy Head Pub* zuging und darin verschwand.
»Wessen Geschichte ist das nun, Pierre?« fragte sie leise.
»Unsere.«
»Und das Thema?«
»Immer dasselbe. Liebe und Verrat. Und Loyalität. Komm, Sophie!«
Sie löste sich aus seiner Umarmung und schaute hinüber zu dem Leuchtturm auf dem nackten Kalkfelsen. Er war ihrem Blick gefolgt.
»Manchmal habe man einen solchen Leuchtturm nötig, hast du einmal gesagt, Sophie.«

»Das wäre die richtige Schlußeinstellung für meinen Film gewesen«, sagte sie.

Er nickte.

»Es gibt noch ein Ende nach dem offiziellen Ende. Mit dem Ende eines Films ist die Geschichte ja nie zu Ende.«

Peter Zeindler, geboren 1934 in Zürich, Studium der Germanistik und Kunstgeschichte. Promotion bei Emil Staiger. Dozent an Goethe-Instituten, Redakteur beim Schweizer Fernsehen und bei Radio DRS. Seit 1974 freier Schriftsteller und Journalist in Zürich. Verfasser zahlreicher Hörspiele, Theaterstücke und Drehbücher, u. a. für die Reihe *Tatort*. Veröffentlichte mehrere Kriminalromane, von denen vier mit dem Deutschen Krimipreis ausgezeichnet wurden. Bei Arche erschienen: *Feuerprobe* (1991), *Der Schläfer* (1993), *Mord im Zug. Böse Geschichten* (1994), *Ausgetrieben* (1995), *Salon mit Seerosen* (1996), *Aus Privatbesitz* (1998), *Abschied in Casablanca* (2000) und *Das Lächeln des andern* (2002). 1996 erhielt Peter Zeindler für sein Gesamtwerk den »Ehrenglauser«.

Peter Zeindler im Arche Verlag

Feuerprobe
Agentenroman
315 Seiten. Gebunden

Der Schläfer
Agentenroman
303 Seiten. Gebunden

Ausgetrieben
Roman
255 Seiten. Gebunden

Salon mit Seerosen
Kriminalroman
239 Seiten. Gebunden

Aus Privatbesitz
Roman
304 Seiten. Gebunden

Abschied in Casablanca
Sembritzki auf Mission in Marokko
Roman
352 Seiten. Gebunden

Michael Lüders
Gold im Gilf Kebir
Roman
352 Seiten. Gebunden

Gold im Gilf Kebir, ein hintergründiger Kriminalroman: Mit ihm gab der Nahost-Experte Michael Lüders sein belletristisches Debüt. Raffiniert verknüpft der Autor seine journalistischen und filmischen Erfahrungen und sein Wissen über Geschichte und Geographie der islamischen Welt zu einer spannenden Handlung um Wüstengold und falsche Väter, den gewaltsamen Tod eines Geologen und die rücksichtslose Jagd nach seinem Vermächtnis. Ein Journalist, ein Erdölmanager und eine Juristin verfolgen die Spur von Hamburg über London und Kairo bis in die ägyptische Wüste, ins Gilf Kebir … »Die Leichtigkeit des Erzählens, geboren in einem Café in Kairo.« *Hamburger Abendblatt*

Peter Stamm im Arche Verlag

Agnes
Roman
160 Seiten. Gebunden

Blitzeis
Erzählungen
143 Seiten. Gebunden

Ungefähre Landschaft
Roman
192 Seiten. Gebunden

In fremden Gärten
Erzählungen
160 Seiten. Gebunden

Volker Risch liest:
Peter Stamm
In fremden Gärten
3 CDs. 206:58 Minuten
Dpac mit Booklet

»Kein schiefes Bild, kein Wort zuviel oder zuwenig. Peter Stamms Prosa ist vollkommen.« Peter Hamm, *Focus*

Peter Stamm im Arche Verlag

Der Kuß des Kohaku
Stücke
192 Seiten. Broschur

Ein Prosaautor, der zum Theaterautor avanciert: Peter Stamms Stücke *Der Kuß des Kohaku* und *Die Töchter von Taubenhain* sowie der Monolog *Die Planung des Planes* als Buchausgabe.
»... ein Glücksfall... ein starker Text mit rasanten wie radikalen Dialogen, die ihren Witz auf der Bühne entfalten ... zugleich todernst und in höchstem Maße selbstironisch.« Hella Kemper, *Die Welt*, zur Uraufführung von Peter Stamms Theaterstück *Der Kuß des Kohaku* im Deutschen Schauspielhaus, Hamburg